『U』는 이 세상의 지성을 관장하는 다섯 명의 현자
『Voices(보이시스)』가 창조한 궁극의 가상 세계.

전 세계 50억 이상의 계정을 보유하고 있고,
지금도 계속 늘어나고 있는 사상 최대의 인터넷 공간.

랄랄라
　랄랄라
　　아무도 모르고
　　이름도 없는
　　　지금을 달려가요
　　　저 초승달을 향해
　손을 뻗어요

『U』는 또 하나의 현실
As는 또 다른 당신.

현실은 바꿀 수 없다
그러나『U』에서는 바꿀 수 있다

랄랄라
랄랄라
당신을 알고 싶어
목소리가 되지 못한
두려운 아침을
수없이 맞더라도

자, 또 다른 당신을 만들자
자, 새로운 인생을 시작하자
자, 세상을 바꾸자

용과 주근깨 공주

공식 가이드북 U

본문이나 장면 설명에서 아래와 같은 표기가 있습니다.
S061 C001
S는 신(Scene), C는 컷(Cut)
호소다 감독이 그린 그림 콘티의 신·컷 번호에 준거합니다.
일부 사진은 최종고에 쓰이지 않은 것도 있습니다. 실제 화면과 다른 부분도 있으니
이해하시길 바랍니다.

고치의 산간 마을에 아버지와 단둘이 사는 나이토 스즈. 니요도가와를 건너 버스와 기차를 갈아타고 고등학교에 다닌다. 고등학교에서 유일하게 친해진 히로(베쓰야쿠 히로카)는 냉소적인 독설가로 약간 멍한 구석이 많은 스즈에게도 늘 가차 없는 독설을 날리는 아이다.

가을 어느 날, 고등학교는 동아리 활동 홍보로 한창 들떠 있다. 학교의 스타 루카(와타나베 루카)가 관현악 합주부 연주 발표 중이다. 그 옆에서는 스즈의 동급생 카미신(지카미 신지로) 혼자 카누부를 만들어 부원을 모집하고 있다. 스즈와 히로는 곧 농구하는 시노부(히사타케 시노부)에게 시선을 던진다. 시노부는 스즈의 소꿉친구. 스즈는 시노부와의 추억을 히로에게 들려준다.

"……시노부가 저렇게 클 줄 몰랐어."

스즈는 시노부에게 프러포즈를 받은 적 있단다. "내가 지켜줄게"라는 이야기를 들었다고. 하지만 여섯 살 때 이야기라고 하자 히로는 한숨 섞인 목소리로 "너무 옛날얘기잖아"라고 한심해할 뿐이다.

실은 나, 시노부에게
프러포즈 받은 적도 있어.

……너무 옛날얘기잖아.

어린 시절의 스즈는 활발하고 밝은 아이였다. 많은 것을 알려주는 어머니가 너무 좋아서 집안일을 하는 어머니를 졸졸 따라다니며 놀았다. 강에서 수영을 배우기도 하고 스마트폰 앱으로 음악을 만드는 방법도 배웠다.

웃음으로 가득했던 행복한 시간은 느닷없이 끝났다. 스즈가 여섯 살이었던 여름이었다.

산 깊은 강물에 아웃도어를 즐기는 사람들이 모여 있다. 대부분은 도시에서 온 사람인데 스즈와 어머니도 그들 옆에서 놀고 있다.

하지만 기후가 나빠져 점점 물이 불어나고 물살이 거칠어지는데 스즈보다 어린 소녀 혼자 강 한가운데 모래톱에 남아 있다. 급격하게 물이 불어나 한시라도 지체할 수 없다. 주위 어른들이 아무것도 하지 못하고 멀거니 바라보는 가운데 구명재킷을 든 사람이 있다. 스즈의 어머니였다. 스즈는 황급히 어머니에게 매달리지만, 어머니는 가버린다.

도움을 받은 소녀는 무사히 돌아왔다. 그러나 스즈 어머니의 모습은 어디에도 없었다.

가지 마! 엄마, 가지 마!

스즈 어머니의 죽음은 인터넷에서 엄청난 비판을 받았다. 어린 스즈는 그 말들의 의미를 모두 알 수는 없었으나 자라며 이해할 수 있게 되자 다시금 상처를 받는다.

그리하여 스즈는 노래할 수 없게 되고 말았다. 중학생이 되어도 합창 시간에는 견학만 할 뿐이다. 하지만 그의 내면에서는 내내 들끓는 것이 있었는데 어느 날, 그것이 터져 나온다. 추억이 가득한 어머니의 방에 틀어박혀 리포트 용지를 앞에 놓고 정신없이 펜을 놀렸다. 샘솟는 단어와 멜로디를 적고 때로는 그림으로도 표현한다.

고등학생이 되자 스즈는 시내 고등학교에 입학한다. 하지만 스즈의 모습은 어둡기만 하다. 중학교 때는 다른 학교에 다닌 시노부와 재회해도 제대로 대화를 나누지 못한 채 멍하니 있을 뿐이다.

그러던 중 반 애들에게 노래방에 끌려간다. 하지만 노래하지 못하는 스즈에게는 너무나 고통스러운 제안이었다. 노래방을 뛰쳐나온 스즈는 돌아오는 길, 목소리를 내려다가 토하고 만다. 그때 스즈의 스마트폰에 히로의 메시지가 도착한다.

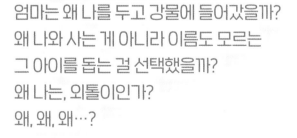

엄마는 왜 나를 두고 강물에 들어갔을까?
왜 나와 사는 게 아니라 이름도 모르는
그 아이를 돕는 걸 선택했을까?
왜 나는, 외톨이인가?
왜, 왜, 왜…?

히로의 메시지는 인터넷 가상 세계 『U』로의 초대장이었다. 초대장에는 '자, 또 다른 당신을 만들자' '자, 세상을 바꾸자'라는 글이 있었다. 스즈는 마음이 끌렸으나 무서워져 일단 노트북을 닫았다.

다음에 접속했을 때는 루카와 함께 찍은 사진을 읽어 들이게 했다. 자동 생성된 『U』의 아바타 As의 아름다움을 보고 스즈는 루카를 잘못 읽어 들였다고 생각했다. 하지만 뺨에 주근깨 같은 모양이 있는 As는 틀림없는 스즈의 화신이었다. 스즈는 As에 Bell=벨이라는 이름을 붙였다.

혹시, 나…?

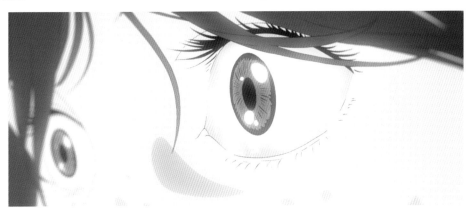

『U』의 세계에, 어서 오세요!

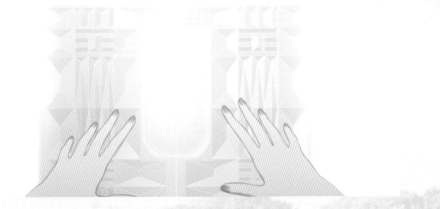

이런 작은 멜로디가
　뚫고 가는 세계를 보고 싶어

매일 아침 일어나 찾아
　당신이 없는 미래는
　상상하고 싶지 않아, 싫어

노래할 수 있어…! 드디어 노래할 수 있구나…!

너는, 멋져. 너는, 예뻐

노래여, 나를 이끌어줘
어떤 일이 일어나더라도 좋아

노래여, 곁에 있어줘
사랑이여, 내게 와줘

"Bell"?

Peggie Sue
Virtual Singer

『U』에서 노래하게 되면서
상당히 밝고 긍정적으로 바
뀐 스즈는 고교 2학년이 되
어 평화로운 날들을 보내고
있었다. 하지만 이면에서는
벨의 팔로우 수가 불어나더
니 초여름이 되자 수천만을
넘기에 이르렀다….
　벨이 노래한 동영상은 전
세계에서 재생되었고 관련
동영상으로 전 세계 크리에

Bell

23062344
followers

0
posts

2
following

Who is

Who is "Bell"?

이터가 편집한 동영상이 계속 올라왔다.

《누가 벨인지 좀 알려줘!》

딱 한 번 『U』에 나타난 벨을 놓고 모두의 흥미가 폭발했다. 팬도 있고 안티도 생겼고 『U』의 인기 가수 페기 수도 댓글을 달았다.

"벨? 아아, 조금 들어보기는 했는데 그런 애는 전혀 대단할 게 없어. 안 그래?"

엄청난 일이 되자 스즈는 크게 당황한다. 하지만 벨의 프로듀서를 자청한 히로는 "『U』에서는 거짓 없는 찬반양론이 진짜를 단련시키지"라며 유쾌할 뿐이었다.

이후 벨이 라이브를 할 때마다 《벨은 우리의 새로운 디바》《그녀에게 어울리는 단어는 Belle 아닐까?》《프랑스어로 '아름답다'라는 뜻이야》라는 긍정적인 댓글이 많아졌다.

어머니가 활동했던 고향 합창부에 어머니 대신 들어간 스즈. 사람들 앞에서 노래할 수 없어서 마림바 밑에 숨어 몰래 조그만 목소리로 노래하는데 합창단원 나카이 씨가 말을 걸었다.

"뒤에서 웅얼대는 합창단원은 없다고! 방울벌레니?"

"나, 방울벌레면 좋겠어."

스즈는 오래전부터 친척처럼 자신을 보살펴 준 여성들 앞에서만은 조금이나마 솔직해진다.

"네 엄마도 네 행복을 바랄 거야. 틀림없이"라는 말에 "어떻게 해야 행복해지는데?"라고 대놓고 묻기도 한다.

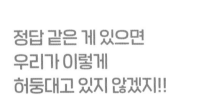

정답 같은 게 있으면
우리가 이렇게
허둥대고 있지 않겠지!!

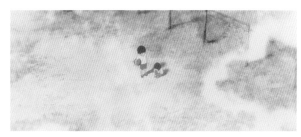

스즈는 학교에서 벌어지는 농구 경기를 보면서 여섯 살 때의 시노부를 떠올린다. 저녁 무렵, 혼자 하염없이 울고 있는 스즈에게 "왜 울어?"라고 말을 걸어준 시노부. 스즈가 추억에 젖어 있는데 갑자기 현재의 시노부가 말을 걸어온다…….

그때와 변함이 없는 시노부의 눈빛에 가슴이 두근대 자리를 피해버리는 스즈. 하지만 한없이 걱정만 끼칠 수 없다는 생각에 무지개다리로 돌아오는데……, 그것에는 즐겁게 대화하는 루카와 시노부가 있었다. 그것을 본 스즈는 다시 그 자리를 떠난다.

스즈, 무슨 일 있지?
말해 볼까?

자, 곧 『U』의 표준시 20시 25분,
벨의 최대 규모 라이브가 이 『U』의
볼 스타디움에서 열립니다.
세계에서 동시 시청하는 As의 수는
6개월 이내에 나타난 신인으로는
이례적으로 1억에서 2억 정도라고 합니다.
다들 군침을 삼키며 시작하는 순간을
지켜보고 있습니다.

『U』에 사는, 추악한 몬스터형 As야.

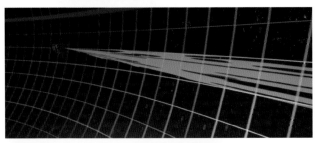

저렇게 멍투성이라니…?

『U』의 세계에서 시작된 벨의 라이브. 억이 넘는 As가 모인 볼 스타디움의 중심—섬세한 비즈로 만들어진 거대한 드레스와 스피커를 달고 춤추듯 공간을 헤엄치는 새끼 고래들의 한가운데 벨이 서서 아름다운 퍼포먼스로 관객을 매료시키고 있다.

그런데 막 핵심으로 들어가려는 순간 스타디움에 난입자가 나타난다. 그것은 '용'이라 불리는 As와 그를 쫓는 저스티스들이다. 용은 무술관의 연승 기록을 갈아치우고 있으나 전투 스타일이 최악이라 모두가 싫어하는 존재, 저스티스는 『U』의 정의와 질서를 지킨다고 주장하는 자경단이라고 한다.

라이브를 망쳤다는 것도 개의치 않고 저스티스 대원을 물리치는 용에게 관객들은 격렬한 비난을 퍼붓는다.

하지만 벨은 스타디움 한가운데서 홀로 대치하는 용의 등이 걱정되어 자기도 모르게 말을 걸었다.

"당신은, 누구…?"

더는 용서할 수 없다….
절대 용서할 수 없어!

언베일?

"용을 쓰러뜨리지 않으면 『U』의 평화를 보장할 수 없어!!"
저스티스의 리더 저스틴이 소리 높여 외친다.
저스틴이 손목의 문장을 들어 올리자 그 문장이 사자 머리 모양의 대포처럼 변했다.
"이게 바로 『U』의 정의와 질서를 지키는 진실의 빛이다! 우리는 악한 용을 반드시 언베일하겠다!!"
저스틴의 등 뒤로 기업 로고가 속속 날아와 쌓인다. 모두 그의 활동을 지원하는 후원사다. 저스틴은 주저 없이 대포에서 초록색 빛을 쏘았다.
빛을 피해 도약하는 용. 저스티스에 포위되어도 스타디움 세트 철골을 휘두르며 싸워 대원들을 쓰러뜨린다.
너무나 강하고 흉악한 용을 보며 저스틴은 얼굴을 일그러뜨린다.
"아니… 이런 일을 가만둘 수는 없어…! 반드시 너를 언베일하겠다!"
그런 목소리는 전혀 들리지도 않는다는 듯 용은 그대로 어딘가로 사라져버렸다.

당신은, 누구…?

왜 미움받을 짓을 할까?

라이브가 중지되어 보러 온 관객들에게 미안해하는 스즈에게 "벨 탓이 아니야! 나쁜 놈은 용이지!"라는 히로. 스즈는 용에게도 사연이 있으리라 생각하는데 히로는 "그러면 어떤 녀석인지, 우리가 베일을 벗겨볼까?"라는 말을 꺼냈다.

용에 관해 알아낸 것은 7개월 전에 『U』의 무술관에 나타났다는 사실 뿐이다. 국적, 나이, 성별에 관한 기록은 전혀 없다.

스즈가 다닌 초등학교인데 지금은 지역 공동체 센터로 활용되는 시설로 온 스즈와 히로. 접수를 마친 스즈가 자습실로 오자 히로가 직접 조립한 고성능 컴퓨터에 온갖 비품이 접속된 멀티 모니터 환경의 방이 갖추어져 있다.

히로는 IT 기술을 구사해 용의 정체를 찾는다. 우선 용과의 대전 이력이 있는 As들에게 이야기를 듣는데 좀처럼 유용한 정보는 얻지 못한다. 다만 벨에게 제일 먼저 말을 걸어준 천사 As도 대전자 가운데 있었다. 이어서 예리넥이라는 현대 미술 아티스트에 관한 소문이 날아든다. 6개월 전부터 온몸에 멍을 디자인한 타투를 하기 시작했다는 것이다.

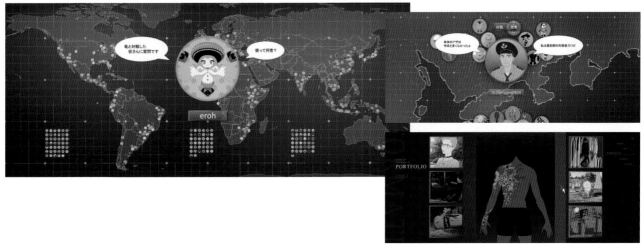

틀림없이 뭔가 숨기고 있어.

만약 이 기록이 그 녕을
가리키는 거라면….

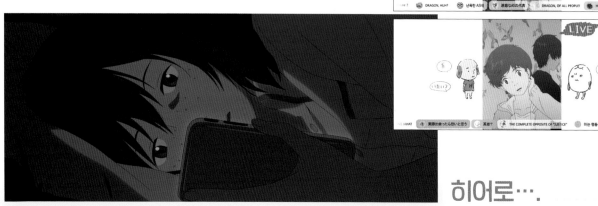

히어로….

누구나 비밀은 있어.

용의 정체에 관한 소문 속에 등장한 것이 스완
이라는 여성. SNS에서 끈질기게 댓글을 쓰는데
'상처받았어'라는 말이 이 여성의 전매특허라고
한다. 히로는 취재를 가장해 그녀와 접촉하는데
그녀가 말하는 가족과의 행복한 에피소드는 모두
가짜였다.

또 MLB 선수 폭스의 이름도 등장한다. 늘 신사
적인 가면 아래 난폭자의 얼굴이 있다는 소문으
로 연습 때 늘 긴 소매 옷을 입고 절대 벗지 않는
것은 큰 상처가 여럿 있기 때문이라고 한다.

한편 아이들에게 용은 "나쁜 놈인데 멋져요"
라며 인기였다. 용과 악수하거나 사진을 찍고 싶
다면서 '성'이라 불리는 용의 은신처를 누가 먼저
찾아내는지를 다투고 있다.

어느 날, 스즈와 히로는 스마트폰으로 예리넥
뉴스를 본다. 용과 같은 곳에 타투를 한 것은 매명
행위라는 비판을 듣는 그가 사랑하는 사람을 잃
으면서 이런 일을 시작했다는 정보를 전하고 있
었다. 히로는 더 큰 비밀이 있을 거라며 의심하다
가 자연스레 어머니의 이야기가 나왔는데 어머니
를 잃은 스즈를 배려해 사과한다.

엄마가 떠나고 아빠와 둘 뿐인데
전혀 대화를 나누지 않아.

정말 이런 폐허에
'성'이 있을까?

『U』의 세계에서 벨은 용의 성을 찾는다. 히로의 정보로는 『U』의 중심 시가지에서 벗어나면 작은 섬들이 떠 있는데 그 가운데 용의 성이 숨겨져 있다는 것이다.

벨이 폐허를 돌아다니고 있는데 갑자기 목소리가 울리더니 미소녀의 얼굴에 해삼의 몸이 붙은 A.I가 나타났다. 성을 찾고 있다고 하자 A.I는 "그럴 줄 알았어"라며 벨을 숲속의 폭포 옆으로 날려 버린다. 이런데 성이 있을까 생각하며 험준한 길을 걷고 있는데 다른 A.I를 만난다. 이번에는 갯가재 미소녀다. 그리고

또 이 A.I는 벨을 어딘가로 날려 버리는데….

여러 차례 이리저리 헤맨 벨은 마침내 아무것도 보이지 않는 구름 속에 놓여 있었다.

"멍청하네. 속기나 하고."

소리가 들려 퍼뜩 고개를 돌리니 천사 As가 있었다. 그는 말한다.

"그러고 있으면 영 발견하지 못할 텐데."

"그보다 나랑 놀자."

"자, 이 길을 따라와."

천사 As는 성이 있는 장소를 알려주듯 벨을 이끈다.

찾는 거라도 있어요?

···성···!

구름 너머에 불가사의한 존재감을 자아내는 성이
있다.
　벨이 성의 커다란 문을 밀어서 열자, 천사 As도 그 틈
으로 미끄러지듯 들어온다.
　캄캄하고 인기척이 느껴지지 않는 성. 다만 어디선가
소녀들이 소곤대는 소리가 들려온다.
　"어떻게 들어왔어?"
　"일부러 방해했는데…."
　그것은 벨을 헤매게 만든 심해어 A.I들의 목소리다. 하
지만 그 목소리를 듣지 못한 벨은 앞으로 계속 나아갔다.

천사 As의 안내로 성의 중정으로 나온 벨. 그곳에는 아름다운 장미가 피어 있었는데 천사 As는 자신이 키운 것이라고 한다.

"비밀의, 장미…."

"비밀이라니 어떤?"

벨의 질문에는 대답하지 않았다. 대신 용이 나타났다.

"나가!!"

으르렁대듯 말하는 용에게 벨은 공포에 떨면서도 대화하고 싶은 마음에 물러서지 않는다.

"당신은 왜 난폭해?"

"나가지 않으면 물어 뜯어버릴 테다!!"

그런데 용이 무엇보다 걱정하는 것은 천사 As의 상태였다. 벨과 용의 말다툼에 겁을 먹고 놀라 밖으로 날아가 버릴 뻔한 천사 As를 용은 두 손으로 살포시 감쌌다.

이제 괜찮아…

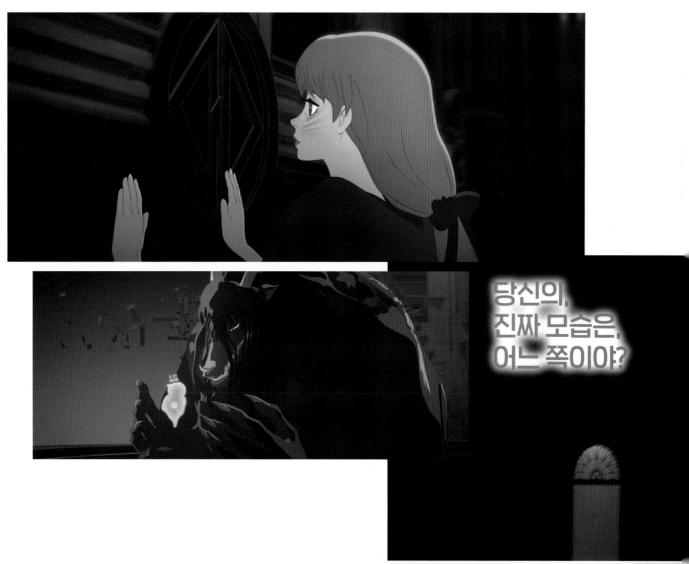

당신의,
진짜 모습은,
어느 쪽이야?

용에게 마음을 빼앗긴 스즈가 합창단에 나타나자, 나카이 씨가 바로 스즈의 마음
이 흔들리고 있음을 알아낸다. "중고생 때에는 나쁜 남자가 좋은 법이지." "알아주는
사람은 나 혼자라 생각하나?"라며 한껏 들뜬 여성들에게 스즈는 안중에도 없다.
　　그런데 "선물이라도 해보면 어때?"라는 하타나카 씨의 말을 스즈는 마음에 담아
둔다. 하타나카 씨는 고등학생 때 유학 갔다가 남자애에게 노래를 선물했다고 한다.
　　하굣길의 가가미가와 강변, 스즈는 노래를 생각하면서 주위를 둘러본다. 그러자
일상의 아름다움 속에 음계가 떠올라 허밍한다.
　　마음에 떠오른 것은 시노부의 모습과 용의 모습이다. 스텝을 밟으면서 스즈는 새
로운 멜로디를 엮어낸다.

스즈가 사랑에 빠졌어.
그것도 나쁜 남자에게.

러브 송 같은 거,
만들어 본 적 없는데….

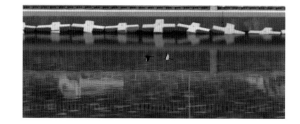

랄랄라 랄랄라…

랄랄라 랄랄라…

음 랄라

이… 이게 뭐야?

만든 멜로디를 스마트폰에 녹음하려다가 스즈는 깜짝 놀란다. 동급생들과 대화하는 SNS 앱으로, 갑자기 수백 개나 되는 메시지가 오가는 것을 봤기 때문이다.

게다가 원인이, 스즈! 스즈와 시노부를 놓고 소문이 커지고 있었다. 당황한 스즈는 히로와 상의해 오해를 푼다.

그때 루카가 스즈에게 메일을 보낸다. 좋아하는 사람 일로 스즈에게 상담하고 싶다는데….

"지금 그런 메시지를 보내다니 이상하지 않아?" 히로는 의심의 눈초리를 보낸다.

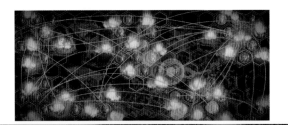

스즈, 오늘 무슨 일 있었어?

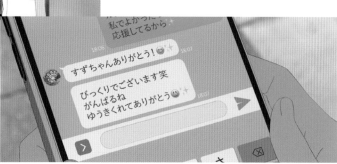

…어떻게 하고 싶은 거니?

이번에는 가가미가와를 터덜터덜 걸어 돌아오는 스즈. 그때 갑자기 시노부가 말을 걸어오는데…. 이참에 스즈는 아주 오래전부터 시노부에게 묻고 싶었던 것을 묻기로 한다. 그러나 강에서 카누 연습을 하는 카미신의 등장으로 중단되고 만다.

스즈는 다시 화제를 돌리려는 시노부에게 "이제 이런 나한테 그만 신경 써"라고 자리를 뜨면서 루카에게 답 메일을 보낸다. 눈물을 뚝뚝 흘리면서 《나라도 괜찮으면 언제든 얘기 들어줄게》라고.

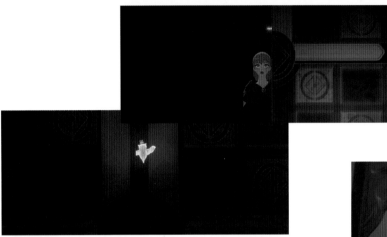

마음의 고통을 품은 채 스즈는 『U』로 들어갔다. 그 고통은 벨의 가슴에는 희미하고 따뜻한 빛으로 나타났다.

천사 As의 인도로 성에 있는 용의 방에 들어가는데 난로가 있는 커다란 방이었다. 벽에는 여러 사진 액자가 걸려 있고 가장 커다란 액자에는 수많은 장미를 안은 여성 사진이 있었다. 다만 유리에 금이 가 얼굴을 알아볼 수 없는 상태다.

용은 방 안쪽 발코니에 있었다. 벨은 그 뒤로 다가가 멍을 발견하고 살며시 손을 뻗는다. "만지지 마!" 고함을 치는 용에게 그래도 다가가려는 벨. "그 멍 아파? 아프지…? 그러면 이제 난폭한 짓은 하지 않는 게…" 라고 전하자 용은 고개를 흔들었다.

"너는 아무것도 몰라."

그리고는 짐승처럼 포효하는 용. 벨은 견딜 수 없어 성을 뛰쳐나왔다.

그런데 성에서 나오자마자 벨은 저스티스 대원과 저스틴에게 들키고 만다. 그때 용이 벨을 도와주러 오는데….

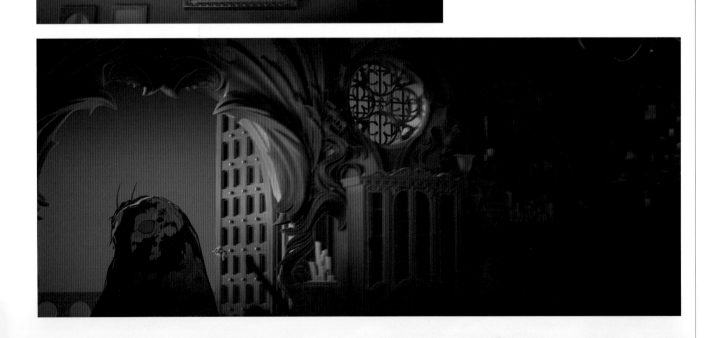

그럼 알 수 있게
무슨 말이든 제대로 해봐!

혼자 있고 싶다고
당신을 거절하지만

사실은
가슴속에 있는 것을
들키고 싶지 않은 거지?

용은 저스티스의 추격으로부터 벨을 지키면서 벨을 성까지 데리고 돌아왔다.
체력을 완전히 소모해 무릎을 꿇은 용은 걱정하는 벨을 뿌리치려 하는데 벨은 그 자리에 서서 말한다.
"전보다는 당신을 조금 더 알아. 정말 상처 입은 곳은 여기지?"라며 용의 가슴에 살포시 손을 얹었다.
깜짝 놀라는 용.
"도와줘서, 고마워"라고 전하는 벨에게 용은 "…벨"이라며 처음으로 이름을 불러주었다.
천천히 용에 대한 마음을 담은 노래를 부르기 시작하는 벨.
벨을 인정한 듯 심해어 A.I들이 중정에서 장미를 꺾어 벨과 용의 가슴에 달아준다. 그러자 벨의 옷이
장미 드레스로, 용의 옷도 화려한 예복으로 변했다.

들려줘,

숨기려 하는 당신 목소리를

보여줘,

숨기고만 당신 마음

혼자 살겠다고

당신은 말하지만

사실은 수없이 수없이

자신을 설득한

밤이 있었죠?

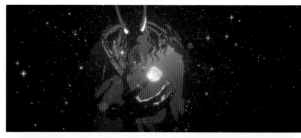

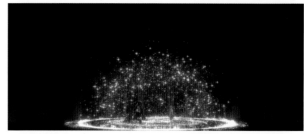

혼자 살겠다고

당신은 말하지만

마치 싸움 외에는 모든 게 처음인 것 같은 용과 춤을 추는 벨. 용의 얼굴에 벨이 다가가자 용은 흠칫 놀란다. 살며시 뺨을 맞대는 벨을 용도 조심스레 끌어안았다.

벨과 용은 한참 평온하게 몸을 기대고 있었다. 그런데 갑자기 용이 고통에 몸부림을 치기 시작해 행복한 시간이 끝나고 만다.

고통스러워하는 용의 등에 난 멍이 부자연스럽게 떨리기 시작했고 바닥에 누운 천사 As는 늘 있는 일이라는 듯 태연히 바라보고 있다.

들려줘,

무엇이든 상관없어, 끝까지 들을 테니까

열어서

곁으로 가고 싶어, 당신 마음에

나이토 스즈 / 벨

스즈

내성적이고 자신감이 없는 여고생. 노래하기를 아주 좋아했지만 어릴 때 어머니를 물놀이 조난 사고로 잃은 뒤부터 사람들 앞에서 노래할 수 없게 되었다. 『U』에서는 벨이라는 가수로 전 세계적으로 압도적인 인기를 누리고 있다.

〈As〉

생전 어머니가 쓰던 머그잔. 이가 빠졌는데도 스즈는 지금도 애용하고 있다.

중학생 시절

유소년기

스즈의 아버지

스즈와 둘이 고치의 산간 마을에서 살고 있다. 아내를 잃은 뒤로는 딸과 제대로 커뮤니케이션을 하지 못하고 있다. 늘 딸을 걱정하지만 참견하는 일은 좀처럼 없다.

후가

멧돼지를 잡는 덫에 걸려 오른쪽 앞다리를 잃고 가축 보호 개로 스즈의 집에 왔다. 남은 다리로 균형을 유지하면서 생활하고 있다.

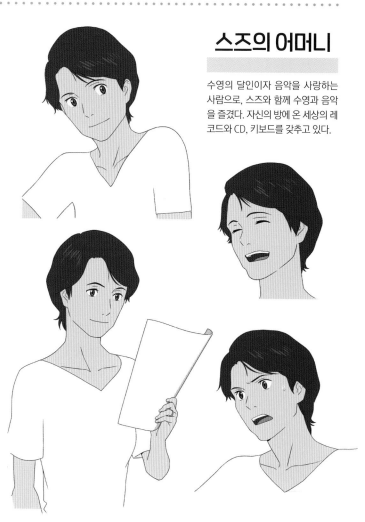

스즈의 어머니

수영의 달인이자 음악을 사랑하는 사람으로, 스즈와 함께 수영과 음악을 즐겼다. 자신의 방에 온 세상의 레코드와 CD, 키보드를 갖고 있다.

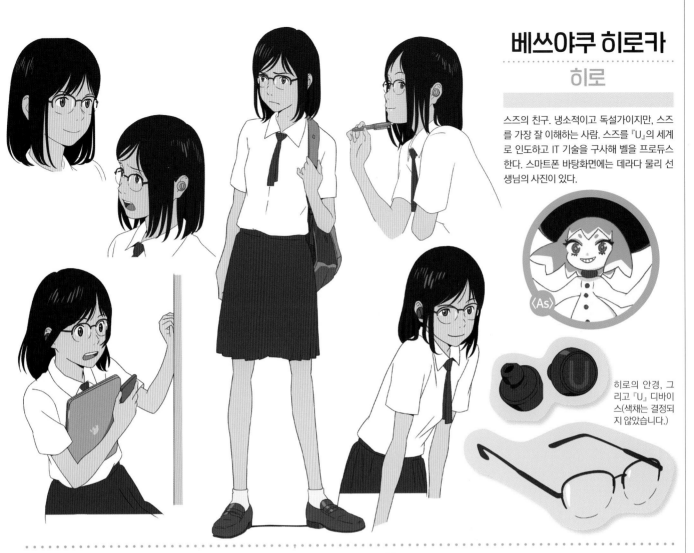

베쓰야쿠 히로카

히로

스즈의 친구. 냉소적이고 독설가이지만, 스즈를 가장 잘 이해하는 사람. 스즈를 『U』의 세계로 인도하고 IT 기술을 구사해 벨을 프로듀스한다. 스마트폰 바탕화면에는 데라다 물리 선생님의 사진이 있다.

〈As〉

히로의 안경, 그리고 『U』 디바이스(색채는 결정되지 않았습니다.)

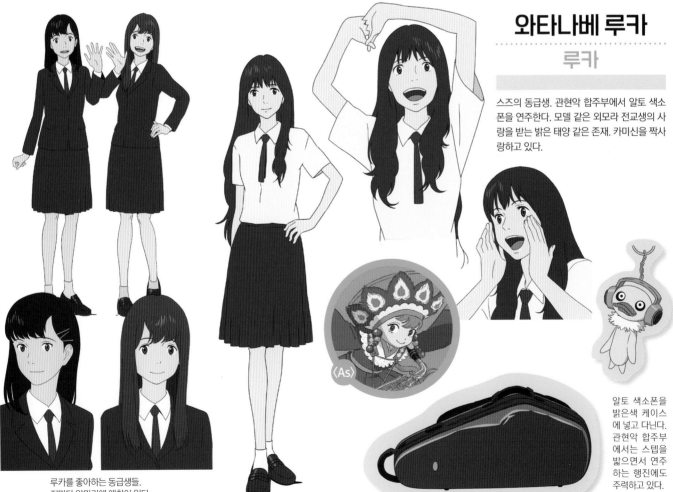

와타나베 루카

루카

스즈의 동급생. 관현악 합주부에서 알토 색소폰을 연주한다. 모델 같은 외모라 전교생의 사랑을 받는 밝은 태양 같은 존재. 카미신을 짝사랑하고 있다.

〈As〉

알토 색소폰을 밝은색 케이스에 넣고 다닌다. 관현악 합주부에서는 스텝을 밟으면서 연주하는 행진에도 주력하고 있다.

루카를 좋아하는 동급생들. 저마다 앞머리에 애착이 있다.

히사타케 시노부
시노부

스즈의 소꿉친구. 농구부에서 활약하며 쿨한 분위기까지 갖춰 여학생들의 인기를 누리고 있다. 여섯 살 때 스즈에게 "내가 지켜줄게"라고 말한 뒤 내내 신경을 쓰고 있다.

유소년기

지카미 신지로
카미신

스즈의 동급생. 카누부를 혼자 세우고 인터하이를 목표로 하고 있다. 속내가 따로 없는 솔직한 성격에 늘 최선을 다하는데 너무 솔직한 바람에 주위와 어울리질 못한다.

〈As〉

HIRO SPORT

합창단

고치의 과소화가 진행된 지역에서 활동하는 여성 합창단 사람들. 인생의 쓴맛과 단맛을 다 함께 나누는 여성들로 스즈를 어릴 때부터 지켜봐 왔다. 스즈의 어머니도 합창단원이었다.

기타 씨　오쿠모토 씨　요시타니 씨　하타나카 씨　나카이 씨

⟨As⟩
⟨As⟩
⟨As⟩
⟨As⟩
⟨As⟩

케이/용

14세 소년. 『U』의 세계에서 미움을 받고 있다. As 용의 정체. 아버지의 폭력으로부터 동생 토모를 필사적으로 지키려 한다. 다른 사람의 '도와줄게'라는 말을 믿지 않는다.

⟨As⟩

폭스

MLB의 강타자. 신사적인 가면 아래
폭력적인 얼굴을 숨기고 있고 그로
인해 생긴 상처를 숨기고 있다는 소
문이 돌고 있다. 하지만 상처는 과거
수술 때문에 생긴 것이었다.

예리넥

현대 미술 아티스트. 용의 등에 난 멍
과 색깔과 형태도 비슷한 타투를 하
고 있다. 매명 행위라는 비판에 온갖
변명을 둘러댄다.

환골탈태 타로/꾹 참아 마루

채널을 운영하는 유튜버. 온 세계 아이들과 이야기를 나누면서
프로그램을 진행한다. 아이들에게 인기가 많은 용을 응원한다.

꾹 참아 마루

환골탈태 타로

스완

〈As〉

갑부 여성. '상처받았어'라는 말이 버
릇으로 SNS에서 끈질기게 댓글을 단
다. 겉으로는 행복한 가족사진을 올
리는데 다 가짜다.

케이·토모의 아버지

케이와 토모의 아버지. 형제를 혼자 키우
고 있다. "내 말을 듣지 않는 너란 존재는
가치가 없어." "가치도 없는 녀석들, 사라
져!!"라는 말을 내뱉는다.

토모/천사

〈As〉

11세 소년. 케이의 동생. 환골
탈태 타로와 꾹 참아 마루의
유튜브 채널에서 "용은 내 히
어로"라고 말한다. 『U』에서
는 천사 같은 클리오네 형태의
As이다.

50억 명이 공유하는
가상 현실로의 초대

가상 세계

「U」

50억 명을 모은 가상공간 『U』의 세계. 호소다 마모루 감독의 《썸머 워즈》를 업데이트한 것 같은 자극적인 비주얼이 요구되었다. 뛰어난 건축가 에릭 웡이 콘셉트 아트를 담당했는데, 그 치밀하고 환상적인 공간 설계는 보는 사람을 놀라게 할 것이다.

티저 비주얼에도 사용된 가상 세계 『U』의 전경. 지평선까지 뻗은 광대한 공간과 그 사이를 빼곡하게 채운 방대한 수의 건축물. 미래를 느끼게 한 화려한 풍경

프로덕션 디자인
에릭 웡
Eric WONG

● 영국 세인트 마틴 바이엄 쇼 미술학교에서 예술과 건축을 공부하고 카디프대학에서 학사를, UCL 바틀렛 건축학교에서 석사를 딴 후 케임브리지대학에서 건축사 자격을 취득. 건축 이외에도 프로덕션 디자인에도 참여하고 있는 주목받는 건축가

일반적으로는 상상할 수 없는 미래를 추구하다.

— 일단 에릭 씨가 《용과 주근깨 공주》에 참여하게 된 계기를 들려주시죠.

(CG 제작을 담당한) 디지털 프런티어로부터 메일을 받은 게 계기입니다. 메일은 불과 두세 줄로 간략한 것이었는데 가상 세계의 콘셉트를 의뢰해도 되겠냐는 내용이었습니다. 그래서 제 과거 포토폴리오와 이제까지 담당한 건축물, 그리고 초기 단계의 몇몇 콘셉트 작품을 보여줬고 최종적으로 스튜디오 치즈와 함께 일하게 되었습니다.

— 스튜디오 치즈의 이전 작품을 보신 적 있나요?

네. 봤습니다. 호소다 마모루 감독님의 《디지몬 어드벤처 우리들의 워

게임》과 《시간을 달리는 소녀》는 어릴 때 봤고 스튜디오 치즈가 되고 난 다음 작품 《미래의 미라이》는 물론 《늑대 아이》《괴물의 아이》도 다 봤습니다. 그래서 스튜디오 치즈와 함께 일하게 되었다는 소식을 듣고 아주 흥분했고 실제로는 어떨지 정말 기대했습니다.

— 첫 번째 콘셉트는 어땠나요?

디지털 프런티어가 가상공간이라는 것과 '뭔가 덮치는 듯한 느낌'이라는 몇 가지 키워드를 제시했고 그에 응하는 형태를 생각했습니다. 가상공간의 야경과 정원, 그리고 나중에 가미고쿠료 씨가 디자인한 '용의 성'으로 이어지는 '야수의 성'이라는 단어가 사용되었습니다.

— 그 시점에서 어떤 특정 국가의 이미지가 있었나요?

굳이 말하자면 개인적인 경험이나 과거 경험이 토대가 되었다고 할 수 있습니다. 예전에 본 영화나 읽은 책, 갔던 장소, 그리고 디자인했으나 실제로는 지어지지 못한 건축물이나. 그런 것에서 시작되었습다.

— 이후 각본을 읽고 더 본격적인 작업에 들어갔을 것 같은데요, 각본을 처음 읽었을 때의 인상은?

읽자마자 세계관에 끌려 들어가고 말았습니다. 이것은 혹시 《미녀와 야수》에 대한 호소다 마모루 감독님만의 해석이 아닐지 생각하며 읽어가

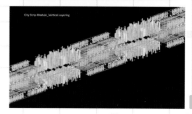

구획마다 고층빌딩 스타일의 건조물과 나무 형태의 오브제가 모듈을 형성. 그것들이 도시 전체로 전개된다.

◨ 에릭에 의한 완성된 『U』 아트

완성판 콘셉트 아트. 다양한 용도를 나타내는 모듈을 조합함으로써 가상공간의 밀도를 만들어냈다. 이런 방법은 건축가 에릭만의 아이디어일 것이다.

니 가상 세계가 나왔고 《썸머 워즈》의 분위기도 나더군요. 그리고 그 시점에서 호소다 감독님과 처음 대화를 나눌 수 있었는데 《썸머 워즈》에서 그린 세계를 재개발하고 싶다고 하셨습니다. 그런 이야기를 들으며 디자인을 다시 해나갔습니다.

― 이번에 현실에는 존재하지 않는 가상 세계를 구축했는데 그런 세계를 디자인하며 느낀 재미는 어떤 걸까요?

평소 수행하는 건축 프로젝트―실제 건물을 의식한 작업과 이번 가상공간 디자인은 접근 방식 자체가 완전히 다른 것 같습니다. 물론 토대―건축이라는 요소는 양쪽 다 공통되죠. 하지만 앞으로 어떤 일이 벌어질지 이미지를 확장하는 공간이라는 의미에서 가상공간에는 무한한 가능성이 있습니다. 예를 들어 조지 오웰은 『1984』라는 소설에서 전 세계에 카메라가 설치된 미래 감시사회를 그렸습니다. 또 조르주 멜리에스는 아폴로 11호가 달에 착륙하기 100년 이상 전에 소설 『달세계 여행』을 썼습니다. 그와 마찬가지로 가상공간에서 건축의 미래를, '만약 이런 게 존재한다면'이라는 'if'의 가능성을 생각했습니다. 일반적으로는 생각할 수 없는 미래를 추구한다는 의미에서 《용과 주근깨 공주》는 아주 흥미로운 훈련의 장이었습니다.

― 에릭 씨의 본업은 건축가인데 당신만의 발상이 영상이나 애니메이션의 어떤 부분에 영향을 주었다고 생각하나요?

만약 제 영향이 있었다면 풍경의 색감이나 건물의 비율과 배치에 대해 생각하는 건축가의 시점을 채용한 것이겠죠. 건축은 디자인과 상당히 비슷한데 일테면 이 공간의 조명은 어떻게 하면 좋을지 같은 것을 생각합니다. 이런 형태로 스타디움이 지어지면 광고는 이런 식으로 내보내야 하겠지, 그런 생각들이요…. 이제까지 건축가로서 받은 교육과 경력이 있었기에 호소다 감독님과 다른 관점을 가지고 이야기를 나눌 수 있었다고 생각하고 또 그랬길 바랍니다.

― 호소다 감독과는 구체적으로 어떤 대화를 나눴나요?

매주 영상으로 회의를 계속했습니다. 처음에는 호소다 감독님이 준비한 대량의 자료―최종적으로 800페이지에 달했죠(웃음)―를 보거나, 감독님의 스케치를 받고 그에 대한 제 해석을 보내는 형태였습니다. 꽤 자주 깊은 대화를 나눴다고 생각합니다. 참고 자료로 스탠리 큐브릭 영화에나 나올 법한 새하얀 볼 룸(대연회장) 이미지를 받았는데 그게 출발점이었습니다.

― 그랬군요.

가장 초기의 콘셉트. 알파벳 U를 모티프로 한 도시에 무수한 건조물이 늘어서 있다.

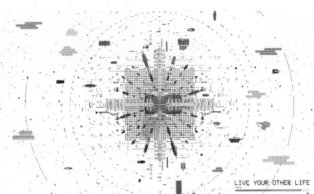

호소다 감독과의 회의를 거쳐 더 우주 공간 같은 공간 설계에 다가간 제2고

유닛의 밀도와 종류가 더 늘어난 버전. 지그재그로 달리는 도로 형상도 보인다.

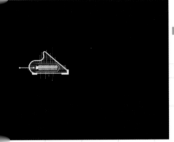

하프에서 따온 『U』

『U』의 전체적인 상의 방향을 결정지은 것이 악기 하프라는 모티프. 현 하나하나를 거리로 놓고 그것을 확대해 『U』의 세계로 들어가는 듯한 감각을 연출했다.

사실 처음에는 'U'라는 글자를 토대로 디자인을 생각했습니다. 그런데 감독님이 거리 풍경이나 건물이 늘어선 느낌이 좋겠다는 의견을 주셔서. 바꿔 말하면 《썸머 워즈》와 가까운 방향성이었죠.

— 가상공간 같은 이미지에 가깝게 하고 싶다는 거군요.

그리고 《용과 주근깨 공주》는 '러브 송'이라는 가제가 붙어 있던 시기도 있어서 그 '러브 송'이라는 키워드에서, 악기 하프의 형태를 사용해볼까 생각했습니다. 하프는 아주 옛날부터 사용해 온 악기이고 또 그리스 신화에도 나오는 사랑의 신 큐피드도 하프를 가지고 있습니다. 그래서 일단 하프라는 콘셉트가 나왔습니다.

— 그렇군요! 악기 형태가 바탕에 있었네요.

게다가 하프에 있는 현 하나하나가 거리가 되면 스케일도 커지고 재미도 있을 것 같았습니다. 여기서부터 시작해 최종적으로 영화 첫 부분에 나오는 이미지로 이어졌는데 독특한 형태가 화면에 나타나 확대되며 점차 거리로 보이는 디자인으로 확정되었습니다. 이 디자인은 4일 만이라는 짧은 시간에 확정된 기억이 있습니다.

— 벨이 콘서트를 여는 스타디움을 비롯해 독특한 디자인의 건물이 많이 등장하던데요.

스타디움도 감독님으로부터 "좀 더 완전한 구 형태였으면 좋겠다"라는 말을 듣고 다시 디자인했습니다. 20억이 들어가는 그야말로 거대한 공간이었으면 좋겠다고 해서요. 게다가 전체가 열리기도 하고 닫히기도 해야 한다는 주문도 있어서 계속 디자인을 변경했습니다. 나중에 가상공간이라도 식물이 있으면 좋겠다는 말이 나와 공원 참고 자료를 보며 이 세계에서 공원은 어떤 의미를 지니는지 생각했습니다. 이 결과 거리 아래층에 식물이 있는 풍경이 생겼습니다. 이런 작업을 통해 점차 『U』의 전체상이 드러난 것 같습니다. 잠들지 못한 밤이 이어지기도 했지만요 (웃음). 아주 흥미로운 경험이었습니다.

— 받은 자료에 의하면 작품 속에 등장하는 스마트폰도 에릭 씨가 디자인했다던데요.

그렇습니다. 『U』의 세계에 로그인하는 아이콘도 디자인했습니다. 스마트폰 화면도 한때는 앱 아이콘이 세 줄씩 있었어요. 그런데 호소다 감독님이 "왠지 이상하다"라고 말하더니…. 본인의 스마트폰을 꺼내 보여주며 "보라고. 네 줄이잖아"라고 (웃음). 그 결과 지금 화면이 되었습니다. 그리고 처음에는 『U』의 세계에 로그인할 때 『U』의 형태로 화면이 스와이프되는 사양이었습니다. 그런데 실제로 해보니까 너무 복잡하다고 해

『U』의 모델링은 에릭 웡의 디자인을 최대한 존중해 텍스처를 붙이지 않고 3D 질감 그대로 완성했다.

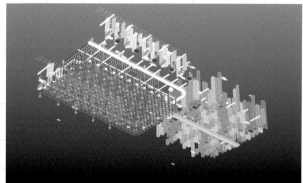

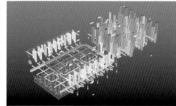

디지털 프런티어에 의한 『U』 구축

에릭 웡의 디자인을 바탕으로 애니메이션 영상에 가장 적합한 유닛을 제작. 밀도를 낮추고 실용화할 수 있는 사이즈로 바꿔 모델링했다. 유닛에서 파생 연결해 시가지를 만들었다.

『U』의 안내인 뉴런

뉴런 역
미우라 아사미 (니혼TV 아나운서)
Asami MIURA

호소다 감독님 작품 가운데서도 《썸머 워즈》를 무척 좋아했던 터라, 감독님의 작품에 참여한다는 것만이 아니라 인터넷 가상 세계로 안내하는 뉴런의 목소리를 맡는다는 중대함을 뼈저리게 느껴 아주 긴장했습니다. 애프터 리코딩 때 감독님에게 "일종의 기계음 같은 음성이 있어야 하지만, 이 장면에서 뉴런의 목소리를 들으면 어떤 생각이 들지를 떠올리면서 해주세요"라는 말을 들었습니다. 같은 말이라도 듣는 사람에 따라 차갑게도 따뜻하게도 들리겠죠. 물론 뉴런이라는 설정이니 목소리를 내는 방식에 변함은 없

스즈를 『U』의 세계로 안내하는, 뉴런이라 불리는 가이드는 니혼TV 아나운서 미우라 아사미가 맡았다.

겠지만 마음으로 어떤 생각을 하느냐와 그러지 않느냐에 따라 전달되는 목소리가 미묘하게 달라지는 것 같습니다. 또 전체를 모른 채 녹음했는데 어떤 상황에서 이 목소리가 흐르는지 감독님이 자세히 설명해주셨는데 그 설명도 아주 즐거웠습니다. 작품 전체에서는 역시 마지막 장면, 『U』의 세계에 있는 이름 모를 수많은 As가 스즈를 돕는 장면이 제일 좋습니다. 감독님의 작품은 단점을 그리면서도 결국은 인터넷의 힘을 긍정한다는 것을 강하게 느꼈고 '색이 일변하는 순간'처럼 느껴지는 장면이기도 했습니다.

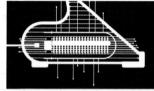

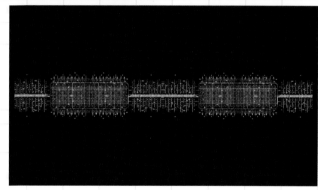

서 결국 단순한 아이콘으로 돌아왔습니다.

— 뜻밖의 부분에서 시행착오를 하셨네요. 조금 전 하프가 『U』 세계의 토대가 되었다는 말은 정말 흥미로운데 건축적으로는 절대 불가능한 것에서 영감을 받아 제작하는 일이 종종 있나요?

건축가는 불가사의한 존재죠. 어디서 영감을 받을지 알 수 없습니다. 일상적인 것, 예를 들면 전기 스위치나 구두 형태 하나로도 '이거 재밌네'라고 생각하면 영감의 바탕이 됩니다. 뜻하지 않은 곳에서 확산하죠. 그와 관련해 실제로 건물을 세우는 엔지니어(건축기사)는 정말 사고방식이나 접근 방식이 다릅니다. 바꿔 말하자면 평소에도 늘 시간을 즐겁게 보낼 수 있는 공간이나 아름다운 공간을 의식하면서 매사를 보거나 생각합니다. 그런 부분이 있긴 하죠.

— 에릭 씨가 건축가를 꿈꾸게 한 계기나, 영향을 준 아티스트가 있다면?

매우 어려운 질문이네요(웃음). 학생 때도 자주 '어떤 건축가를 좋아합니까?' '어떤 양식을 가장 좋아합니까?'라는 질문을 받았는데 5년 주기로 제 취향이나 스타일이 바뀐 것 같습니다. 그래서 딱 짚어 "이 사람이 좋습니다"라거나 이거다 딱 짚기는 힘듭니다.

— 최종적으로 이 프로젝트 전체는 완성까지 얼마나 걸렸나요?

처음 디지털 프런티어가 제의해 온 것이 2019년 후반 11월경입니다. 크리스마스 휴가를 끼고 첫 콘셉트 아트 제작에 들어갔고 스튜디오 치즈와 회의한 것은 2000년 초입니다. 그때부터 3~4개월 동안 단숨에 추진된 후 4월부터 가을에 걸쳐 세세한 부분을 정리하고 마지막 조정을 했습니다. 그러니까 시작부터 완성까지 약 1년 걸렸네요.

— 마지막으로 호소다 감독은 코로나 여파로 사람들이 제대로 모이지 못한 것이 에릭 씨의 작업에 좋은 영향을 준 것 같다고 말했는데 에릭 씨 본인은 어떻게 생각하시나요?

세계 여기저기서 봉쇄령이 떨어졌으니 전대미문의 사태였죠. 물론 아주 힘들었지만, 한편으로는 비대면으로 일해야 하는 바람에 오히려 제게 의뢰가 오지 않았나 싶었습니다. 일본 디자이너도 있고 세계적으로 유명한 건축가도 있었겠죠. 그런데 우연히 디지털 프런티어의 스태프가 제 포토폴리오를 발견한 덕분에 스튜디오 치즈와 함께 일할 기회를 얻었습니다. 게다가 이번 작업 자체가 영상회의 같은 비대면 환경에서 이루어졌습니다. 게다가 그 과정에서 주어지는 과제가 '가상 세계를 만들라'는 것이었습니다. 그야말로 '가상'이라는 주제가 곳곳에 있었던 셈이죠. 정말 불가사의한 경험이었고 사고방식이 크게 변했습니다.

중심을 벗어나

용을 찾는 벨은 A.I들에 방해받으면서도 『U』의 페허 지역에서 용이 숨어 사는 성으로 향한다…. 그 가교가 되는 환상적인 장면의 콘셉트 아트는 《울프 워커》 등으로 알려진 북유럽의 애니메이션 스튜디오 카툰 살롱이 맡아 아주 짧은 장면이나 강한 인상을 남겼다.

치즈가 보낸 참고 자료

콘셉트 단계에서 스튜디오 치즈가 보낸 참고 자료. 거울처럼 하늘을 비추는 호수 등 자연 풍경이면서도 환상적인 풍광을 담아야 함을 깨달았다.

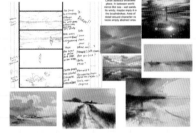

그림 콘티를 바탕으로 한 아이디어 보드

아이디어의 기점이 된 영어판 그림 콘티. 참고 자료로 낭만주의 회화의 대표 작가인 카스파 프리드리히의 「안개 바다 위의 방랑자」 같은 그림과 사진이 놓였다.

콘셉트 아트
카툰 살롱 Cartoon Saloon

톰 무어
Tom Moore

알무 레돈도
Almu Redondo

마리아 파레하
Maria Pareja

● 아일랜드에 있는 애니메이션 스튜디오. 1999년에 폴 영, 노라 투미와 인터뷰에도 등장한 톰 무어가 설립했다. 이제까지 《켈스의 비밀》(2009), 《바다의 노래》(2014), 《브레드위너》(2017), 《울프 워커》(2020)로 4번이나 아카데미 장편 애니메이션 영화상 후보에 올랐다.

흥미진진한 세계의 가교가 되다.

― 제일 먼저 참가 경위를 듣고 싶네요.

톰. 《울프 워커》를 홍보하다가(2020년 10월) 호소다 감독님과 접점이 생긴 것이 계기였습니다. 원래 우리는 감독님의 열혈 팬이었는데 며칠 뒤 "함께 해보지 않겠나?"라는 연락이 왔습니다. 자세한 이야기를 들어보니, 시퀀스 하나(벨이 용의 성을 찾아 헤매는 장면)의 콘셉트 아트만 해달라고 하셨어요. 마침 다른 일에 매달려 있던 상황이었는데 이 정도라면 할 수 있겠다 싶었습니다. 그래서 작업이 시작되었죠.

― 그 단계에서는 각본이나 그림 콘티는 안 보셨잖아요?

톰. 아니, 그게 지금도 보지 못했어요(웃음). 호소다 감독님에게 전체적인 개요를 들었을 뿐이죠. 실은 얼마 전에 작가 찰스 솔로몬과 함께 책을 만들었는데(『The Art of Wolfwalkers』), 그가 현재 스튜디오 치즈를 인터뷰하고 있대요. 그래선지 《용과 주근깨 공주》에 관한 내용을 더 자세히 알고 있어서(웃음) 그에게 얘기를 더 들은 것 같아요. 제작에 참여하며 받은 것은 이 시퀀스를 만드는 데 필요한 족집게 같은 자료뿐입니다. 최종

적으로 영화에 어떻게 녹여낼지는 감독님을 믿었어요. 우리는 일단 맡겨진 시퀀스 표현을 추구했습니다.

알무. 영화 전체의 주제나 콘셉트, 그리고 주인공들의 조형과 『U』 세계의 분위기에 관한 자료는 받았습니다만, 현실 세계인 고치는 전혀 모릅니다. 공개된 예고편을 보고 '아, 이런 느낌이구나'라고 생각했죠(웃음).

― 호소다 감독에게는 어떤 주문을 받았나요?

알무. 콘셉트 부분이라 환상이나 꿈같은 분위기라고 했습니다. 회의에서는 아지랑이나 신기루 같은 단어가 나왔는데 표현에서는 거울 모티프나 보이는 것과 실체가 다른 것이 주로 다루어졌습니다. 또 『U』의 세계는 인공적인 디지털 공간이었으나 우리가 담당한 시퀀스에서는 리얼한 실체감 같은 것도 요구되었습니다. 여기에 꿈같은 분위기도 넣어야 해서 다양한 요소를 채용해 표현하는 실험 같은 작업이었습니다.

― 구체적으로 어떤 느낌으로 작업을 진행했나요?

알무. 초반에는 일단 다양한 방법을 모색했습니다. 연필화를 그리기도 하고 스퀴시를 쓰기도 하는 등 다양한 기법을 시도했는데 아무래도 밀도가 높고 정보가 흘러넘치는 『U』의 세계이면서 동시에 꿈같은 분위기를 균형 있게 표현하는 게 가장 어려웠습니다. 결국은 단단한 토대 위에 수채화를 올려 꿈같은 분위기, 다양한 요소가 녹아 있으면서도 또 멀리 있는 듯한 표현에 도달했습니다.

― 색채 표현도 아주 인상적이었습니다. 뭔가 전통과 역사가 느껴지는 색감이라고 느꼈는데 색의 방향성은 어떻게 결정했나요?

알무. 처음의 방향성은 지금과 달랐습니다. 꿈속 세계라고 해서 아주 밝은 색이나 강렬한 색을 중심으로 잡았는데 호소다 감독님이 "좀 더 부드러운 색으로"라는 주문이 있어서 지금 방향으로 잡았습니다.

마리아. 방금 알무가 얘기했듯 처음에는 아주 밝고 강렬한 색으로, 그야말로 나무를 핑크빛으로 칠한 듯한 이미지였습니다. 그 이미지에서 하나

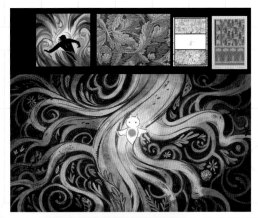

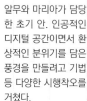
초기안
알무와 마리아가 담당한 초기 안. 인공적인 디지털 공간이면서 환상적인 분위기를 담은 풍경을 만들려고 기법 등 다양한 시행착오를 거쳤다.

(왼쪽 사진) 작업 중인 화면. 하얀 윤곽선도 큰 포인트.
(오른쪽 사진) 완성의 돌파구가 되었다는 수채화를 이용한 채색 테스트. 미묘하게 스미는 색이 환상적인 분위기를 만들어낸다.

완성
완성된 콘셉트 아트. 디지털 구축물이 늘어선 『U』의 세계나 클래식한 취향의 '용의 성'과도 다른 판타지한 공간. 옅은 파스텔 톤의 색채도 인상적이다.

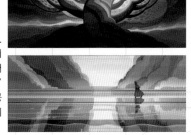

의 열쇠가 된 것이 위아래가 뒤집혀 이루어진 세계라는 콘셉트였습니다.
— 완성된 화면은 거울 속에서 헤매는 듯한 인상을 받았습니다.
마리아. 선의 일부를 하얀 선으로 그렸어요. 그럼으로써 하늘과 수면의 경계선을 애매하게 만들었죠. 호소다 감독님은 "한밤중의 태양"이라는 표현을 썼는데 황혼의 빛 같은 분위기라고 할까, 옅은 빛 표현이 열쇠가 된 것 같습니다.
— 원래 팬이었다고 했는데 호소다 감독 작품의 매력은 무엇이라고 생각하십니까?
톰. 아주 깊은 감정에 호소하는 게 매력입니다. 게다가 복잡한 주제와 모티프를 표현하면서도 캐릭터들에게서는 사실감이 느껴지죠. '앗! 이런 사람이 있을 수 있구나'라고 믿게 되죠. 분명 이야기의 무대는 환상적인 공간이고 믿기 어려울 정도의 위기 상황이 등장하는데도 캐릭터의 모티프가 흔들리지 않습니다. 관객이 공감하고 감정 이입할 캐릭터를 만들어낸다는 것은 정말 굉장합니다.
— 호소다 감독과 카툰 살롱의 작업에 공통점이 있다면?
톰. 그거 아주 흥미로운 질문이네요. 아까 말한 찰스 솔로몬이 "너희들 의외로 비슷해"라고 얘기해 처음으로 의식했는데 다양한 문화나 배경을 적극적으로 작품에 채용하려 하는 점은 확실히 우리와 스튜디오 치즈의 공통점인 것 같습니다. 또 세계적인 아티스트와 협업하거나 혹은 새로운 것을 도전하려는 자세도 비슷합니다. 그리고 다른 공통점은 흥행에 필요한 완벽하게 완성된 스토리보다 조금은 인간적인 경험과 그보다 앞서 존재하는 진실을 주제로 추구하죠. 캐릭터에 중점을 두고 그런 주제를 끌어낸다는 점도 비슷할지 모르겠네요.
— 이번에는 코로나 여파 속에 작품을 만들었는데 팬데믹도 영향을 줬나요?
마리아. 아주 좋은 경험이었고 이런 기회를 얻어 영광이라고 생각합니

다. 하지만 한편으로는 일본을 실제로 가보지 못한 것은 유감이에요. 아무래도 원격이다 보니 실제로 얼굴을 맞대고 얘기할 때보다는 정보량이 적습니다. 그런 의미에서 호소다 감독님을 직접 만나거나 스튜디오의 실제 분위기를 느끼지 못한 것은 정말 안타까워요.
알무. 원격 영상 회의로 전 세계 사람들이 함께 작업했다는 것은 아마도 팬데믹 시대만의 작업 스타일일 것이고 코로나 여파로 세계가 더 연결된 것도 같습니다. 이번 《용과 주근깨 공주》에서도 어떤 시간대에 살던 계속해서 작업이 진행되는 불가사의한 경험을 했습니다. 한편 마리아의 얘기처럼 일본에 가지 못한 게 유일한 안타까움이죠. 같은 방, 같은 공간에 있는 것으로 화학 반응이 일어나거나 일상 대화 속에서 영감이나 아이디어가 생기는 경험을 이번에는 할 수 없었으니까요.
— 해외 아티스트나 스튜디오가 함께 일하는 게 훨씬 쉬워졌습니다. 이런 변화를 어떻게 생각하시나요?
톰. 흥미진진한 세계가 되는 게 아닐까 싶어 아주 흥미롭습니다. 얼마 전까지는 엘리트급 스튜디오가 있고 다른 스튜디오는 외주를 받는 형태가 매우 일반적이었습니다. 그러나 요즘은 전보다 협업하기 쉬운 환경이죠. 우리에게 일본 시장은 매우 중요하면서도 애니메이션 표현에서 다양한 모험을 펼칠 수 있는 매력적인 시장이기도 합니다. 일본의 스타급 애니메이터인 호소다 감독님과 이렇게 함께 작업할 수 있었던 것은, 정말 멋진 일이었습니다. 또 세계적인 아티스트와 협업함으로써 애니메이션 팬과 관객층도 넓힐 수 있을 겁니다. 애니메이션은 아이들만 보는 게 아니라 다양한 연령층, 인종이 즐길 가능성이 있죠. 과거에는 일본과 프랑스에서만 어른들도 즐기는 애니메이션이 만들어졌는데 이제는 그런 인식도 바뀔 겁니다.

용의 성

벨과 용이 만나는 '성'. 영화 속에서 가장 인상적인 무대를 준비하기 위해 성의 콘셉트 아트를 담당한 가미고쿠료에게 호소다 감독이 요구한 것은 "『U』의 중심가와는 다르게 손으로 그린 듯한 공간"이었다. 그리하여 만들어진 디자인의 일단을 여기서 소개한다.

■ 용의 성
가미코쿠료가 그린 용의 성. 처음에는 성과는 다른 디자인이었는데 호소다 감독과 대화하면서 최종적으로 유럽의 성을 자유롭게 편집한 디자인으로 결정되었다고 한다.

■ 장미를 든 여성의 사진

■ 용의 방

■ 입구

■ 오벨리스크가 있는 중정
결정화되어 쓰러진 기둥들과 무너진 벽면 등이 폐허가 되어 퇴색해가는 와중에 중앙의 오벨리스크 주위에는 아름다운 장미가 잔뜩 피어 있다. 벨과 용이 처음 성에서 만나는 중정의 콘셉트 아트. 얼어붙은 듯한 모습의 폐허가 생명력 넘치는 장미를 더욱 두드러지게 한다.

58

■ 성의 복도/
(위층 계단/
복도②)

■ 성의 복도/
(아래층 계단/
복도①)

■ 댄스홀/
샹들리에 점등 전

■ 탑 속의 나선형 계단

■ 댄스홀/샹들리에 점등 후
용과 벨만의 무도회가 열리는 댄스홀. 성 내부는 실
제로 춤을 춰야 하는 공간인 만큼 외부만큼의 대담
함이 필요하지 않아 이곳에서 벌어지는 내용을 충실
하게 따르는 콘셉트 아트를 그렸다.

콘셉트 아트
가미코쿠료 이사무
上国料 勇

● 디자이너. 일러스트레이터. 스퀘어 에닉스
입사 후 《파이널 판타지》 시리즈에서 여러 번
아트 디렉터로 일했다. 애니메이션 작업은 이
번이 처음이다.

생각의 차이가 흥미로운 애니메이션 작업

— 이번에는 어떤 경위로 이 작품에 참여했나요?

전에 일한 회사의 친구가 호소다 감독님과 일한 적이 있는데 이번에 조
금 작품 취향을 바꾸고 싶으니 게임 쪽에 괜찮은 사람이 있으면 소개해
달라고 해서 친구가 제게 제안했습니다. 게임에서는 주로 세계관이나 배
경을 중심으로 맡아 왔고 성도 디자인한 경험이 있어서.

— 호소다 감독은 어떤 요구를 했나요?

처음 만났을 때 호소다 감독님은 이번 작품에 담고자 하는 생각이나 하
고 싶은 작업을 설명해주면서 일단 시나리오—초기 원고라 완성본과는
상당히 달랐지만—를 읽고 나서 제 생각을 자유롭게 그려달라고 했습니
다. 나아가 대본을 읽고 만났을 때 실은 《미녀와 야수》를 리스펙트하고
이 작품의 토대에 그 작품이 있다는 이야기를 영상을 보면서 들었습니
다. 다만 용이 사는 곳이기는 하나 완벽한 성은 아니고 '은신처' 같은 느
낌이 좋겠다고 했습니다.

— 영화에서는 댄스홀도 등장하는데 그런 구체적인 요구는 없었나요?

처음에는 성 외관만 주문했습니다. 그러다가 '성 분위기가 너무 좋으

니 그대로 내부도 만들어 달라'는 얘기로 발전했죠. 나중에는 고래도 부
탁한다는 식으로 점점 일이 커졌습니다(웃음). 제 느낌이 호소다 감독님
의 감각에 맞았다니 기뻤습니다.

— 성을 디자인하는 데 바탕이 된 아이디어는 무엇인가요?

처음 그린 것은 공사 현장에 건설 중인 다용도 빌딩 같은 디자인이었습
니다. 시나리오를 읽을 때 그런 이미지가 떠올랐거든요. 그것을 본 호소
다 감독님이 더 보고 싶다고 해서 여러 방향으로 그려봤는데 최종적으로
는 역시 성 같은 디자인이 좋다고 하셔서. 그때 제일 먼저 머리에 떠오른
생각이 용의 오리지널인 소년이 생각하는 성을 구현해야 한다는 것이었
죠. 그래서 초등학생이 낙서처럼 마음대로 그린 것 같은 성을 바로 그려
봤습니다. 고딕이나 서양의 성이라는 지식이 전혀 없는 사람의 꿈을 그
대로 그린 듯한 순수한 디자인의 낙서 같은 성. 그것을 감독님에게 보
여줬더니 "아, 이게 좋네"라고 말해 지금의 형태가 되었습니다.

— 3D가 아니라 데생 같은 터치로 그렸는데 방금 이야기를 의식한 건가
요?

처음에는 3D로 세밀하게 만들어낸 듯한 이미지를 생각했습니다. 그랬
더니 처음의 기세랄까 장점이 조금 사라진 것 같아서. 감독님도 역시 처

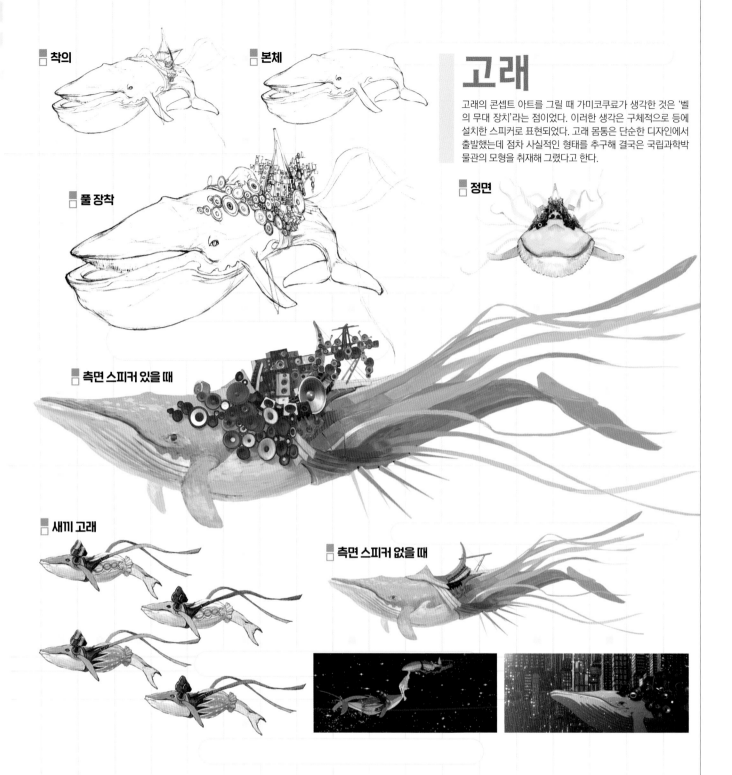

착의

본체

풀 장착

고래

고래의 콘셉트 아트를 그릴 때 가미코쿠료가 생각한 것은 '벨의 무대 장치'라는 점이었다. 이러한 생각은 구체적으로 등에 설치한 스피커로 표현되었다. 고래 몸통은 단순한 디자인에서 출발했는데 점차 사실적인 형태를 추구해 결국은 국립과학박물관의 모형을 취재해 그렸다고 한다.

정면

측면 스피커 있을 때

새끼 고래

측면 스피커 없을 때

음 이미지가 좋았다고 해서 3D로 만들었던 것을 일단 치우고 건축적으로 엉망이고 구조적으로도 있을 수 없는 형태일지 모르나 처음의 장점을 형태로 만들었습니다.

— 실내는 실제로 실현할 수 있는 형태인가요?

내부 디자인에 들어갔을 때 외부가 이런 느낌이니까 그에 맞춰 디자인했는데 감독님과 대화하며 내부는 아무래도 이제까지 내가 해온 게임의 밀도감을 주는 게 낫겠다는 이야기가 되었습니다. 그러면 안팎의 분위기가 너무 달라진다고 했는데 감독님은 그게 더 재미있을 것 같다고 해서 이제까지 제가 해온 방향으로 디자인했습니다.

— 애니메이션 작업은 어땠나요?

문화적 충격이라고 할까요? 사고방식이 이토록 다를 수 있나 싶어 흥미로웠습니다. 게임은 레벨 디자인이라고 해서 반드시 시작하는 입구와 골인 지점이 있습니다. 그렇게 그린 결과물을 감독님에게 보여주니 "영상은 신들로 완성되는 것이라 모든 게 연결되어 있을 필요는 없다. 나중에 연결했을 때 위화감이 없으면 된다"라고 하더군요. 참 이상한 얘기였죠. 바로 앞의 신이 오키나와이고 다음 신이 홋카이도라도 서로 위화감

만 없다면 괜찮다는 겁니다. 그런 생각에 제게는 두둥! 큰 충격이었고 흥미로웠습니다. 좋은 경험을 했네요.

— 고래 얘기를 하고 싶은데 성을 디자인하다가 자연스럽게 맡게 되었나요?

"시험 삼아 가미코쿠료 씨도 그려봐요"라는 말을 들었어요. 정식 의뢰라기보다 아마도 모두에게 시킨 것 같은 주문이었죠. 그래선지 부담 없이 그려 보냈는데 아주 좋다고 해서 고래의 러프가 완성되었습니다.

— 그릴 때 어떤 점을 의식했나요?

아주 화려하게 등장하니까 장식적인 요소가 많은 고래로 그리자 생각했습니다. 감독님이 스피커 처리를 제일 고민하는 것 같았어요. 《블레이드 러너》(1982)에서 공중에 떠 있던 것 같은, 조금 불가사의한 세계관에 어울리는 화려한 디자인이 좋겠다고 했던 말이 제일 먼저 떠올랐습니다. 그런데 막상 그리기 시작하니 고래가 리얼해야 하는 것도 문제가 되어 결국은 국립과학박물관에 전시된 엄청나게 큰 표본 모형을 보러 가고, 소재도 수없이 찾아보며 리얼하게 만들었습니다. 입 안 같은 것은 굳이 찾아보지 않으면 몰랐을 정보죠.

히로가 용의 정체를 찾는 스즈에게 열차 안에서 설명한다. 그 설명에 따르면 "As는 디바이스가 상시 스캔하는 본인의 생체 정보와 연동하기 때문에 한 사람이 두 개의 As를 지닐 수 없다는 것이 전제"이다.

〈As〉

50억이라는 As의 방대한 계정을 영상으로도 표현하기 위해 2D 캐릭터를 배경 일부로 붙이는 게 아니라 하나씩 3D 모델링 해 움직이는 캐릭터로 사용했다. 여기서는 그렇게 만들어진 방대한 As 중 일부를 소개한다.

■ 원경 몹

■ 근경 몹 mob

◨ 군중, 몹 MOB

디지털 프런티어의 모델링으로 만들어진 군중 As. 일반적으로 '기타 다수'라고 하지만, 실제로는 개성적인 디자인이 가득하다. 이 또한 『U』라는 세계의 거대함과 다양함을 표현하고 있다. 근경과 원경용으로 각각 몹이 있으니 영화 속에서 찾아보자.

◨ 『U』의 디바 페기 수

『U』의 세계에서 절대적인 인기를 누리는 디바. 현실 세계의 노래방에서도 인기가 많은데 벨의 등장으로 인기인의 자리를 잃고 만다… 목소리와 노래는 ermhoi가 맡았다.

여고생들이 동경하는 페기 수. 최고 가수인 그녀도 As 중 하나. 과연 실체는 어떤 사람일까?

〈As〉의 근원

『U』의 세계에서 생생하게 움직이는 As는 국적, 나이, 성별을 뛰어넘어 세계 각지에서 다양한 크리에이터들이 모여 만들어냈다. 각 크리에이터의 개성이 빛나는, 캐릭터 디자인을 소개한다.

벨

『U』의 세계에 갑자기 등장한 디바. 압도적인 미모와 듣는 이의 마음을 울리는 목소리를 지녔다. 주근깨가 있는 얼굴 모양이 특징적. 때로 표정에 분노를 드러내기도 하며 강한 의지를 보이기도 한다.

CG 캐릭터 디자인
진 킴
JIN KIM

디바 벨의 캐릭터 디자인을 담당한 사람은 세계적인 디자이너 진 킴. 《겨울왕국2》《베이맥스》《라푼젤》 등 최근 많은 디즈니 작품의 캐릭터 디자인을 담당하고 있다.

용

국적과 나이, 성별까지 모든 정보가 없어 『U』의 세계에서 모두의 미움을 받는 존재. 『U』의 무도관에 나타나 압도적인 강력함을 자랑하고 있다. 전력은 369승 3패 2무. 경기하다 말고 갑자기 싸움을 포기하기도 한다.

CG 캐릭터 디자인
아키야 가게이치
秋屋蜻一

호소다 감독 스스로 지인의 소개로 만났다고 밝혔다. 이번에 다양한 크리에이터가 용을 그렸는데 아키야가 그린 용이 채택된 것이라고 한다. 아키야의 창작을 통해 특이한 형태이기는 하나 환상적인 용이 탄생했다.

멍으로 보이는 망토의 문양도 아키야가 그린 것. 증식해 가는 고통스러운 상흔도 독창적인 디자인으로.

⟨As⟩가 탄생할 때까지

이번에는 다양한 크리에이터가 참여해 As를 그렸다. 실제로 모습을 드러낼 때까지 어떤 과정이 있었는지 간단히 소개한다.

① 캐릭터 디자인
각 크리에이터가 호소다 감독과 회의하고 조정해 완성한 것. 러프한 상태 그대로 설정이 되기도 하고 직접 플래시 업한 것이 설정이기도 한다.
② 야마시타 다카아키의 파인
디지털 프런티어의 모델링이나 Live 2D에서 소재로 사용하기 위해 애니메이션으로 제작하기 쉽도록 보충하거나 수정하는 것. 이번 『U』의 세계에서는 캐릭터에 섀도 처리를 했기 때문에 이 단계에서 야마시타가 캐릭터에 섀도 처리를 한 것도 있다 (→P. 160).
③ 미카사 오사무의 색채 설계
라인 드로잉 상태로 디자인된 As를 화면에 보여주기 위해, 색채 설계를 담당한 미카사 팀이 채색한다(→P. 164).
④ 디지털 프런티어의 모델링
메인 As나 필요한 As는 『U』의 세계를 구축한 디지털 프런티어에서 모델링했다 (→P. 142).
p. 61의 As는 몹 중에서도 모델링한 일부 As다.

저스틴

정의와 질서를 지키는 자경단원 '저스티스'의 리더. 금발의 푸른 눈. 하얀 전투복은 고결한 인격을 상징한다. 그 활동이 인정받아 다수의 후원사를 보유하고 있다.

저스틴은 거의 오카자키가 색조를 정했는데 저스티스 군단은 색채 설계 담당인 미카사가 채색하고 최종적으로는 호소다 감독이 결정했다.

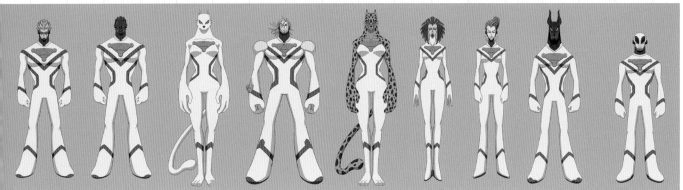

CG 캐릭터 디자인
오카자키 다카시
岡崎能士

● 일러스트레이터. 디자이너. 《썸머 워즈》에서 킹 카즈마를 비롯한 아바타 디자인을 담당했다. 최근에는 《닌자 배트맨》의 캐릭터 디자인과 《스타워즈:비전스》에도 디자이너로 참가했다.

감사의 마음과 성장을 디자인으로 승화했다.

— 저스틴 디자인 작업은 어떻게 진행되었나.

《썸머 워즈》에서 아바타를 그릴 때는 매주 스튜디오에 가서 호소다 감독님과 얼굴을 맞대고 상담하면서 그리고, 다음 주까지 해올 숙제를 들고 돌아오는 일을 내내 되풀이했습니다. 이번에도 마찬가지였죠. 호소다 감독님이 표현하고픈 이미지를 직접 들으면서 서로 아이디어를 내면서 결정했습니다.

— 저스틴에 대해 감독은 어떤 주문을 했나요?

"완벽한 정의의 히어로죠. 하지만 잘못되었어요." 이렇게 말했어요. 이 말을 떠올리면서 꽤 많은 종류를 그렸습니다. 초기에는 켄타우로스 같은 형태를 그리기도 했는데 인간의 몸에 망토를 루프하게 그린 것이 마음에

든다고 해서, 그것을 바탕으로 점점 지금 형태로 정리했습니다.

— 특별히 의식한 게 있나요?

신체 형태를 《썸머 워즈》의 킹 카즈마나 만화가 이시노모리 쇼타로처럼 동글동글한 느낌으로 했는데 이 부분은 상당히 의식했습니다.

— 디자인 포인트는?

가슴의 마크가 제일 마음에 듭니다. 여러 가지 종류를 그리다가 문득 보안관 배지가 떠올라 '아! 이거면 되겠다!' 싶어서 그렸는데 그대로 채용되었습니다.

— 오른손에 날개 달린 사자 디자인도 특이했습니다.

아주 미래적이면서도 조금은 앤티크한 디자인으로 고대 마법 도구 같은 분위기를 내고 싶어 그려봤습니다. 변형 기믹에 대해서도 여러 가지 아이디어를 준비하는데 스즈의 얼굴에 대고 위협하는 장면에서 감독님이 "너무 총구가 튀어나온 느낌을 주지 않았으면 좋겠다"라고 하셔서 그렇게 보이지 않도록 '보석 같은 게 붙어 있으면 멋질 것 같다'라는 생각에 이런 아이디어로 했습니다. 감독님도 아주 좋아하셔서 기뻤습니다.

— 저스티스 군단은?

다양한 국가의 다양한 인종이 저스틴의 사상에 따라 수트를 받아 활동하는 느낌이라 간부들이 쭉 늘어설 때 '이렇게 다양한 사람이 있다고!'라는 인상을 주고 싶었습니다. '저스틴의 양쪽에는 항상 표범 언니 둘을 세

목이 칼칼해질 정도였던 감독과의 회의

● 만화가. 현재 주간 영매거진(고단샤)에 『도라쓰구미—TSUGUMI PROJECT』를 연재 중. 별명 '가니진'으로 활동. http://cssora.net/kanijin/

CG 캐릭터 디자인
ippatu

한 출판사 주최로 호소다 감독님과 알게 되었는데 이후 디자인 의뢰 연락이 와서 현장 스태프로 참여하게 되었습니다. 이번 작품에서는 히로의 As와 용의 성에 사는 A.I 전원을 디자인했습니다. 호소다 감독님은 "자기 안에 있는 그대로를 솔직하게 끌어내 주게"라고 말해 그 말에 따라 낸 디자인입니다.

A.I도 처음에는 '심해 함정 A.I'라는 설정이었는데 제가 '가니진(게 인간)'으로 따로 전개하는 콘텐츠에 인어가 있었고 감독님도 그것을 마음에 들어 해 '가니진'에 나올 듯한 인어를 쭉쭉 디자인했습니다. 늘 그리고 있던 것이라 디자인이 한없이 나와 전혀 뇌를 사용하지 않고 쑥쑥 뽑아냈습니다. 캐릭터 디자인은 실루엣이 먼저 떠오르면 좋은 아이가 태어납니다. 이번 캐릭터도 다 먼저 실루엣이 나왔습니다. 그 가운데 히로 As의 디자인은 제일 시간이 걸려 감독님과 함께 여러 번 시행착오를 겪으면서 이것도 아니

다, 저것도 아니라며 수없이 그려가며 정리했습니다. 표정 모음도 그렸는데 감독의 그림 콘티에 그려진 히로의 As가 아주 생생하고 매력적이어서 후반은 감독님이 다 하신 것 같아요. 디자인한 아이들을 감독님과 일주일에 한 번 회의하며 만들었는데 그 기간이 너무 즐거워 두근대는 마음으로 작업했습니다. 회의 자체는 15분이면 끝났으나 감독님과의 수다는 정신 차려 보면 두 시간이 지나 있었죠. 대화가 도무지 끝나지 않아 회의가 끝난 다음에는 목이 칼칼해 탄산 주스를 마시는 게 습관이 되었습니다. 멋진 시간을 보냈습니다.

완성된 작품을 시사회에서 봤을 때 시사회라는 것을 잊고 표를 사서 한 번 더 보려 했습니다. 다 아는 이야기인데도 영상을 보고 있으면 넋을 놓고 보게 되더군요. 저로서는 처음 해본 경험이었습니다.

오른손에는 언베일하는 빛을 쏘는 사자 머리 모양의 대포를 들고 있다. 이는 변용 후의 형태. 평소에는 문장 형태이다. 저스틴의 섀도는 야마시타가 아니라 오카자키 본인이 넣었다.

히로의 As

벨의 오른팔 같은 존재. 수시로 표정이 바뀌는 히로의 As는 ippatu가 디자인했다. 오른쪽이 야마시타 다카아키의 설정, 아래가 ippatu의 오리지널 캐릭터 디자인.

저스티스 군단

자경집단 간부들의 총칭. 석가면형과 동물형 등 개성 풍부한 〈As〉들이 같은 슈트를 입고 있다. 오카자키의 마음에 드는 〈As〉는 저스틴 양 옆의 동물형.

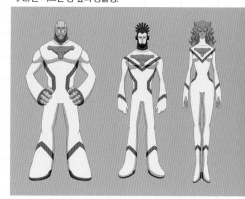

심해어 A.I

용을 '주인님'이라고 부르며 모시는 A.I. 처음에는 벨을 경계하나 용이 벨에 마음을 여는 모습을 보고 친절하게 대한다. 이것도 ippatu의 디자인.

운다'라거나 '이 녀석은 간부가 되기에는 좀 어린 감이 있군'이라는 온갖 숨은 에피소드를 생각하면서 그렸죠. 정말 즐거운 작업이었습니다.

— 영상을 보셨죠?

직접 디자인한 캐릭터가 있으면 늘 그 캐릭터에만 눈이 가기 마련인데 저스틴이 예상보다 활약해서 놀랐습니다. 모리카와 도모유키 씨의 연기도 훌륭해 등장할 때마다 가슴이 뛰었습니다. 제가 그렸는데 채용되지 못한 As들이 후반부 스즈가 노래하는 장면에서 군중으로 등장한 것을 봤을 때는 정말 기뻤습니다.

— 이번 작품에 참여해 얻은 것이 있다면?

12년 전에 《썸머 워즈》에 참여한 것을 계기로 오늘까지 정말 즐거운 애니메이션 작업을 할 수 있었습니다. 그 덕분에 저도 성장할 수 있었으니 호소다 감독님에게 정말 감사해요. 이번 작품에서는 이러한 감사의 마음과 '약 10년 만에 이렇게 컸습니다!'라고 성장한 저를, 호소다 감독님에게 보여드리고 싶었습니다. 저스틴은 그런 마음을 담은 캐릭터였기 때문에 여주인공은 스즈였으나 관객이 '저스틴 좋네!'라고 생각하면 고맙겠습니다.

▩ 아기 As

표정이 풍부한 아기 As. 봉제 인형을 들고 사랑스러운 표정을 짓지만 독설가. 이 아이의 정체는 스완

▩ 천사 As

토모의 As인 천사는 클리오네를 모티프로 했다. 처음 『U』를 찾은 벨의 팬 1호이기도 하다.

▩ 토끼형 소녀 As

첫 부분에 등장하는 As. 모자는 야마시타 다카아키가 추가한 것. 한편 책 페이지의 As는 모두 이케가미 요리유키 디자인

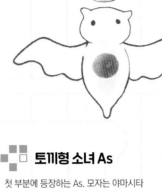

▩ 루카 As

새를 모티프로 디자인된 루카의 As. 『U』의 세계에서도 알토 색소폰을 연주하는 듯하다.

▩ 카미신 As

큰 개를 모티프로 한 카미신의 As. 카누 세트를 짊어지고 『U』에서도 패들을 휘젓고 다닌다.

▩ 합창단 As

합창단 As는 인간형을 기본으로 하면서도 이제까지의 삶을 표현할 수 있는 굵직한 디자인으로 했다.

기타 씨 As.

요시타니 씨 As.

오쿠모토 씨 As.

나카이 씨 As.

하타나카 씨 As.

■ 자유롭게 만들어진
■ 첫 번째 캐릭터 디자이너

□ CG 캐릭터 디자인
■ 이케가미 요리유키
イケガミ ヨリユキ

● 화가. 일러스트레이터. 개인 전시회를 아시아와 일본 각지에서 개최했다. 이 작품의 원작 소설, 가도카와 쓰바사 문고판의 삽화도 담당했다. 작품집으로 『이케가미 요리유키 작품집』(겐코샤)이 있다.

디지털 프런티어가 제 그림을 보고 SNS로 연락해와 참여했습니다. 중요 As 가운데 천사, 합창단 여성들, 루카와 카미신을 담당했습니다. 천사는 "클리오네 형태로 했으면 좋겠다"라는 감독님의 주문이 있었고 이후 여러 차례 영상 회의를 거쳐 감독님의 의향에 가깝게 그렸습니다. 그 밖의 디자인은 자유롭게 그렸습니다. As는 가상 세계의 것이므로 익명성이 높아 정체를 알 수 없는 느낌을 주도록 디자인했습니다. 현실과 동떨어진 디자인이라고 해야 할까요. 외모로 알아볼 수 있는 나이나 성별의 폭도 최대한 넓혔고, 아예 인간이 아니거나 사용하는 색의 수를 늘리거나…, 다양한 시행착오를 거쳤습니다. 플롯 단계부터 제작에 참여했기 때문에 캐릭터가 태어나고 스토리가 연결되고 색이 칠해지고 영상이 되고 음악도 입혀지고… 작품이 완성되어 가는 과정에 매번 감동했습니다. 완성된 작품

을 처음 본 날은 정말 흥분했습니다. 아름다운 영상과 풍부한 음악에 계속 둘러싸여 있던 터라 현실로 돌아오는 것이 안타까웠습니다. 특히 벨의 라이브를 봤을 때는 정말 행복해 시작하자마자 3분 만에 벨의 팬이 되었습니다. 제 스마트폰에는 왜 『U』 앱이 없는지 속상했습니다.
캐릭터 디자인 작업은 처음이었는데 자유롭게 많이 그리게 해줘서 놀랐습니다. 이제까지 일로 그림을 그린 적 없는데 이번 일로 캐릭터 일러스트를 그려도 되겠다는 용기를 얻었습니다.

작품에 나오는 '진영 게임'의 한 막도 이케가미가 담당했다. 그 수는 무려 250 이상!

몹(군중) As

『U』의 세계를 돌아다니는 몹 As는 캐릭터 디자인에 참여한 크리에이터가 메인 디자인에서 제안한 안과 세계 각지에서 참여한 크리에이터의 안 등 다양한 형태로 탄생했다. 당신은 얼마나 찾아낼 수 있을까?

이케가미 요리유키의 몹 As는 인간형과 식물 등 다양한 형상이 있다.

원래 저스티스 군단 후보였던 오카자키 다카시의 디자인들. 딱딱한 느낌의 디자인

세계 각지에서 크리에이터가 참여해 『U』의 세계에 다양성이 넘치는 As가 탄생했다.

ippatu의 몹 As 디자인은 매우 풍부한데 그중에는 용으로 제안한 것도.

벗겨진 느낌과 참는 느낌에 주목

CG 캐릭터 디자인
오카자키 미나 岡崎みな

『썸머 워즈』의 반 켄지 아바타 디자인 이후 참가한 것입니다. 다시 제안해줘서 정말 기뻤습니다. 환골탈태 디로와 꾹 참아 마루는 그야말로 한 꺼풀 벗겨진 느낌과 꾹 참는 느낌이 핵심이었습니다. 감독님의 상담을 받고 이름까지 지은 것이라 애착이 큽니다. 《용과 주근깨 공주》는 이제까지 본 적 없는 멋진 영화였습니다! 루카와 카미신의 역에서의 장면이 제일 사랑스러워 좋아합니다.

● 일러스트레이터. 『썸머 워즈』의 반 켄지 아바타 디자인 담당. 반 켄지와 마찬가지로 이번에도 환골탈태 타로와 꾹 참아 마루는 열쇠고리 등 굿즈가 전개되고 있다.

특징적인 몹 As를 만들어낸 오카자키는 인기 유튜버 환골탈태 타로와 꾹 참아 마루도 담당했다. 스즈가 좋아하는 유튜버이기도 하다.

오카자키 미나가 담당한 귀여운 몹 As

특별정담

미래 그 너머로

— 기술이 작품에 가져오는 것 —

이 작품에 등장하는 가상 세계 『U』.
가상 세계가 확실히 도래한 미래라는 리얼리티를 부여하기 위해 호소다 감독은 차세대 통신 규격 「5G」 책정의 리더였던 나가타 사토시 씨, 나아가 사람과 컴퓨터가 서로 작용해 신체를 공유하는 「보디 셰어링」 기술 개발자인 다마키 에미 씨를 취재했다고 합니다.
그 두 사람과 호소다 감독의 특별 대담, 시작합니다.

취재 협력

나가타 사토시 ✕ 다마키 에미 ✕ 호소다 마모루

永田聡   玉城絵美, H2L   細田守

— 감독은 나가타 씨와 어떤 경위로 알게 되었나요?

호소다. 나가타 씨와 처음 만난 것은 《용과 주근깨 공주》 훨씬 전입니다. 우리 생활을 편리하게 만드는 사람의 이야기를 직접 들어보자는 기획이 있어서, (도쿄) 스카이트리에서 개최된 NTT DOCOMO의 차세대 통신 규격(당시)인 「5G」 전시회를 견학하게 되었는데 그때 「5G」 규격의 리더라며 소개받은 분이 나가타 씨였습니다.

나가타. 당시 저는 「5G」 개발에 참여하고 있던 터라 감독님에게 근미래의 통신 기술에 관해 자세히 말씀드렸죠. 《용과 주근깨 공주》에 관해 들은 것은 얼마 후였습니다. 감독님이 극장 영화를 제작 중인데 작품 속에 등장하는 미래의 스마트폰과 인터넷 가상 현실에 관해 기술적인 관점에서 이야기해줄 사람을 소개해달라고 하셔서. 자료를 읽고 제일 먼저 떠오른 사람이 다마키 씨였습니다.

호소다. 다방면의 사람에게 이 영화의 소재에 관해 의견을 들었는데 나가타 씨에게 "현실 기술인 VR 고글 같은 것을 쓰지 않고 가상 세계와 현실을 하나로 만드는 방식 같은 게 없을까요?"라고 물었더니 "있어요"라고 답하고 소개해준 것이 다마키 씨가 개발한 「보디 셰어링」이었습니다. 이야기를 들어보니 영화에서가 아니라 현실에서 연구되고 있다니 '이거야말로 정말 실현할 수 있겠구나!' 싶어 정말 놀랐습니다.

다마키. 「보디 셰어링」은 전기 자극을 근육에 주거나 반대로 근육의 정보를 광학식 근변위 센서로 측정해 신체 감각을 가상 송수신하는 기술입니다. 이 기술을 이용함으로써 버추얼 캐릭터와 시각만이 아니라 신체 감각까지 일체화됩니다. 작품 속에서는 50억 명이 접속하는 가상 세계 『U』에서 활동하는 As라는 분신과 신체 감각을 공유하는 기술로서 「보디 셰어링」이 활용되었습니다.

— 감독의 이야기를 들었을 때 다마키 씨는 어떤 생각이 들었나요?

다마키. SF와 현실 세계가 궁극적으로 만나는 지점에 우리가 연구하는 보디 셰어링이 있다는 생각에 정말 흥분했습니다. 개발 당시부터 보디 셰어링을 놓고 "무슨 소설 같다"라는 말을 많이 들었습니다. 마침 그때 호소다 감독님이 근미래가 무대인 작품에 참고하고 싶다고 하셔서 '기술이 현실에 다가가고 있다'라는 생각이 들었습니다.

호소다. 실제로 다마키 씨는 SF 분야로 여겨지는 것을 현실에서 실현하려고 연구하고 있으니까 당연히 그 기술이 이루어진 미래로 작품에 넣어야겠다고 생각했습니다. 이 연구는 어쩌면 장래 노벨상을 받을지 모르겠다고 생각할 정도로 저는 큰 충격을 받았습니다.

— 감독은 다마키 씨에게 어떤 이야기를 들었나요?

호소다. 시나리오가 완성되어 "이거 현실에서 가능할까요?"라는 식으로 확인차 취재하러 갔죠. 그런데 더 흥미로운 이야기를 들어, 그때 알게 된 보디 셰어링 시스템을 최대한 영화 속에 넣고 싶었습니다.

— 어드바이스라고 해야 하나요, 꼭 감수 같네요.

호소다. 바로 그겁니다.

다마키. 기술적인 면에서의 지원도 하게 해주셨어요. 실제로 감독님과 얘기하며 놀란 것은 완벽한 증거를 갖춘 다음에 작품을 만든다는 것이었습니다. 그런 사상이 너무 뜻밖이어서 정말 놀랐습니다.

호소다. 20년 전에 만든 《디지몬 어드벤처 우리들의 워 게임》(이하 워 게임)에서부터 줄곧 가상 세계를 소재로 작품을 만들어왔고 그 연장선에 이번 《용과 주근깨 공주》도 있으니 아무래도 그 부분만큼은 고집을 부려야 했죠. 인터넷이 생긴 지 25년밖에 안 됐는데 그중 20년을 가상 세계를 그려왔으니 그 참 대단하다 싶네요(웃음).

나가타. 정말 대단하세요.

호소다. 이번 이야기는 《워 게임》의 '디지바이스'처럼 불가사의한 디바이스만 있으면 모든 게 해결되는 이야기가 아니라 '인터넷에 의해 미래에는 정말 이런 일이 벌어질 거야'라는 것을 최대한 정확하게 그려내고 싶었습니다. 그러니까 10년 뒤에 이 작품을 보면 "벌써 실용화된 기술이 10년 전 영화에서는 픽션으로 다루어졌네"라는 감상이 나올 정도면 딱 좋겠다고 생각했습니다. 그거 정말 꿈같은 얘기 아닐까요? 그런 작품을 목표로 한 만큼 최대한 거짓말은 하고 싶지 않았습니다. 아, 사실, 애니메이션 감독이란 거짓말이 장사 수단인데 말이죠(웃음).

나가타. (웃음)

호소다. 인터넷은 꿈같은 일을 현실에서 실현하는 힘을 지니고 있다고 생각합니다. 실제로 나가타 씨나 다마키 씨 같은 분들이 최첨단 기술을 연구한 덕분에 지금까지 불가능했던 사람들과의 소통이나 새로운 생활양식이 출현했고 누구나 그 기술을 쓸 수 있게 되었습니다. 그 노력은 확실히 미래로 이어지고 있죠. 그래선지 나가타 씨나 다마키 씨와 이야기를 하다 보면 우리가 당연하게 누리는 기술 너머를 볼 수 있게 되고 마치 시간 여행을 가서 미래에 사는 사람에게 질문을 던지는 것 같은 감각에 사로잡힙니다.

나가타. 그렇게 생각하셨어요?

호소다. 그렇습니다. 그렇게 미래 사람의 이야기를 들은 다음 그 정보를 들고 2021년으로 돌아와 "자, 미래는 이렇게 된대"라며 다른 이들에게 보여주는 느낌이었죠. 정말 흥미로운 작업이었습니다.

다마키. 그런 의미에서 저희도 감독님과 같았어요. SF를 소재로 작품을 만드는 사람이란, 일테면 헤드마운트 디스플레이 대신 얇은 고글 같은 것을 내놓으면 나름 미래적이라고 생각할 줄 알았어요. 하지만 과학적으로 보면 그것만으로는 부족해요. 사실은 후두부와 측두부를 이용하는 편이 신체 정보를 전달하는 데 좋죠. 감독님의 질문은 그런 리얼리티에 관한 게 많았고 정말 그런 일이 가능하냐는 데 집중되어 있어서 정말 감탄했습니다. 감독님이 하는 작업은 그야말로 예언서를 만드는 일이구나 싶었죠(웃음).

호소다. 아니, 말도 안 돼요(웃음).

나가카. 맞는 말이네요.

호소다. 다마키 씨도 그런 미래 예측에 관해서는 상당히 지식이 있으시잖아요? 가상 세계에서 자신의 신체를 어떻게 연결할 것인지뿐만 아니라 보디 셰어링이 보급되면 미래 세계가 구체적으로 어떻게 변할지도 연구하는 게 아주 흥미로웠습니다.

다마키. 아니, 그냥 예를 들자면 보디 셰어링이 보급되면 진짜 나는 집에 있으면서 가상의 자아는 원하는 곳에서 살 수 있잖아요. 그럴 때 사람들은 어딜 가고 싶어 할까 시뮬레이션했더니 오사카에 현재 인구의 11배에 해당하는 의식이 집중되는 것으로 밝혀졌습니다.

— 도쿄가 아니네요?

다마키. 맞습니다.

호소다. 오사카에 가고 싶어 하는 사람이 많군요.

다마키. 아, 그럴 수도 있겠다고 수긍이 가기도 하는데 사이타마현이 0.1에서 0.2였다는 게 너무 놀라웠어요.

호소다. (웃음)

다마키. 최종 시뮬레이션 결과는 더 낮아요. 현실의 몸은 사이타마에 있으면서 의식은 다른 곳으로 가고 싶어 하는 사이타마현민이 정말 많았습니다.

— 그래요?

다마키. 보디 셰어링이 앞으로 확대되리라는 예측이 가능한 지점이죠. 그렇다면 어떤 규제가 있어야 할까, 어떻게 사람의 흐름을 제어할 것인가, 범죄 발생을 어떻게 막을까, 새로운 기술이 생긴 결과 사람의 인생이 어떻게 변할지도 알아두는 게 혁신적인 기술을 개발하는 연구자의 책임이라고 생각합니다. 그런데 감독님은 똑같은 일을 20년 전부터 해오고 계시더군요. 실제로 그 기술이 현실이 된 세계를 깊이 파헤쳐 기술 연구자인 저까지도 수긍할 영상 작품으로 승화하는 노력이라는, 재능이 정말 멋졌습니다.

— 나가타 씨는 기술자로서 이 작품을 어떻게 보셨나요?

나가타. 현재 저는 감독님에게 말했던 「5G」를 이을 차세대 통신 규격 「6G」 개발에 참여하고 있습니다. 지금까지 인간 중심이었던 통신 지역이 「6G」부터는 인간이 없는 통신 환경, 즉 우주나 바다 같은 장소도 커버하게 됩니다. 그렇게 되면 사람과 사람만이 아니라 모든 사물과 사물이 연결되는 첫 시대가 도래할 것으로 보는데 그런 근미래 기술이 보급된 세계를 그린다는 점에서 저 역시 이 작품에 엄청난 흥미를 지녔습니다. 게다가 그림 콘티를 읽고 나서는 '연결된다는 것은 무엇일까?' '연결된 뒤에 인간은 무엇을 하고 싶을까?'라는 생각을 하게 되었습니다.

— 이 작품에서는 그 '연결된 뒤'의 세계가 그려지고 있죠.

나가타. 그렇습니다. 인간이란 환경에 적응해 점점 변해가지 않나요? 보디 셰어링과 6G가 보급되면 인터넷이나 가상 세계에서 또 다른 나로 살아가는 게 당연해질 겁니다. 그렇다면 그와 함께 행동이나 감각, 의식도 당연히 변할 테죠. 그렇게 새로운 시대의 기술에 적응한 인간의 변화를 이 영화를 통해 느낄 수 있었습니다.

— 보디 셰어링을 비롯한 근미래 기술이 사용된 가상 세계에서 현실의 자신은 발휘하지 못한 재능을 끌어내는 점에 희망을 품는 사람도 많았을 것 같은데요.

다마키. 그냥 이야기이니까 그렇게 되었으리라 생각하는 사람도 있을 텐데 기술적으로 봐도 크게 수긍되는 부분이 많았습니다. 현실 세계에서도 저마다 다 다른 인터페이스를 지니고 있잖아요? 시력이 좋은 사람이 있으면 나쁜 사람도 있고, 손발이 긴 사람도 있으면 짧은 사람도 있죠. 그렇게 인터페이스가 저마다 다르다 보니 뇌에 들어오는

정보도 저마다 다릅니다. 그렇다면 지금까지와는 다른 세계에서 살게 된다면 현실 세계에서는 발휘할 수 없었던 새로운 재능을 발견할 수 있을 겁니다.

호소다. 『U』는 특별히 새로운 세계나 가상 세계가 아니라 또 다른 세계, 또 다른 현실이라는 설정이었습니다. 그리고 이 두 세계를 오가는 것으로 했는데 저는 둘 중 하나가 가짜인 게 아니라 둘 다 진짜라고 생각합니다. 현실에 사는 지금 자신보다 가상공간이라는 무한한 세계 속에서 생활하며 지금까지 겉으로 드러내지 못한 가능성을 또 다른 자신이 끌어낸다면 그것도 멋진 일이라 생각합니다. 그것은 개인의 행복만이 아니라 공익이나 세계를 위한 것이기도 하죠. 이 작품을 통해 젊은이들이 그런 생각을 품길 바랍니다.

나가타. 「6G」가 보급되는 시대에는 인터넷에 연결된다는 것이 인간에게 공기나 물처럼 당연한 것이 될 겁니다. 일테면 로봇이나 A.I가 어느새 가전이 되어 있잖아요? 나도 모르는 사이 SF 같은 기술이 현실에 녹아든 것처럼 인터넷도 앞으로는 연결된다는 감각조차 사라질 겁니다. 그와 마찬가지로 버추얼한 자신이 존재하는 세계가 여러 개 있는 것도 당연할 겁니다. 그런 세계에서 저와 호소다 감독님의 자녀가 어떻게 생활할지 정말 흥미진진합니다.

호소다. 그건 저도 마찬가지예요. 우리 아이들은 태어날 때부터 인터넷이 있었으니까요. 태어날 때부터 단톡방 속에 있는 거잖아요(웃음). 그건 인간관계가 가시화된 세계인 탓에 항상 신경 쓰며 살아야 하죠. 어른이 될 때까지 그런 커뮤니케이션이 일반적이지 않았던 우리가 보기에는 도무지 상상할 수 없는 지점입니다. 그런 것을 어릴 때부터 해온 아이들이 어떻게 성장해 어떤 어른이 될지 정말 흥미롭습니다. 저는 이 영화에서 그런 아이도 희망을 품고 제대로 성장할 수 있음을 보여주고 싶었고 역시 젊은이들이 새로운 도구를 제대로만 사용한다면 어른들에게 당하기만 하지 않을 것이고 더 높은 곳을 향해 갈 수 있음을 느끼길 바랍니다.

— 남녀노소 누구나 보면 좋을 작품이지만 그래도 주요 관객층은 10대인가요?

호소다. 물론 여고생이 주인공이니 여고생들이 봐줬으면 합니다. 아무래도 내 영화를 보고 젊은이들이 도전 정신을 갖길 바라는 마음이 큽니다. 젊은이들은 종종 자신에게는 힘이 없다거나, 아무것도 할 수 없다고 포기하고는 하잖아요. 하지만 새로운 기술이 있는 곳에 그런 사람들이 더 비약할 수 있는 부분이 있음을 이 영화를 보고 깨닫길 바랍니다.

다마키. 제가 감탄한 것은 인터넷의 가능성만이 아니라 부정적인 부분도 이 작품에서는 아주 생생하게 다루고 있다는 점입니다. 주인공 스즈는 여성으로 자존감이 아주 낮아요. 그 부분은 오늘을 사는 여고생이 느끼는 낮은 자존감을 정확하게 표현하는 것 같은데 이것은 인터넷 보급 탓이라고 생각합니다.

호소다. 아! 알 것 같아요!

다마키. 현실 세계에서는 친구라고 해봤자 몇 명이면 되고 친구가 많다고 해도 십여 명 정도입니다. 그 정도면 일반적이라고 생각하고 어쩌면 내가 제일 낫다고 생각할 수도 있어요. 그래선지 20년 전에 청춘을 보낸 현재 삼사십 대 사람들은 자존감 높은 사람이 많아요. 좁은 세계에 살아서 '내가 최고야'라고 생각하는 사람이 많았죠(웃음).

나가타. 맞아요(웃음).

다마키. 하지만 인터넷과 연결되면 자신과 연결된 사람이 현실 세계와는 비교할 수 없을 만큼 많아지죠. 연결된 사람이 수백 명쯤 되면 그중 하나는 틀림없이 미인일 테고 일찌감치 재능을 꽃피운 사람도 있을 테죠. 그런 사람과 비교하면 '왜 나는?'이라며 자존감이 낮아질 겁니다. 그 결과 점점 겸손하고 자존감이 앉은 사람이 늘고 있는데 스즈는 그런 아이를 대표하는 아이입니다. 가족의 사고로 자존감이 낮아진 것도 이해가 가고, 인터넷 세계가 있고…, 게다가 주위 친구 중에 대단한 사람이 있으니 자존감이 낮아지겠죠. '상황이 이러면 누구라도 자존감이 낮아지겠다'라고 이해할 수 있어서 정말 공감하기 쉬운 주인공이라고 생각하며 스즈를 바라봤습니다.

호소다. 그렇게 말씀해주시니 기쁩니다. 저는 요즘 자존감이 낮다거나 인정욕구가 강해진 것은 칭찬하는 사람이 줄어서라고 생각했어요.

나가타. 그거 재미있는 생각이네요.

호소다. 현재의 인터넷은 칭찬보다 비판을 편하고 후련하게 생각하는 경향이 있어 누구나 칭찬하기 힘든 상황 아닌가요? 저는 그런 인터넷의 나쁜 문화를 앞으로 인터넷에서 인생을 구가해야 하는 젊은이들이 따를 필요는 없다고 생각합니다. 인정을 받고 싶은 사람이 있다면 그 장점을 발견해 칭찬하면 되지 않나요? 의미도 없이 고집을 부리며 고민하다니 시간 낭비죠. 가상 세계에서까지 그런 데 신경을 쓰고 살아야 한다니 정말 불행한 일입니다.

다마키. 비판보다 칭찬이 다른 이의 피드백으로 얻는 게 큽니다. 그로 인해 다른 이와의 관계를 바람직하게 쌓아 가면서 더 강하면서도 유연한 자아를 형성하는 것이 제일 건전하죠. 젊은이들은 인터넷 세계에서 살아가면서 이런 긍정적인 관계 맺기를 목표로 해야 합니다.

나가타. 감독님은 『U』 같은 가상 세계에서 사는 또 다른 나는 어떤 존재일 것 같나요? 감각적으로는 '자아 찾기' 같았는데요.

호소다. 아니, 저로서는 둘 다 나인 것 같아요. 인터넷이라는 게 있기에 있을 수 있는 또 다른 자신을 더 긍정적으로 다뤄야 할 것 같아서. 애써 새로운 가능성으로 가득한 세계를 개척했으니 새로운 가치관을 만들고 싶어요. 그러니 현실 세계와 인터넷 세계를 대립적으로 생각할 필요도 없죠. '어느 쪽이 진짜인가?' '어느 쪽이 옳은가?'라는 사고방식은 그다지 흥미롭지 않고 어느 쪽을 부정할 필요도 없죠. '다른 나도 나야.' '버추얼이라도 나는 나야.' 가슴을 펴고 말하고 싶어요. 현실에서는 재능을 인정받지 못했더라도 버추얼로 평가받으면 그것을 현실로 가져와 함께 성장하면 되죠. 《용과 주근깨 공주》를 본 관객들이 그렇게 느꼈으면 좋겠습니다.

나가타. 이 작품에서 젊은이들에게 보내는 메시지라고 느낀 점은 내가 뭘 하고 싶은지 모르겠다…, 저는 젊었을 때 이랬거든요. 그런데 '나는 누구인가?'라는 것이 하나의 키워드인 것 같아요. 감독님의 이번 작품은 자아 찾기는 잠시 치워두고 내가 누구인지를 다시 생각하는 계기를 준 것 같습니다. 나아가 자신을 어떻게 받아들일지를 고민하게 했습니다.

— 현실을 사는 현재의 나도 긍정하고, 어딘가에 있고 새로운 가능성에 도전하려는 또 다른 나도 긍정해야 한다?

호소다. 그 부분을 심리학적 접근으로 해결하는 게 아니라 기술이 개척하는 미래로 보여주며 해결하고자 하는 마음으로 작품을 만들었습니다.

다마키. 맞아요. 인터넷을 통해 다양한 가상 세계에 사는 인터페이스 각각에 다른 의식이 있음을 인식하는 게 일단 중요해요. 그곳에서의 경험을 피드백해 현실 자아의 인터페이스로 받아들여야죠.

호소다. 인터넷이라는 세계는 원래 그렇게 긍정적이고 꿈을 꾸는 존재여야 해요. 지금은 오히려 정반대죠. 인터넷의 단점만이 두드러지고 있으니 세상은 정말 잘못되었어요. 그래서 저는 제 작품에서만이라도 긍정적인 부분을 조금이라도 얘기하려 합니다. 그러지 않으면 새로운 세계와 새로운 기술이나 거기서 생기는 꿈같은 애니메이션 경험이 젊은이들에게 쓸모없는 것이 될 테니까요. 그렇게 되면 너무하잖아요.

나가타. 애써 누구나 체험할 멋진 가능성이 바로 옆에 펼쳐졌는데 말이죠.

호소다. 맞아요. 정말 그렇다니까요.

[사진 오른쪽] ● 나가타 사토시
주식회사 NTT도코모 6G-IOWN추진부 담당 부장. 도쿄공업대학대학원 이공학연구과 박사 전기 과정 수료 후 2003년 NTT도코모에 입사. LTE/LTE-Advanced/5G 연구 개발, 표준화에 종사. 그 후에도 최신 기술을 개발에 분주하다.

[사진 왼쪽에서 두 번째] ● 다마키 에미
류큐대학 공학부 교수이자 와세다대학 이공학부에서도 교편을 잡고 있다. 캐릭터의 신체, 로봇의 신체와 인간의 신체 등 유저의 다양한 감각을 상호 공유하는 'BodySharing(체험 공유)'를 추구하는 기업 H2L, Inc의 대표이기도 하다.

[사진 왼쪽] ● 요시다 히사노리
니혼방송의 라디오 프로그램 『뮤코미VR』 MC이자 직접 VTuber로 유튜브 프로그램 『잇쇼켄짱네루』를 제작하고 있다.

『U』에서는 용에 대한 비난 댓글이 쇄도했다. 저스티스가 업데이트한 동영상에서도 용은 위험한 존재라고 경고하고 있었다.

그 결과 용의 정체 찾기가 활발해져, 신선 같은 한심한 노인네, 천재 소년 해커, 엄청나게 야한 여자, 대부호… 라는 온갖 소문이 나돌았다.

이보다 전에 소문이 난 자들의 정보도 흘렸다.

예리넥은 죽었다던 전 여자 친구가 나타나 그의 표절 문제를 폭로하더니 현재 여자 친구와 드잡이를 벌였다.

폭스는 아이들에게 진정한 히어로가 되고 싶다면 그동안 숨긴 피부를 공개하는데 큰 상처는 수술 흉터였다.

그리고 스완은 히로의 As가 스완의 As와 만나는 바람에 용이 아님이 명백해졌다.

이제 용은 그냥 놔두자.
비밀 같은 거 몰라도 되잖아.

용은 『U』의 질서를 위협하는 위험한 존재입니다.
용에 관한 새로운 정보를 찾습니다.
해시태그는 #Unveil_the_Beast.

표절이라니? 절대 있을 수 없어!!

저는 나쁜 사람도, 난폭한 사람도 아닙니다.

지, 진정한 나는 순진무구한 마음의 소유자라고!

벨의 라이브를 마음대로 손꼽아 기다리는 수많은 As의 성원에 당혹하면서 죄책감을 느끼는 벨. 그 틈을 노린 저스티스 간부들에게 포위되고 만다.

벨이 감금된 캄캄한 방에는 저스틴이 있었다. 저스틴은 사자 머리 모양의 대포가 지닌 '정의의 힘'에 관해 떠들기 시작한다.

일반적으로 디바이스를 통해 읽어 들인 생체 정보는 특수한 과정을 거쳐 As로 변환되는데 이 빛은 그 변환을 완전히 무효로 만들지. 곧 오리진 자체가 그대로 『U』 공간 위에 묘사되고 마는 것이다…, 이것이 언베일의 구조지.

추억한 용이야말로 언베일해야 하는 존재라며 벨에게 용의 거처를 털어놓으라는 저스틴. 저항하는 벨을 도우려 심해어 A.I가 나타나, 저스틴에게 전혀 다른 공간을 보여주고 그사이에 벨을 구출했다.

하지만 벨은 암흑의 방에 장미 꽃잎 하나를 떨어뜨리고 말았다. 저스틴은 그 꽃잎을 줍더니 무슨 꿍꿍이라도 떠올린 듯 씩 웃었다.

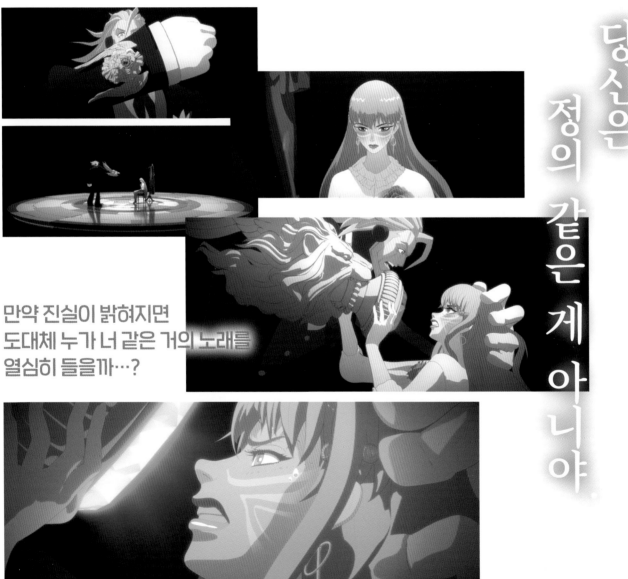

만약 진실이 밝혀지면
도대체 누가 너 같은 거의 노래를
열심히 들을까…?

당신은 정의 같은 게 아니야

74

찾는 물건이라도 있나요?

당신에게만은 가르쳐 드리지요.

힘든 일이 있으면…

없다니까!!

스즈는 집 툇마루에서 반려견 후가에게 밥을 주고 있는데 아버지가 말을 걸어왔다.

솔직할 수 없는 스즈는 아버지의 말을 무시하고 2층으로 올라오는데, 조금 있다가 내려가니 메모와 함께 복숭아가 놓여 있었다.

어느 날, 스즈가 집 근처 역에 도착하자 루카가 기다리고 있었다. "좌초되고 말았어"라고 루카는 말한다. 좋아하는 사람 앞에서 한마디도 못 해서 그 사람에게 "아니, 그 반응은 뭐지? 기분 나빠"라는 소리를 들었단다. 저도 모르게 "시노부, 너무해!"라고 분개하는 스즈. 그런데 루카가 좋아하는 사람은 시노부가 아니라 카미신이었다.

스즈의 집에서 아이스 복숭아 티를 마시면서 계속 이야기하는 스즈와 루카. "네가 누굴 좋아하는지 알아버렸네"라고 말하는 루카에게 스즈는 당황하며 "아, 안돼. 말하지 마라. 말하면 죽어버릴 테니까"라고 말한다. 하지만 "언제부터?"라고 부드럽게 물어준 루카에게 스즈는 시노부와의 추억을 조용히 털어놓았다.

여섯 살 때, 지켜주겠다고 말한 것. 프러포즈를 받은 줄 알았던 것. 하지만 울기만 하는 스즈에게 괴롭히는 아이들에게서 지켜주겠다고 했던 것이라는 것….

이야기를 들은 루카는 "시노부는 참 이상하다 싶었지…"라고 말한다.

그리고 이미 이름을 말해버렸다는 사실에 둘은 나란히 웃음을 터뜨리고 말았다.

난 걔가 늘
네 엄마 같더라.
전부터 그렇게
생각했어.

여섯 살 때,
'내가 지켜줄게'라는
말을 해줬어.

으, 응원할게!

루카를 역까지 바래다주는 스즈. 그런데 대합실에 있는 카미신을 발견한다.

한참을 그 자리에 굳어버린 루카. 퍼뜩 정신을 차리고 결심한 듯하더니 응원한다는 뜻을 전한다.

"응원해준다는 건 말이야. 와타나베가 나를 좀 좋아한다는 말일까?"

평소대로 농담처럼 말하는 카미신. 하지만 새빨개진 얼굴을 가리는 루카와 옆에서 고개를 끄덕이는 스즈를 보며 카미신도 조금씩 사태를 파악한다.

뜻밖의 상황에 뒷걸음질로 역을 나가는 카미신을 스즈가 뒤쫓는다. "좋지 않아?!" "좋아"라는 말들 오간 후 카미신은 마침내 루카에게 말을 건다. 하지만 둘이 벨에 관해 이야기하기 시작하자 이번에는 스즈가 뒷걸음질로 역을 나오는데….

홋카이도에서 열리는 카누 인터하이에 응원하러 가도 되냐는 루카. 카미신은 "진짜 응원해주러 오면 반드시 이길게. 잘 봐!"라고 대답한다.

역에서 뛰쳐나온 스즈가 만난 사람은 시노부였다.

시노부는 교차로 건너편에서 내내 말하지 못한 게 있다며 스즈에게 말을 걸었다.

그런데 시노부는 왠지 말하기 힘든 것처럼 보인다. 그 모습을 보며 스즈도 자기 역시 내내 하고 싶었던 말을 건네고 싶어 애가 탔다.

"나 말이야, 실은."

"알아."

시작한 스즈의 말 위로 시노부의 목소리가 울린다.

그리고 시노부는 스즈가 생각지도 못한 말을 이었다.

시노부는 벨의 정체가 스즈임을 알고 있었던 것이었다.

스즈는 너무 놀라 그 자리에서 바로 도망치고 말았다. 그리고 니요도가와 강가에서 머리를 감싸 쥐고 있는데 히로의 전화가 들어왔다.

"용에게 큰일이 생겼어!!"

나, 계속 네게
하지 못한 말이 있어.

시, 시노부, 미안!
나도 지금까지
네게 못 한 말이 있어.

"너, 벨이지?"

"아, 아아,
아니야!"

드디어 용의 오리진이, 언베일 되는구나.

용의 성이 드디어 밝혀졌다.

장미 꽃잎의 데이터를 해석해 침입 루트를 특정한 것이다.

저스티스 대원들의 난입으로 황폐해지는 성. 저스틴은 『U』의 모든 As를 향해 열정적으로 선언했다.

"우리는 긴장을 늦추지 않는다! 용의 오리진을 백일하에 드러내겠다!! 『U』에 사는 모든 사람 앞에서 반드시 죄를 묻겠다!!"

저스틴의 뒤쪽에 다수의 기업 로고가 속속 쌓였다. 저스티스 군단의 행동에 동의해 후원하는 기업들이다.

한편 아이들은 역시 용을 응원한다. 꾹 참아 마루와 환골탈태 타로의 유튜브 채널에서는 "용이 불쌍해!" "누가 좀 도와줘요!" 같은 아이들의 성원이 빗발치고 있다.

용의 신변에 큰일이 생기자 스즈는 벌떡 일어났다. 히로와 폐교에서 만나기로 하고 『U』의 디바이스를 장착하며 달리기 시작했다.

주인님을, 도와줘…

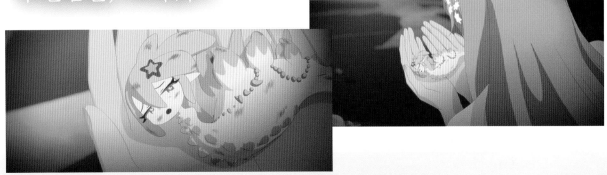

너무해….
왜 이런 짓을?

벨이 용의 성으로 다가가자 여기저기서 연기가 피어오르고 문은 부서져 있었다. 헐떡이며 파괴된 성안을 달리는 벨. 댄스홀로 가자 심해어 A.I들이 쓰러져 있었고….

"어떻게…?"

벨이 중얼거리고 있는데 저스틴이 나타나 말한다.

"용이 있는 곳으로 안내하지 않겠다고 했지?"

어차피 A.I니까 신경 쓰지 않겠다는 저스틴. 그 후 성 여기저기서 용을 찾지 못했다는 대원들의 보고를 받고 저스틴은 성을 나간다. 그리고는 성에 불을 질렀다.

"어디 숨어 있든지 놈은 시궁창 쥐처럼 기어 나올 테니까."

너무나 분해 입술을 깨무는 벨. 그때 해삼 심해어 A.I가 마지막 힘을 짜내 말한다.

"당신에게만, 알려줄게요…."

해삼 A.I는 숨은 통로를 열고 그곳으로 벨을 안내했다.

벨…
사실대로 말하지 못해 미안해…

　낡아서 무너져 내릴 것 같은 나선 계단을 오르자 발코니에 용이 쓰러져 있는 게 보였다.
　벨이 달려가 보니 용은 아주 고통스러워하고 있었다. 저스틴의 공격을 받은 것 같지 않은데 같이 춤을 췄던 날과 같은 고통인 듯하다.
　"걱정하지 마. 이곳은 위험해. 같이 도망치자."
　벨은 용의 등을 쓰다듬으며 출구로 인도하려 한다.
　하지만 용은 "나만 참으면… 참기만 하면…, 그러면 돼…"라고 스스로를 다독이듯 말했다.

　"…나?" 용의 입에서 나온 어린애들이나 쓰는 일인칭 단어를 마음에 담는 벨. 용은 그녀에게 따뜻한 눈빛을 던진 후 발코니에서 몸을 던져 낙하하더니 하늘을 날아 사라졌다.
　용의 성이 불타버린 뉴스는 역에 있던 시노부, 카미신, 루카에게도 전해졌다.
　시노부는 스즈에게 가려고 루카에게 짚이는 곳이 있는지 묻는다. 그러자 루카는 추억의 초등학교 얘기를 하는데….

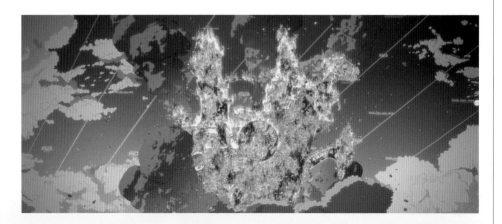

나이토 벨/Belle

나카무라 카호

中村佳穂

무언가를 표현하려 하는
모든 사람에게 전하는 이야기

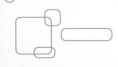

스즈가 품은 마음은 결코 멀리 있는 것이 아니었어요.

— 오디션은 어떤 마음으로 임했나요?

그냥 즐기자는 마음으로 갔습니다. 애당초 설마 내가 되겠나 싶었고 오디션장에서 다른 배우들이 연기하는 것을 보면 내 음악에 도움이 되겠다고 생각했죠. 연기 자체가 처음이었는데 전에 감독님이 제 라이브에 와 주신 것에 대한 고마움과 작품에서 그 보답을 할 수 있으면 좋겠다는 마음을 담아 아무것도 모르면서 전력을 다했습니다.

— 스즈 역으로 정해졌을 때 기분은?

너무 놀라서 웃어버렸던 것 같아요. 그리고 내가 선택된 이유가 있겠지, 그것은 아마도 내 감성으로는 헤아릴 수 없는 일이겠거니 생각했어요. 무엇보다 감독님이 "카호 씨로 정했어. 잘됐지?"라고 말해준 게 인상에 남아 있습니다. 그 말속에 "스즈가 카호를 선택했어"라는 뉘앙스가 담겨 있는 것 같아, 그런가 하고 받아들였어요.

— 이번 작품의 줄거리를 어떻게 받아들였나요?

노래에 대한 사랑을 느꼈어요. 이 노래를 들어줄 사람이 어딘가에 반드시 있으리라는 믿음을 느꼈죠. 정말로 듣는 사람이 순수하게 받아주지 않으면 노래할 수 없어요. 그런 의미에서 저도 노래하지 못할 때가 있죠. 스즈가 품은 마음은 제게 멀리 있는 일이 아니었어요.

— 10대의 자신과 겹치는 부분이 있었나요?

물론이죠. 고등학교 때 저는 음악과 미술 중 어느 쪽을 선택할지 고민했어요. 별일도 아니었는데 무언가가 될 가능성을 품은 시기였죠. 결국은 미대에 진학하기 직전 진짜 하고 싶은 것은 음악임을 깨닫고 19살 정도에 완전히 정했습니다. 시간이 있다고 다 할 수 있는 게 아니라는 갈등과 모라토리엄 같은 분위기가 호소다 감독님의 청춘 묘사에 늘 있어서 끌려요. 감독님은 어떻게 그 시절의 감정을 잃지 않고 있는지 신기하기도 합니다.

— 스즈라는 여학생을 어떻게 받아들였나요?

스즈는 아주 조심스러운 성격 같지만, 다른 측면에서 보면 아주 자기중심적인 것처럼 보여요. 정말 많은 사람이 스즈를 돕고 있는데 정작 본인은 케이만 생각하니까요. 하지만 바로 그런 점이 좋은 의미에서 주인공다워요. 행동이 직구잖아요. 그런, 두드러진 부분까지 다 포함해 스즈의 매력으로 표현해, 완벽하지 않은 그녀의 음악이 사람의 마음을 울리는 부분을 표현하고 싶었어요. 감독님도 작품을 만들면서 내내 스즈는 누구인가, 어떤 사람인지를 탐구하는 듯한 인상을 받았어요. 녹음 중에 그 파편을 발견하면 아주 기뻐하면서 녹음실로 들어오기도 했죠.

— 그렇다면 벨은?

벨은 세계의 디바로 아주 훌륭한 성인 여성이라고 감독님이 말씀하셔서. 저는 좀 다른 이미지가 있어서 조금이라도 다가가 보려고 높은 굽의 펌프스를 사서 벨을 녹음할 때는 신어 보기도 했어요. 비싼 옷도 사서 제 기분을 조금이라고 끌어올렸죠. 전에는 늘 편안한 옷에 구두 같은 것은 신어 본 적도 없었거든요. 형식에서 얻는 것도 있지 않을까 싶었습니다.

— 애프터 리코딩은 어떻게 진행되었나요?

기본적으로 11일 동안 했고 나중에 2, 3일 정도 추가했던 것 같네요. 순식간에 지나간 것 같기도 한데 그래도 아침부터 밤까지 그렇게 계속하는 줄은 몰랐어요. 매일 온갖 연기자들이 차례로 드나들며 모든 걸 끌어내는 느낌이었습니다. 히로 역의 이쿠타 리라 씨나 아버지 역의 야쿠쇼 코지 씨 등 주위 사람들과 대사를 주고받으며 아, 스즈는 이런 아이구나, 하고 알아 갔다고 할까요? 마주하는 상대에 따라 다른 마음이 보이더라고요. 매일 일이 끝나면 그날 녹음한 분량의 영상을 보여달라고 감독님에게 부탁해 그걸 보고 조금씩 객관적으로 제 연기와 스즈와 상대 역과의 거리를 좁혀 갔어요.

— 시노부 역의 나리카 료 씨, 용 역의 사토 다케루 씨와의 연기는 어땠나요?

나리타 씨는 시노부의 독특한 호흡을 놓고 내내 타이밍을 재는 것 같았어요. 나리타 씨가 연기하는 시노부와 대화를 나누다 보면 나까지 솔직해지는 것 같아요. 사토 씨는 우선 작품 전체의 분위기를 파악하고 싶어서 감독님의 아주 사소한 얘기까지도 놓치지 않고 듣고 작품에 대한 자신의 접근 방식을 정하는 게 인상적이었다. 그렇게 표현된 용은 아주 존재감이 강했죠.

— 보람을 느낀 순간을 알려주세요.

스즈다움을 찾은 순간이라면 야쿠쇼 씨와 함께 있던 날이죠. 애프터 리코딩 후반기였는데 야쿠쇼 씨가 "이거 정말 어렵네. 입이 잘 안 맞아"라고 하셨어요. 호소다 감독님 작품에 여러 번 출연하신 분이라 뜻밖이었죠. 좋은 의미에서 너무 편하게 임하지 않는구나 싶었어요. 감독님이 "입은 안 맞아도 되니까 원하는 템포로 해주세요"라고 요청했고 점점 아버지의 모습이 떠올랐어요. 그래서 저도 아버지의 목소리에 맞춰 호흡하고 딸로서 솔직하게 소리를 냈어요. 지금까지 녹음한 스즈의 목소리를 전부 다시 해야 할 정도로 전환점이 되었어요. 하지만 실제로 해보니 작품 속의 스즈도 초반에는 흔들리며 자신을 찾는 내용이라 원래 녹음한 게 나을 것 같았죠. 결국은 감독님의 섬세한 테이크 선택으로 스즈가 스즈다워지는 과정을 표현한 것 같아요.

— 스즈와 히로의 관계도 이 작품에서 중요한 축이라고 생각하는데.

저는 스즈가 반, 히로가 반인 것 같아 둘의 마음을 다 알 것 같아요. 히로도 살짝 고민하는 부분이 있어요. 스즈처럼 되고 싶다는 마음이 어딘가에 있기에 스즈를 지키는 나, 라는 자신감이 있는 게 아닐까요? 그래서 마지막, 조금 틀을 깨는 듯한 느낌이 있어요.

— 시노부와 히로의 의견이 갈리는 부분이죠?

이 장면에서 저는 스즈의 마음보다 히로의 마음에 더 신경이 쓰였어요. 아, 히로가 울고 있구나 싶어서. 그만큼 히로는 스즈를 아주 좋아했고 스즈를 지키는 자신을 좋아했죠. 물론 조금은 왜곡된 관계일 수 있어요. 하지만 그 왜곡마저 스즈가 클라이맥스에서 부르는 곡으로 연결돼요.

— 호소다 감독 작품에 참가한 것, 그리고 이 이야기가 나카무라 씨에게 어떤 자극을 주었나요?

예전에 호소다 감독님이 제 라이브를 들으러 오셨을 때는 "카호! 야호!"라는 분위기라 소년의 마음을 지닌 분이라는 게 첫인상이었어요. 그런데 제작에 들어가니 당연한 일이겠지만, 표현을 대하는 엄격함과 열정이 대단하시더라고요. 감독으로서의 각오를 느꼈습니다. 《용과 주근깨 공주》는 제게 단순하면서도 소중한 작품입니다. 스즈의 『U』에서의 모험은 《시간을 달리는 소녀》를 보고 흥분한 아이가 음악을 만들고 노래했더니 여기까지 왔어, 정말 즐거워!, 그런 제 인생과 겹쳐져요. 지금 이 세상의 어딘가에서 무언가를 표현하려는 모든 사람에게 전하고픈 이야기입니다.

● 1992년 교토 출생. 뮤지션. 스무 살 때부터 본격적으로 음악 활동을 시작했다. 2018년 앨범 『AINOU』를 발매. 최근 『아이미루』를 발표. 수많은 뮤직 페스티벌과 라이브 무대에 서며 유일무이한 음악을 선보이고 있다.

'노래할 수 있어'라는 대사에 이 작품의 모든 생각을 담았다.

― 시노부를 어떻게 생각하고 작품에 임했나요?

시노부는 차분하고 어머니 같은 마음으로 스즈를 대하지만, 표정은 의외로 무미건조한…아이죠. 시노부 본인은 자기가 스즈를 제일 잘 이해하고 그녀를 지켜줄 사람은 자기밖에 없다고 생각하지만 정작 스즈가 보기에는 그렇지도 않아요. 스즈는 그리 가깝지 않은 존재라 절묘한 긴장감과 거리감을 느끼죠. 아주 흥미로운 위치에 있는 역할이라 생각했습니다. 연기할 때는 그 점이 제일 어렵기도 했고요.

― 스즈에게는 어떤 인상을 받았나요?

흔들리는 여자아이라는 인상을 받았습니다. 그녀의 성장 배경, 어린 시절의 경험이 영향을 주었겠으나 틀림없이 17살이라는 사춘기 특유의 흔들림도 포함되어 있어서 도통 알 수 없는 마음이요. 17살이라는 나이를 통과해 온 사람이라면 누구나 아는…. 그 모습에 마음이 끌렸습니다.

히사타케 시노부
나리타 료
成田凌

마지막이 아니라 그다음으로 이어진 마음

― 실제로 연기해 본 느낌은?

마이크 앞에서 연기해야 했는데 영화에서는 캐릭터끼리 물리적인 거리가 있잖아요? 그 감각을 끌어내는 게 정말 어려웠습니다. 예전에 애프터 리코딩에 참여했던 《너의 이름은》(2016) 때를 떠올려 보니 그때는 지금보다 내 연기를 생각하지 못했던 시기라 오히려 별생각 없이 캐릭터에 맞췄던 것 같습니다. 그런데 그로부터 5년이란 시간 동안 괜한 것만 배웠는지 마이크 앞에서 그 거리를 좁히지 못해 처음에는 정말 고생했습니다. 집에서 연습해 가도 어라? 이런 느낌이라.

― 본인의 몸에서 기른 타이밍과 호흡을 다시 맞출 필요가 있었군요.

틀림없이 연기 습관 같은 게 생겨버린 것 같습니다. 애프터 리코딩이 끝나고 오래 생각에 잠기기도 했죠. 제 연기 타이밍에 관해 정말 많이 생각했습니다.

― 호소다 감독의 지시는 어땠나요?

따뜻했어요. 표현도 디렉팅도 정말 따뜻한 분입니다. 애프터 리코딩 때도 상세한 지시보다 "이 장면은 이런 내용이야." "이러면 어떨까?" 정도로 시작합니다. 표현에 타협이 없는 것은 당연한데 뜻밖의 곳에서 OK가 떨어지기도 하고…. 감독 안에 명확한 선이 있는 것처럼 느껴졌습니다.

― 애프터 리코딩은 나카무라 카호 씨나 이쿠타 리라 씨와 함께했나요?

저는 3일간 녹음했는데 그때 두 분과 녹음하며 많은 자극을 받았습니다. 두 분 모두 음악을 하시는 분이라 대단했습니다. 감수성, 상상력도 풍부하고 무엇보다 목소리가 아름다워요. 원래 나카무라 씨의 팬이라 라디오에서 그녀의 음악을 틀기도 했는데 그 이야기를 나카무라 씨가 먼저 해줘서 정말 기뻤습니다. 설마 이런 식으로 함께 연기할 줄은 전혀 생각하지 못했는데 사실 SNS를 통해 나카무라 씨를 알게 되었으니 이 작품과도 이어지네요. 히로를 맡은 이쿠타 씨도 정말 멋졌습니다. 이렇게 대담하고 능숙하게 목소리를 조절하다니 놀랐습니다. 캐릭터와 호흡이 정말 잘 맞았습니다. 저는 어릴 때부터 제 목소리에 콤플렉스가 있던 터라 이렇게 훌륭한 두 분 사이에 껴 있는 게 괜찮을까? 하고 지금도 생각합니다.

― 클라이맥스 때 스즈의 등을 미는 시노부의 목소리가 아주 인상적이었습니다. 어떻게 연기했나요?

용과 케이에 대한 스즈의 마음은 벨로서 생긴 정의감이라고 저는 생각했습니다. 그런 부분을 시노부도 알지 않을까 생각했죠. 아니, 17살 남학생은 그런 점은 좀처럼 알기 어렵겠지만, 하지만 시노부라면 다 알 것 같았습니다. 게다가 시노부는 스즈를 진심으로 믿고 있어요. "노래할 수 없다"라는 히로의 반박에 "노래할 수 있어"라고 말하죠. "노래할 수 있어"라는 대사에 이 작품에 있어서 시노부의 모든 마음을 담았습니다.

― 특별히 힘을 준 것도 아니고, 그렇다고 기도처럼 희망적인 관측도 아니고, 너무나 당연한 듯 말하는 뉘앙스가 정말 훌륭했습니다.

만약 여기서 조금이라도 화를 내면 스즈를 믿지 않는 것이니까 믿는다는 마음을 표현하고 싶었습니다. 시노부의 스즈에 대한 마음은 아직 남녀 간의 사랑은 아니지 않을까요? 그래서 영화가 끝나도 이후가 이어져 있다고 생각했어요. 미래의 가능성이 여전히 남아 있는 느낌이 아주 후련했죠.

● 1993년 사이타마현 출생. 소니뮤직 아티스트 소속. 2021년 영화 《너도 평범하지 않아》《해질 무렵》《호문클루스》《니와토리☆피닉스》와 TV 드라마 《오쇼양》 등에 출연.

안과 밖 한쪽만으로는 보이지 않는 인간의 마음을 그린다.

지카미 신지로
소메타니 쇼타
染谷将太

일종의 그룹을 함께 만들어간다.

— 카미신을 어떻게 이해하고 작품에 임했나요?

등장인물 가운데 가장 힘이 넘치고 활발한 역할이죠. 그가 등장하면 장면의 분위기와 톤이 조금쯤은 바뀌는 캐릭터가 되면 좋겠다고 생각했고 감독님도 그렇게 주문하셨어요. 그쪽으로 너무 가면 그냥 시끄러운 녀석이 되니까 너무 튀지 않도록 조심하며 밝게 연기했습니다. 카미신은 모든 행동이 조금 엉뚱해서 그 리듬에 맞추는 것도 어려웠습니다. 감정표현만이 아닌 기술이 필요해서 필사적으로 했습니다.

— 실제로 연기해 보니 어땠나요?

이전 《늑대 아이》《괴물의 아이》의 캐릭터는 의외로 제 목소리의 연장선에 있었습니다. 카미신을 솔직하게 드러내려면 자연스레 목소리 색깔이 살짝 바뀝니다. 음역을 조금 높여 카미신 목소리의 베이스로 삼았죠. 다음은 감독님의 섬세한 연출을 따라 표현했다고 할까…, 그냥 하던 대로 열심히 했습니다. 여러 작품을 함께 했다고 해서 편해진 건 하나도 없었어요(웃음).

— 애프터 리코딩에서 인상적이었던 장면을 알려주세요.

가가미가와 강변에서 스즈와 시노부의 대화에 끼어드는 장면이요. 원화도 상당히 움직임이 많았어요. 그 움직임에 대화를 맞추는, 액션에 맞춰 감정을 드러내는 것은 이제까지 경험한 바 없어서 신선했습니다. 그리고 역에서 스즈, 루카와 만나는 장면도 인상적이었습니다. 두 사람의 감정이 이어지는 순간이라 그 점을 중요하게 생각했죠. 인간다운 감정이 꿈틀대는 순간을 농밀하게 그리는 장면이라 그것을 그려내느라 필사적이었습니다.

— 스즈와 카미신이 프레임 아웃되기 전의 대화도 즐겁게 그려졌어요.

상상력을 일으킨다는 게 바로 그런 거죠. 프레임 밖, 그려지지 않은 부분을 상상하며 그려내는 것은 정말 풍요로운 작업이었습니다. 프레임 안으로 캐릭터가 돌아올 때 어떤 표정으로 돌아올지 너무 흥미롭죠. 이것도 아주 영화적이죠. 호소다 감독님 작품만의 따뜻한 순간은 바로 이런 부분에서 생기는 것 같아요. 정말 멋져요.

— 현장에서 감독과 어떤 대화를 나눴나요?

"《괴물의 아이》가 6년 전이라는 게 도무지 믿어지지 않아요." 이 말을 줄곧 했어요. 왠지 얼마 안 된 것 같거든요. 그래선지 이번 현장에도 자연스럽게 녹아들 수 있었어요. 물론 코로나 이전 같지는 않았지만, 호소다 감독님의 현장은 전과 다름없어 불가사의한 느낌이 들더라고요. 여러 사람이 드나든 녹음실에 들어가면 사람들이 대면했던 열량이 있어요. 밴드를 해본 적은 없지만, 함께 그룹을 만드는 것 같은 느낌이었어요.

— 이 이야기를 통해 얻은 것은?

저마다 문제를 안고 있음을 부정적인 부분까지 그린 작품입니다. 그 가운데 내가 나로 있을 수 있는 공간을 어떻게 만드는지…. 혼자로는 끝내 그것을 발견하지 못한다, 역시 다른 이와 관계하는 가운데 내 모습을 알 수 있고 안식처를 찾을 수 있다…는 점을 이 작품을 통해 새삼 알게 되었습니다. 저는 그것을 희망의 빛으로 느꼈고 살짝 내 등을 밀어주는 것만 같았습니다. 앞으로 제 나이가 더 들면 작품을 보는 생각도 변할 테죠. 또 시대가 흐르면 전혀 다른 관점으로 보게 될 작품인 것 같습니다.

— 현실과 인터넷 안의 가상 세계를 그린 세계관은 어떻게 느끼셨나요?

이 현실이 표면이라면 가상 세계는 그 이면일지도 모르겠어요. 그리고 그 이면의 세계에서만 진정한 자신을 드러내는 사람이 있기도 하죠. 그렇다면 그 사람에게는 그곳이 표면이겠죠. 사람에 따라서 다르게 받아들이는 수 있죠. 인간 드라마를 그리는 작품은 아무래도 현실을 더 농밀하게 그리기 마련인데 호소다 감독님은 늘 그렇지 않죠. 가상 세계 속의 캐릭터도 피가 흘러요. 안팎의 경계가 모호해질 때 비로소 보이는 게 있어요. 안팎 어느 한쪽만으로는 보이지 않는 인간의 마음이 그려져 정말 감동했습니다. 저는 기계치라 SNS를 안 하는데 이 일을 하는 이상 인터넷 세계와 분리될 수는 없으니까 긍정적인 부분과 관계를 맺고 싶습니다. 가령 부정적인 요소가 있더라도요. 그건 현실 세계도 마찬가지잖아요.

● 1992년 도쿄도 출생. 토이즈팩토리 소속. 2013년 일본아카데미상 신인배우상 수상. 주요 출연 작품으로 영화 《구카이 아름다운 왕비의 수수께끼》(2016) 등이 있다. 호소다 감독 작품에는 《괴물의 아이》 이후 3번째 출연이다.

인터넷의 희망과 빛을 그린 작품

두근두근, 얼굴이 붉어진 그 장면 녹음

— 루카를 어떻게 이해하고 작품에 임했나요?

루카는 귀엽고 인기도 많아요. 학교 카스트의 정점에 있는 아이죠. 그래서 스즈나 히로와 있으면 대비되어 보이지 않을까 하는 게 첫인상이었어요. 그런데 끝까지 정말 좋은 애라는 점이 정말 멋졌어요. 루카는 주위에서 보면 정말 눈에 띄는 존재라 멋대로 상상하고 마는 면이 있는데 정점에 선 것도 어쩌다 그렇게 된 느낌을 표현하고 싶었고 되도록 솔직하게 감정을 내려고 의식했어요.

— 실제로 연기해 보니 어땠나요?

실사 영화에서 목소리로 캐릭터를 연기한 적이 많아 이번에 음색 같은 것은 그리 고민하지 않았어요. 다만 성우 경험은 없었던 터라 입의 움직임을 맞추거나 타이밍을 계산하는 게 역시 어려웠어요. 또 호소다 감독님 작품에서는 너무 과장하면 안 될 듯했어요. 사실적인 부분과 애니메이션만의 과장된 부분의 변화를 신경썼어요. 애프터 리코딩을 진행하면서 루카가 지닌 그늘 같은 것도 느껴져, 한정된 장면이었으나 그 점도 녹여내려고 노력했어요.

— 애프터 리코딩은 주로 누구와 했나요?

나카무라 카호 씨, 이쿠타 리라 씨와 했어요. 셋 다 어떤 게 튀어나올지 모색하는 느낌이라 재밌었어요. 셋이 모이는 장면은 일반적인 연기보다 빠른 템포가 요구될 때가 많아서 맞추는 게 어려웠는데 호소다 감독님이 아버지처럼 따뜻하게 지켜봐 주셨죠(웃음).

— 애프터 리코딩을 하며 가장 인상적이었던 장면은?

스즈와 둘이 얘기하는 장면은 마음이 완벽하게 통하는 순간이라 아주 인상 깊었어요. 과거를 얘기하거나 비밀을 공유하는 일은 실제 인간관계에서도 아주 중요한 타이밍이죠. 좋아하는 사람을 털어놓으면 단숨에 사이가 가까워지는 일은 정말 있는 일이라 절로 미소를 짓고 말았어요. 살짝 언니 같은 분위기로 따뜻하게 받아들이는 듯 목소리도 조금 낮춰 차분한 느낌으로 했죠. 루카는 귀가 밝은 탓인지 감각도 예민하고 객관적인 시점도 지니고 있죠. 그래서 다른 이의 마음에도 민감한 것 같더라고요. 스즈가 집에서 복숭아 티를 만들어주는데 그것도 마음에 꼭 들었어요. 실제로 제가 세상에서 두 번째로 좋아하는 거거든요.

— 카미신을 역에서 만나는 장면도 훌륭했어요.

일단 자신의 마음에 온통 차 있는 아이를 떠올렸어요. 무리야! 움직일 수 없어! 그래도 무슨 말이든 해야 해! 이런 생각을 수없이 하다가 갑자기 마음을 전해버리는(웃음). 여기서 허둥대는 느낌을 내서 루카의 커뮤니케이션 능력이 타고난 것이 아니며 열심히 노력해서 기른 것임을 알리고도 싶었어요. 저도 잘하는 편이 아니라 마이크 앞에서 전력을 다해 노력한 상황이었죠. 정말 식은땀을 줄줄 흘리고 가슴이 두근거렸어요.

— 인터넷 세계가 무대인데 다마시로 씨의 인터넷 경력은 상당히 길죠?

제일 먼저 시작한 게 초등학교 3학년쯤이에요. 주위는 다들 아바타 대화 같은 게 유행하고 있었는데 저는 그때 거의 아무도 안 하는 MiXi 같은 것을 했으니 상당히 빠른 편이었죠. 일을 시작하며 제 이름으로 계정을 만든 것도 꽤 오래되어서 인터넷에서 모르는 사람과 커뮤니케이션하는 것은 제게 아주 자연스러운 일이죠.

— 현실 세계와 인터넷 가상 세계를 그린 이번 세계관을 어떻게 느꼈나요?

개인적으로 인터넷에서 일어나는 일도 현실이라고 생각해요. 예를 들어 요즘은 SNS나 게임 등 가상 세계에서 여러 계정을 가지고 있는데 '자신'이 세분화한 것일 뿐 어느 것이 가짜이고 어느 것이 진짜라고는 할 수 없어요. 그래서 『U』의 세계도 아주 친근했어요. 인터넷을 소재로 하면 어쩐지 비판적일 때가 많은데 호소다 감독님이 그린 세계는 그러지 않아서 늘 구원받는 느낌이에요. 그도 그럴 것이 인터넷을 제대로 쓰는 사람도 많고 저도 지금까지 힘을 얻었으니까요. 그런 의미에서의 희망과 빛을 그려준 게 기뻤어요.

와타나베 루카
다마시로 티나
玉城テイナ

● 1997년 오키나와현 출생. Dine and indy 소속. 14살 때 『ViVi』의 최연소 전속 모델 발탁. 2014년 《다크 시스템 사랑의 왕좌 결정전》으로 배우 데뷔. 영화계에서도 활약해 제44회 호우치영화상 신인상 수상

발성 연습으로 도전한 호소다 감독의 첫 번째 현장

— 출연이 결정되고 든 생각은?

호소다 감독님의 작품은 아주 어렸을 때부터 무척 좋아했던 터라 정말 기뻤어요. 다만 목소리 연기는 첫 도전이라 진심으로 임해야 한다…는 각오도 다졌어요. 초등학교 때 잠깐 극단에서 뮤지컬을 한 터라 연기에 대한 부담은 다른 사람보다 크진 않았으나 성우는 모든 것을 처음부터 배운다는 심정으로 임했어요.

— 대본을 읽고 어떤 느낌을 받았나요?

호소다 감독님 작품 중에 이만큼 음악을 중심에 둔 것은 없기 때문에 그 점이 가장 마음을 울렸습니다. 음악 일을 한다는 점도 있어서 그런지, 음악과 애니메이션이 하나가 되어 내 감정으로 쑥 흘러들어오는 것만 같았어요. 그 점이 인상적이고 끌렸어요.

— 히로라는 여학생을 어떻게 이해했나요?

자신의 마음에 솔직하다고 해야 할까요? 숨김없이 자기 목소리와 얼굴, 행동에 드러내는 아이죠. 희로애락이 담긴 표정이 정말 풍부해요. 그것을 목소리로 표현하려면 폭이 엄청나게 넓어야 한다고 생각했어요.

— 애프터 리코딩을 위한 준비는?

애프터 리코딩에 들어가기 전에 제가 늘 수업을 듣는 노래 선생님과 함께 대본을 읽었어요. 이토록 표정이 풍부한 캐릭터니까 현장에서 다양한 지시를 받을 것이고 그때를 대비해 다양한 내용물을 120% 준비해야 할 것 같아서. 아주 낮고 굵은 목소리부터 높고 귀여운 목소리까지 다양한 캐릭터를 상정하며 발성을 연습했어요.

사람과 사람을 연결하는 긍정적인 부분을 믿고 싶어

— 히로는 과장된 표정도 재밌었고 음색도 다양했어요.

As일 때는 그야말로 애니메이션 캐릭터라 재밌기도 하고 도전이기도 했어요. 『U』세계는 또 다른 자신이 됨으로써 그 사람이 지금까지 숨기고 있던 부분도 드러나는 곳이라 히로의 As는 현실 세계의 히로보다 자신 있게 행동하는 듯 보여요. 현실 세계와 『U』세계의 관계성을 생각하면서 표현했어요.

— 히로와 스즈의 관계는 어떻게 그렸나요?

히로는 냉소적이고 독설가예요. 게다가 스즈를 밖으로 끌어내려고 가끔 혼낼 때도 있어요. 그러나 그 말과 행동의 배경에는 스즈를 생각하는 마음이 있음을 염두에 두라고 감독님이 제일 처음 말씀하셨어요. 그게 제게는 커다란 힌트가 되었죠. 또 스즈와 시노부는 소꿉친구이지만 스즈와 히로는 고등학교에 와서 사귄 친구라는 설정이라는 말도 들었어요. 소꿉친구도 아니고 말 안 해도 다 아는 사이도 아니니까 어긋나는 부분도 있죠. 그리고 그런 둘의 관계는 『U』에서 벨이 활약할수록 더 깊어지는데 그것을 표현하는 게 명제였어요. 실제로 연기해 보니 스즈와 히로가 옥신각신하는 템포를 따라가는 게 정말 힘들었어요. 나카무라 씨와 같이 해냈다는 달성감이 커요.

— 클라이맥스에서 스즈의 정체를 밝힐 것인지를 놓고 시노부와 의견이 갈리는 장면도 인상적이었어요.

갈등이죠. 이전의 벨은 히로의 프로듀스로 그의 손안에 있는 존재였

베쓰야쿠 히로카

이쿠타 리라

幾田りら

는데 그런 벨이 히로의 손을 뿌리치고 스스로 날개를 다는 순간이라 연기하면서 저도 갈등했어요. 하지만 그 순간에도 역시 스즈를 정말 좋아하는 마음이 있어요. 노래할 수 없다고 부정적인 발언을 하는 것도 스즈를 지키려는 마음에서 나온 거죠. 둘 다 애정이니까 마지막에 히로가 스즈를 받아들이잖아요. 그 뒤로 둘의 우정은 더 깊어졌을 거예요. 다 함께 "잘 왔어"라고 말하는 장면에서는 정말 후련하게 웃었어요. 한없이 맑다고 해야 하나, 스즈만이 아니라 히로도 한 걸음 성장한 순간이죠.

— 이 작품에서 그린 인터넷에서의 사람들의 관계를 어떻게 생각하세요?

인터넷은 모두가 얼굴을 드러내지 않고 자유롭게 의견을 내는 곳이죠. 장단점이 다 있는데 저는 인터네에 올린 게시물이 지금 활동과 이어졌어요. 인터넷은 저를 발견해 준 곳이라 정말 소중해요. 앞으로는 스즈처럼 작은 마을의 고교생이 사실은 엄청난 스타였다는 일이 일어나지 않을까요? 나이와 성별, 언어와 국적, 모든 경계를 뛰어넘어 인간과 인간을 이어주는 긍정적인 부분을 믿고 싶다는 생각을 이 작품을 통해 다시금 했어요.

— 제작에 참여해 얻은 점은?

애프터 리코딩을 하는 동안에는 정말 많이 배웠어요. 인생에서 소중한 경험을 쌓은 것 같아요. 혹시 꿈이 아닐까 생각할 만큼 특별한 시간이었습니다.

● 2000년 도쿄도 출생. 싱어송라이터. 초등학교 때부터 작사, 작곡했고 중학교 3학년 때부터 본격적으로 활동했다. 소설을 음악으로 만드는 유닛 YOASOBI의 보컬 ikura로 활동 중.

스즈의 아버지
야쿠쇼 코지
役所宏司

호소다 감독 작품에는 세 번째 출연인데 원래 감독의 열혈 팬이라 매번 이렇게 불러주는 게 영광이고 늘 작품을 즐기며 참여할 수 있는 것도 아주 기쁩니다.

이번에 연기한 스즈의 아버지 설정을 보고 "젊구나!"라고 생각했습니다. 최대한 그림 분위기와 비슷하게 다정하면서도 사춘기 딸을 가진 아버지의 거리감을 중요시했습니다. 서로 깊은 상처를 안고 있고 이야기가 진행되며 조금씩 서로에게 의지하는 과정을 장면마다 표현할 수 있기를 바랐습니다.

감독의 그림 콘티를 읽을 때마다 늘 드는 생각인데 자유로운 발상이 그대로 영상이 되니 애니메이션은 정말 대단한 것 같습니다. SNS는 잘 모르지만, 고치의 풍경과 『U』의 세계가 보여주는 극명한 격차가 이 작품의 가장 큰 장점이라고 생각합니다. 대본을 읽어도 도무지 상상되질 않았는데 애프터 리코딩 때 그림을 보고 '아! 이런 세계였구나!'라고 생각했습니다.

SNS를 가깝게 느끼며 생활하는 젊은이들은 그것이 영상화된 것을 보면 불가사의한 느낌이 들지 않을까요? 자신이 SNS 속에서 사는 모습을 객관적으로 바라보는 신기한 경험이 될 것 같습니다.

● 나가사키현 출생. 일본의 국민 배우. 호소다 감독 작품에는 《괴물의 아이》 《미래의 미라이》에 이어 세 번째 출연이다.

환골탈태 타로와 꾹 참아 마루
미야노 마모루
宮野真守

이번에는 혼자 녹음한 만큼 감독님과의 거리가 훌쩍 가까워졌습니다. 캐릭터 표를 읽었을 때는 내게 어떤 부분을 요구하시는 것인지 알아낼 수 없었거든요(웃음). 감독님 역시 정답이 보이지 않는 캐릭터라고 하셔서 다양한 시도를 하면서 해나갔습니다. 그때 감독님이 "아, 이러면 영 미야노 씨가 떠오르질 않아요"라고 말씀하셨어요. 함께 일하는 연기자로서 저 자체를 떠오르게 해주시려는 게 영광이었고 동시에 이것은 내 역량이 시험되는 순간이라는 생각에 긴장하기도 했습니다.

실제로 녹음할 때는 여러 패턴을 시도했습니다. 과장된 목소리, 무기질에 가까운 목소리 같은 것을. "조금 다른 패턴으로 해주세요" "앗 그것도 괜찮네. 그럼 이런 건?" 이런 식으로 점점 상상력을 넣어서. 게다가 테스트 때는 환골탈태 타로와 꾹 참아 마루의 속사포 같은 대화를 혼자 다 해야 해서 완전 카오스 상태였습니다(웃음). 하지만 그 덕분에 속도감을

비롯해 '앗, 정답이 보인다!'라는 느낌이 들었죠. 조금씩 캐릭터의 형태를 발견하고 이해하며 채워간 것은 연기자로서 아주 기쁜 일이었습니다. 개인적으로 뜻밖의 능력을 발견했으니까요.

이번 작품에 참여하며 노래의 힘을 알게 되었습니다. 노래를 중심으로 클라이맥스를 향해 가는 설득력에 마음을 빼앗겼습니다. 역시 음악은 그 자체가 심정을 토로하는 것 같아요. 말만으로는 전해지지 않는 마음을 전하죠.

호소다 감독님의 작품에는 늘 다양한 감정의 형태가 그려집니다. 이번 작품에서는 가족과 친구들의 유대감이 그려졌는데 그것들이 아주 냉정하게 그려진 점이 아주 좋습니다. 평범한 생활 속의 고통을 외면해서는 안 된다. 오히려 그것에 대면해 말을 걸어야 한다는 메시지가 넘치는 영화입니다.

● 극단 히마와리 소속. 여러 애니메이션 작품에 출연. 호소다 감독 작품에는 《괴물의 아이》 이후 두 번째다.

스즈의 어머니
시마모토 스미
島本須美

호소다 감독은 정말 칭찬을 잘해요! 아이들과 녹음할 때 한 생각이에요. 아이들의 눈높이에 맞춰 "잘했어." "다음에는 이렇게 해볼까"라고 다정하게 말을 거시더군요. 저도 같이 칭찬받았어요(웃음). 틀림없이 연기자의 장점을 잘 끌어내는 분이구나 했죠. 제가 등장하는 장면은 적었는데 그런데도 감독의 정성스러운 마음이 담겨 있음을 느꼈고 그게 정말 기뻤습니다. 개인적으로 좋았던 것은 주인공을 비롯한 화화 출연진의 노래하는 목소리였습니다. 현대를 사는 우리에게 보내는 소중한 메시지를 담은 작품. 영화의 무대인 고치는 제 고향이기도 해요. 실제로 존재하는 장소니까 꼭 성지순례로 찾아주세요.

● 프리랜서 성우. 《루팡 3세 카리오스트로의 성》에서 클라리스, 《바람 계곡의 나우시카》에서 나우시카, 《모노노케히메》에서 도키 목소리를 맡았다. 호소다 감독 작품에는 첫 등판

예리넥

쓰다 켄지로

津田健次郎

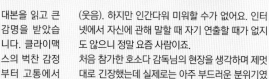

● 성우. ANDSTIR 소속. 애니메이션 작품 외에도 최근에는 NHK 연속 TV 소설 《응원》과 정보 프로그램 내레이터를 맡고 있다.

대본을 읽고 큰 감명을 받았습니다. 클라이맥스의 벅찬 감정부터 고통에서의 해방이 그려지는 장면에서는 진심으로 마음이 흔들렸습니다. 가상 세계가 무대라 현대적인 요소가 많았는데 그려진 것은 과거부터 변하지 않은 사람의 마음이었습니다. 제가 연기한 예리넥은 용의 정체를 찾는 스즈 일행과 만나는 캐릭터로 처음에는 아주 수상한 분위기를 내지만, 막상 뚜껑을 열어보니 그냥 한심한 남자죠 (웃음). 하지만 인간다워 미워할 수가 없어요. 인터넷에서 자신에 관해 말할 때 자기 연출할 때가 없지도 않으니 정말 요즘 사람이죠.

처음 참가한 호소다 감독님의 현장을 생각하며 제멋대로 긴장했는데 실제로는 아주 부드러운 분위기였습니다. 물론 타협이 통하지 않는다는 합의도 있었죠. 감독님의 디렉팅은 하나의 정답을 끌어내는 게 아니라 연기자와 함께 깊어지는 느낌이라 정말 즐겁고 풍요로운 시간이었습니다. 아마도 감독님은 출연을 요청할 때 연기자의 확정되지 않은 부분까지 고려하고 결정하는 게 아닐까 생각합니다. 감독님도 오늘은 어디까지 데려갈 수 있을까, 기대하며 현장에 들어오시는 것 같았어요. 그래서 무언가를 새로 만든다는 흥분을 느꼈어요. 녹음이 끝나도 돌아가고 싶지 않을 만큼 아주 멋진 현장이었습니다.

이번 작품은 틀림없이 남녀노소 모두 즐길 수 있는 작품입니다. 하지만 세대에 따라 느끼는 부분이 다른 작품일 겁니다. 일테면 디지털 네이티브인 젊은 세대와 우리처럼 나중에 디지털을 받아들인 세대는 작품을 받아들이는 관점이 완전히 다르겠죠. 그리고 세계 사람들이 이 이야기를 어떻게 받아들일지 그것도 궁금해요. 어떤 선풍을 일으킬지, 기대됩니다.

스완

고야마 마미

小山茉美

스스로 웹 사이트를 만든 지 20년. 생각해 보니 저도 인터넷과 오래 어울렸네요. 그리고 코로나로 인해 더 오래 컴퓨터와 지내게 되었습니다. 그러고 보니 저도 브라우저와의 거리는 겨우 50cm이네요. 그 브라우저 너머에 누군가 있다면 사회적 거리는 불과 1m…, 스마트폰이라면 60cm?!…. 이 정도라면 가상 세계가 아니라 초현실 세계가 아닐까요.

추구하는 것은 다들 같으면서도 우리는 어느새 내 일에 정신이 팔려 불과 1m 앞의 상대를 보지 못하죠. 이것은 인터넷의 이야기만이 아니라 일상의 이야기입니다. 스즈(벨)의 노래는 사람들을 이어주는 빛의 실입니다. 왠지 그립고 너무나 소중한 것을 떠올리게 하죠. '이어진다'라는 것은 정말 멋진 일입니다.

● 아오니 프로덕션 소속 성우이자 배우. 《BLACK LAGOON》의 바라라이카 등 여러 애니메이션 작품에 참가. 킴 베이싱어 출연작 등 외국 영화 더빙에도 참여

폭스

미야모토 미쓰루

宮本充

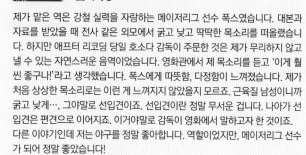

제가 맡은 역은 강철 실력을 자랑하는 메이저리그 선수 폭스였습니다. 대본과 자료를 받았을 때 전사 같은 외모에서 굵고 낮고 딱딱한 목소리를 떠올렸습니다. 하지만 애프터 리코딩 당일 호소다 감독이 주문한 것은 제가 무리하지 않고 낼 수 있는 자연스러운 음역이었습니다. 영화관에서 제 목소리를 듣고 '이게 훨씬 좋구나!'라고 생각했습니다. 폭스에게 따뜻함, 다정함이 느껴졌습니다. 제가 처음 상상한 목소리로는 이런 게 느껴지지 않았을지 모르죠. 근육질 남성이니까 굵고 낮게…, 그야말로 선입견이죠. 선입견이란 정말 무서운 겁니다. 나아가 선입견은 편견으로 이어지죠. 이거야말로 감독이 영화에서 말하고자 한 것이죠. 다른 이야기인데 저는 야구를 정말 좋아합니다. 역할이었지만, 메이저리그 선수가 되어 정말 좋았습니다!

● 극단 스바루 소속 배우이자 성우. 《혈계전선》의 스티븐 A 스타페이스를 비롯해 에단 호크 등 외국 영화의 더빙에도 참여

中尾幸世
하타나카 씨
나카오 사치요

기타 씨
시미즈 미치코
清水ミチコ

오카모토 씨
사카모토 후유키
坂本冬美

요시타니 씨
모리야마 료코
森山良子

岩崎良美
나카이 씨
이와사키 요시미

절대 포기할 수 없는 마음이 있다면,
단 하나의, 만나고픈 사람을 만날 수 있어.

'표리부동의 정의'가 숨긴 것

— 호소다 감독과는 이번이 처음 작업인가요?

그렇습니다. 실은 《미래의 미라이》 때 지명되어 오디션에 참여했습니다. 보통 오디션은 연기를 보여주면 끝인데 그때 토론하면서 연기를 만들어가는 스타일이라 감명을 받았습니다. 오디션인데 마치 그 자리에서 작품을 만드는 것 같았죠. 그래서 언젠가 함께 일할 수 있으면 좋겠다고 생각했습니다.

— 감독과는 동갑이죠? 세대 공감 같은 게….

정말 많습니다. 같은 것을 봐왔고 비슷한 시기에 일을 시작했으니까요. 또 호소다 감독은 대감독이 되어 있고 저도 정신을 차려보니 사장이 되어 있었죠(웃음). 그리고 돌고 돌아 함께 일하다니, 기쁘기도 하고 신기하기도 했습니다. 녹음은 즐거웠습니다. 나카무라 카호 씨까지 포함한 셋이서 연기뿐만 아니라 작품과 직접 관련 없는 얘기도 무척 많이 했어요.

— 역할을 어떻게 만들어갔나요?

저스틴은 그야말로 '저스티스(정의)'라는 어원 자체인 인물입니다. 아마도 감독에게는 제 목소리가 '표리부동의 정의' 같은 이미지였겠죠. 실

저스틴
모리카와 도모유키

森川智之

제 저는 참 얄팍한 인물인데(웃음), 목소리의 설득력으로 캐스팅되었다고 생각합니다. 사람들을 모아 전면에 나서 『U』의 세계 질서를 굳건히 지킨다. 그런 그의 사명감을 온전히 받아들여 연기했습니다.

— 『U』의 세계를 어떻게 받아들였나요?

요즘 시대니까 가능한 설정이겠죠. 현실의 자신과는 다른 형태로 존재하는 일종의 이상향이고, 참여하는 사람이 원하는 것은 저마다 다르나 공통점은 '달라지고 싶다'라는 마음입니다. 과거 그런 장소에는 비현실적인 느낌이 있었는데 지금은 다르죠. 그와 비슷한 시스템 자체가 실제로 존재하고 점점 이 작품의 세계가 현실과 가까워지고 있으니까요. 만약 실현되면 어떻게 될까 하는 상상을 좀 했습니다. 이 작품에는 『U』 같은 장소를 그저 이상향으로 그릴 뿐만 아니라 그 존재 방식에 경종을 울리는 부분도 있죠. 하지만 감독이나 저처럼 그것이 없던 시대에 자란 사람과 당연하게 여기는 세대는 받아들이는 관점이 다를 겁니다.

— 연기하는 데 핵심이 된 장면은?

후반, 스즈의 힘으로 『U』의 세계가 확 바뀌는 장면을 직접 보고 그가 동요하는 부분입니다. 거기서는 이전의 저스틴과는 조금 다른 일면을 보여주고 싶었습니다. 감독과도 "여기서는 변해볼까요?"라고 말하며 한껏 흥분했죠. 『U』 세계에서는 '표리부동의 정의'인 저스틴이지만, 현실의 그는 어떤 인물일까? 그 장면을 보고 나서 그런 생각을 할 수 있지 않을까 생각했습니다.

— 작품 전체에서 인상적인 장면을 꼽는다면?

『U』 세계의 50억 인구 중에서 단 한 명을 찾아낸다는 흐름이 굉장했습니다. 저는 그 전개에 실은 다른 사람과 다른 생각을 지니고 있습니다. 현실에서도, 반드시 찾을 수 있다고. 저는 60억 인구 중에서 딱 한 사람을 찾았으니까요.

— 무슨 뜻이죠?

제 사무소 이름인 '액슬원'은 사실 반려견 이름에서 따온 겁니다. 2001년 1월 11일, 1이 나란히 놓인 날에 태어난 래브라도 리트리버에게 제가 제일 좋아하는 밴드 건즈 앤 로지스의 보컬 액슬 로즈의 이름을 붙였어요. 그리하여 모리카와 윌리엄 액슬이죠. 그런 액슬이 2009년에 갑자기 제 앞에서 죽었어요. 10월 25일이었죠. 한동안 넋을 놓고 살았는데 두 달 뒤 크리스마스에 이름의 주인이었던 액슬 로즈를 우연히 만났어요. 게다가 일본에서.

— 네?!

크리스마스이브에 '만날 수 있다면 액슬을 한 번만 만나고 싶어…'라고 생각하면서 거리를 걷고 있다가 문득 고개를 들었는데 거기에 있었어요. 게다가 내가 막 달려갔는데도 정말 다정하게 대해줬어요. 악수해도 손을 빼지 않더라고요. 그 일이 있었기에 1년 뒤에 사무소를 세우고 이름을 '액슬원'으로 해야겠다고 생각했죠.

— 기적적인 만남이었네요.

바라면 이루어진다. 절대 포기하지 않으면 단 하나, 만나고 싶은 사람을 만날 수 있다. 제가 경험했으니까 틀림없어요. 그러니까 여러분도 '오락물이니까 저렇게 잘 흘러가겠지'라고 생각하지 말고 작품에 그려진 이야기를 순수하게 받아들여 주세요.

● 가나가와 출신. 액슬원 대표이사. 애니메이션 작품에 출연할 뿐만 아니라 톰 크루즈, 이완 맥그리거 등의 더빙을 맡았다. 호소다 감독 작품에는 이번이 처음이다.

14살이라는 절묘한 나이에 집중해 연기

— 감독의 요청으로 출연하게 되었는데 작품을 접하고 어떤 감상을 받았나요?

대본을 받고 이것은 호소다 감독님 최고의 작품이 되지 않을까 생각하며 흥분해 읽었습니다. 일단 가상 세계라는, 호소다 감독님의 장기에 음악이 융합되는 과정에 마음을 빼앗겼습니다. 아름다운 영상과 훌륭한 음악이 합쳐졌을 때의 힘을 완벽하게 믿는 터라 한껏 기대했죠. 다만 용이라는 역할을 내가 연기하면 어떨지 곧바로 떠오르지 않았습니다. 감독님이 왜 내게 맡겼는지 몰라 당황하기도 했죠.

케이/용
사토 다케루
佐藤 建

— 용의 이미지를 어떻게 키워갔나요?

혼자 생각해봤자 좋을 게 하나도 없을 것 같아 일단 현장에서 감독님에게 묻자 생각했습니다. 첫 질문은 "용의 목소리, 용처럼 들려야 하나요?"라는 것이었습니다. 그랬더니 "용처럼 들리면 좋죠"라는 답이 왔죠(웃음). 일단 해보기나 하자, 그런 마음으로 했더니 "그게 좋네요"라고 해서 '진짜?' 어리둥절하며 해나갔습니다(웃음). 하지만 각 장면의 뉘앙스는 장면마다 감독님이 녹음실에 와서 "여기는 이런 장면이니까 마음을 드러내도 좋아요"라고 설명해주셨고 그 조언을 솔직히 목소리로 드러냈죠. 저와 용의 마음이 서서히 가까워지는 그러데이션이었습니다.

— 사토 씨가 생각하는 용의 매력은?

자신 안에 확고한 정의감이 있다는 게 아닐까요? 동생에게 용기를 주고 싶다거나 격려하고 싶다는 중심축이 있고 그 에너지가 용의 모습으로 나타난 거니까요. 용이 강한 이유도 거기에 있는데 저는 아무래도 나이

와 관계없이 그런 인물을 좋아합니다.

— 용의 정체인 케이는 어떻게 이해했나요?

14살 소년을 어떻게 표현할지 잘 몰라 그것도 감독님에게 물었더니 "일단 해보자"라고 하셔서 했더니 "그런 느낌이에요"라고 하셨어요(웃음). 그러니까 끝내 저도 잘 모른 채 그냥 감각적으로 받아들였어요. 대본을 읽었을 때는 모든 것에 달관한 아주 어른스러운 아이라고 생각해서 그다지 아이라는 것을 의식하지 않았어요.

무엇보다 14살이라는 나이가 참 절묘하죠. 그야말로 아이와 어른의 경계죠. 그것까지 계산해 표현하는 것을 불가능하므로 그냥 감각적으로 했습니다. 무엇보다 연기할 때는 캐릭터의 속마음에 집중했던 것 같습니다. 일반 연기와 목소리 연기는 다르다는 외면적인 부분에 사로잡히지 않았다고 할까요. 순수하게 용과 케이의 마음에 초점을 맞춰 연기한 것 같아요.

— 스즈와 케이가 얼굴을 맞대고 대화하는 장면은 어떤 느낌으로 연기했나요?

클라이맥스의 중요한 장면이라, 현장 분위기도 조금 달라 긴장감 속에서 했습니다. 나카무라 카호 씨의 호흡에 맞춰 연기해 함께 만든 장면이었죠. 평소의 연기에서 중요한 장면을 찍을 때와 다름없이 임했습니다.

— 스즈와 케이의 관계성을 어떻게 생각하나요?

연애와는 조금 다른, 사람과 사람의 순수한 유대감으로 그려져 있죠. 하지만 연기자로서는 좀 설레고 달콤한 느낌이 들기도 해요. 그런 면에서 춤을 끝내고 스즈가 용의 뺨에 얼굴을 대는 장면을 아주 좋아해요. 벨의 옆얼굴이 너무 아름다워 심장이 쿵 내려앉았어요.

— 나카무라 씨와 함께 녹음했나요?

솔직히 놀랐습니다. 노래라는 세계의 일선에서 활약하는 분이라 목소리로 표현하는 데는 프로이고 우리와는 다른 방법론으로 접근하는 부분도 있어서 엄청난 자극을 받았습니다. 호흡… 타이밍이 아주 인상적이었어요. 숨까지 캐릭터가 되다니, 정말 멋있었습니다.

— 호소다 감독 팀에 합류해 느낀 점은?

원래 작품을 만드는 데는 그에 상응하는 엄격함이 있는 게 기본이라고 생각했는데 엄격함이란 게 거의 없었어요. 호소다 팀은 오히려 따뜻하다고 해야 할까요. 엄격함과는 반대편에 있는 인상이었습니다. 물론 지킬 것은 지키면서 테이크를 쌓아 가는데 기본적으로 제게 부담이 되지 않도록 해주셨어요. 저로서는 살짝 불안할 정도였으나 호소다 감독님만 아는 OK 기준이 분명 있겠죠. 그런 수많은 선택의 결과로 이런 작품이 완성된 것이니 정말 대단합니다.

— 제작 과정에서 왜 사토 씨에게 의뢰했는지 그 이유를 알아냈나요?

감독님에게 이런저런 말을 들었는데 한 가지 포인트는 '꼬치구이'였어요. 사실은 이전에 서로 아는 지인을 통해 꼬치구이를 먹으러 간 적 있어요. 아무래도 감독님이 시나리오에서 용을 그리며 그때 모습을 떠올리셨대요. 꼬치구이를 먹는 제 모습이 용처럼 보였나 보죠(웃음).

● 1989년 사이타마현 출생. Co-LaVo 소속 배우. 영화《바람의 겐신 최종장 The Final》(2021) 외에 여러 드라마, 영화에 출연. 유튜브 공식 채널도 개설해 현재 215만 명의 구독자를 거느리고 있다(2021년 7월 현재)

내 안에 있는 확고한 정의를 담아

S002 C003

스즈네 집/배경(미술보드)
언덕 아래에서 올려다 본 스즈네 집 배경. 이번에는 미술감독 이케노부 다카시가
그린 미술보드가 본편의 BG로 사용되었으며, 이 역시 그 중 한 장. 아침 정경을
그린 것으로, 햇빛은 화면 우측 위 바로 앞에서 비쳐들고 있다.

Background Arts

미술·배경집

깊은 산들과 수시로 표정을 바꾸는 맑은 물….
인공적으로 만들어진 가상공간 『U』와는
대조적인 스즈의 현실 세계.
치밀한 필치로 그려진 배경 미술의 세계를
여기서 소개한다.

미술배경

배경의 설계도·미술 설정

이른바 배경의 설계도인 미술 설정은 과거에는
주요 광경과 건물 등을 소묘로 그리는 게 일반
적이었다. 그러나 이 작품에서는 실사 영화의
미술도 담당한 조조 안리가 3D 소프트웨어를
이용해 사진과 다름없는 치밀한 미술 설정을 완
성했다. 이 설정을 바탕으로 그려진 배경 미술
은 단순한 배경을 넘어 스즈의 경험과 시간, 광
경을 그대로 비추는 것이 되었고, 그 결과 관객
은 영상 속에서 스즈의 심상을 볼 수 있다.

스즈의 집/미술 설정
스즈의 집을 상세하게 그린 미술 설정. 돌담과
건물 등 기존의 설정보다 더 자세히 그려져 있
다. 위 보드와 비교하면 카메라 앵글이나 화면
각도가 살짝 달라진 것을 알 수 있다.

(왼쪽) 스즈의 집 거실과
부엌/미술 설정
부감으로 본 거실과 부엌.
공간 배치만이 아니라 어
떤 가구가 놓여 있는지도
설정했다.

(오른쪽) 의외일 게 없는
현대적인 부엌. 여기도 사
는 사람의 개성을 드러내
는 소도구까지 자세히 그
려져 있다.

(왼쪽) 다락방을 활용한 비
밀기지 같은 스즈의 방. 벽
과 천장 부분에 좋아하는
포스터와 그림이 붙였다.

(오른쪽) 스즈가 루카와 홍
차를 마시는 툇마루. 안쪽
창의 위치가 왼쪽 위의 방
안 미술 설정과 대비를 이
룬다.

S015 C008

스즈의 집·스즈의 방(밤)
밤, 책상에 앉아 노트북을 들여다보는 컷의 배경

S002 C002

스즈의 집·스즈의 방(낮)
아침의 스즈 방. 튀어나온 지붕이나 벽 모두 내부는 아주 소박하다.

S007 C006

스즈의 집·거실(밤·미술 보드)
오른쪽과 같은 앵글에서 그려진 밤 배경. 푸른 아침 햇살과 오렌지색 등불이 대조적으로 그려져 있다.

S002 C004

스즈의 집·거실(아침)
미술 설정과 거의 같은 거실 배경. 창으로 스며드는 빛이 더 인상적으로 그려져 있다.

S010 C004

스즈의 집·스즈 어머니의 방(2~4년 전·저녁·맑음)
창고처럼 변한 어머니의 방. 어지럽게 널린 짐들이 어머니의 죽음이 오랜 일이었음을 알려준다.

S007 C019

스즈의 집·스즈 어머니의 방(11년 전·여름·밤)
어머니가 돌아가셨을 무렵 따뜻한 추억을 느끼게 하는 분위기로 그려진 어머니의 방

S060 C004

스즈네 집 툇마루.
같은 앵글 배경이 몇 번이나 등장하는 가운데, 이것은 루카가 찾아와 복숭아 아이스티를 함께 마시는 장면에서 사용된 것. 벽의 백색과 빛과 그림자의 콘트라스트가 여름 햇살을 느끼게 한다.

배경 ① 스즈의 집

호소다 감독은 이전 작품 《미래의 미라이》에 나오는 집을 현역 건축가에게 설계하게 했는데 등장인물의 생활 공간을 최대한 현실적으로 그리려는 자세는 이번 작품에도 드러난다. 그에 대한 고집은 단순히 집의 외관과 구조에 그치지 않고 각 방에 놓인 가구나 소품에도 적용된다. 검소하면서도 귀여운 스즈의 방과 오래된 오디오와 LP가 가득한 어머니의 방—그것들은 사는 사람들의 개성과 심정을 표현하는 캔버스이기도 하다.

S057 C003

스즈의 집·툇마루(밤)
툇마루 너머로 거실과 부엌 조명을 바라보는 밤 정경을 그린 배경. 약한 불빛을 받은 부드러운 콘트라스트의 전경의 색채가 창에서 흘러나오는 빛을 더 따뜻하게 느끼게 한다.

S003 C001

아사오 잠수교(여름·아침·맑음)
니요도가와에 놓인 잠수교와 건너편 산들을 그린 배경·미술 보드. 아직 해가 낮은 아침이라 오른쪽 산이 그늘져 있는 것은 이후 같은 앵글의 배경과 다르다.

S003 C005

아사오 잠수교(여름·아침·맑음)
집과 학교라는 스즈의 두 세계를 연결하는 다리. 좁고 난간도 없는 모습은 때로 스즈의 마음을 상징하는 것처럼 보인다.

S006 C001

아사오 잠수교(가을·해 질 무렵·맑음)
오른쪽과 마찬가지로 아사오 잠수교인데 이것은 1년 전 가을의 해 질 무렵을 그린 것이다. 오른쪽 배경은 전체적인 풍경을 잡으려고 광각 렌즈 화각(angle of view, 畵角)이고, 위는 다리 위를 걷는 스즈의 시점을 잡으려고 망원 렌즈 화각을 이용했다.

S003 C007

통학로의 버스 정류장

S003 C011

역 대합실(여름·아침·맑음)
오른쪽 버스 정류장과 이 대합실은 아침 통학로 장면으로 그려진, 정경 가운데 한 장면. 아침의 맑은 공기를 느끼게 하는 색조로 그려졌다.

배경 ② 통학로

스즈의 집과 학교를 연결하는 통학로. 조금씩 바뀌는 스즈의 심정과 흘러가는 시간을 드러내 그의 세계를 잘 보여준다.

S062 C001

이노역 앞 교차로(여름·오후·맑음)
대합실에서 루카와 카미신이 나누는 대화의 향방을 스즈가 역 건물을 바라보는 장면의 배경. 편의점과 주유소 외에는 이렇다고 할만한 게 없는 지방의 역 앞 풍경을 치밀하게 묘사하고 있다.

아사오 잠수교/미술 설정
기존 배경과 같은 소묘 터치로 그린 미술 설정. 길과 나무 배치는 거의 본편 배경과 같은데 산맥과 스즈가 사는 강변 마을은 조금 다르게 그려졌다.

■ S059 C003
아사오 잠수교(여름·오후·맑음)
아사오 잠수교를 오른쪽 페이지와 같은 앵글에서 시간대를 바꿔 그린 배경. 오른쪽 앞의 산맥이 밝아진 것에서 알 수 있듯 태양이 높이 솟은 오후 풍경이다.

■ S059 C004
스즈가 사는 마을을 둘러싼 산들
잠수교 위에서 스즈의 마을 건너편을 본 배경. 울창한 나무들과 그 뒤를 둘러싼 산맥이 보인다. 흘러넘치는 생명감은 『U』세계나 직후 대치하는 케이가 사는 세계와 대조적인 인상을 준다.

미술 감독 **이케 노부타카**

池信孝

● 이제까지 다양한 애니메이션의 미술 감독을 맡았다. 곧 사토시 감독의 모든 작품에서 미술 감독을 담당. 이 밖에도 《쿠로무쿠로》《액셀 월드 INFINITE∞BURST》 등에 참여했다.

코로나 여파 속의 배경 미술 만들기

— 이번에는 기존의 손 그림 중심 배경이 아니라 디지털로 그렸는데 그와 관련해 호소다 감독이 언급한 바 있나요?

"전과는 완성 후의 분위기가 완전히 다를 텐데 괜찮겠어요?"라는 말은 초기 단계에서 했는데 감독은 전혀 개의치 않았어요.

— 감독이 얘기한 미술 방향성은?

주인공 스즈는 이야기 속에서 우울하지만, 그녀가 사는 세계는 그녀의 심리 같은 것은 고려하지 않고 빛으로 가득하죠. 그러므로 밝고 상쾌한 세계 속에서 이야기를 전개하고 싶다는 생각은 전해졌을 겁니다. 구체적으로는 학교 무지개다리를 그릴 때 "좀 더 밝게" 하라는 지시를 받았습니다.

— 미술 보드가 본편 배경에도 함께 쓰였어요.

네. 스즈가 등하교 때 건너는 잠수교 보드를 제일 처음 그렸어요. 호소다 감독이 그 그림을 아주 좋아해서 그 분위기로 계속 갔죠.

— 디지털 배경은 모니터에 따라 색이 다 바뀌는데 어떻게 조정했나요?

이번에는 코로나도 있어서 자택 근무가 중심이었는데 보드 체크 때나 배경 완성 체크 때만은 스튜디오에 가서 감독과 같은 모니터를 보며 진행했습니다. 이것은 색의 문제만이 아니라 직접 대화를 나눠야 착오를 줄일 수 있어서 그때만은 반드시 얼굴을 보러 갔죠.

— 미술과 색채 설계가 회의도 하나요?

그건 전혀 없습니다. 색채 설계 중 배경 쪽에 문제가 생길 때는 호소다 감독이 조정한 BG를 보내주면 그에 따라 제가 최종적으로 정리합니다. 그러니까 제가 색채 설계에 리테이크하는 일은 없었습니다.

— 강의 배경이 인상적으로 쓰였는데 물 표면을 특별히 연구한 게 있나요?

물 표현은 촬영 쪽과 공동 작업한 겁니다. 물속에서 수영하는 장면 같은 게 그런 경우인데요, 물을 깨끗하게 표현하려면 배경에서 물을 그리는 게 아니라 물이 있을 것 같은 바닥만 그리고 나중에 촬영팀이 파문 같은 효과를 얹는 게 투명도를 높일 수 있습니다. 그러므로 우리도 그 감각을 놓치

지 않고 그립니다.

— 이번에도 같은 앵글을 시간을 바꿔가며 그린 배경이 많이 사용되었어요.

특히 가가미가와가 그랬죠. 하늘 면적이 가로로 길고 넓은 느낌의 화면인데 그 표정을 표현하는 게 핵심이었습니다. 몇 가지가 장면이 나온 상황에서 스즈와 시노부, 카미신이 대화하는 장면이 나옵니다. 이때는 다양한 방향에 카메라가 놓여 예쁜 구름을 배치하느라 아이디어를 짜내야 했습니다. 카미신이 카누를 저어오는 컷은 호소다 감독도 촬영과 배경의 앙상블이라며 감동했죠. 제가 좋아하는 장면은 스즈가 고양이를 쓰다듬은 후의 컷입니다. 우리가 평소 보는 석양은 그리 화려하지 않잖아요? 그런 담백한 석양을 풍경에 섞고 싶었어요.

— 이번에도 마지막 장면에 적란운이 나오죠?

호소다 감독이 특별히 적란운에 집착하지 않는다고 들었어요. 하지만 마지막 장면인지라 구름을 그리는 게 만만치 않았어요. 흐름은 일단 이 장면의 첫 부분인 니요도가와 강변 보드에서 일단 OK를 받았습니다. 색조가 금색에 가까운 것이었는데 이건 아니라는 말이 나왔어요. 이 장면은 모든 문제가 해결된 후 다 같이 상쾌한 하늘을 편안한 마음으로 올려다보는 신이라 금색은 너무 신비롭다는 거죠. 그래서 감독에게 보여주며 수정해 현재의 것이 되었습니다. 여기가 가장 이야기를 많이 나눈 컷입니다.

— 배경 일부에 윤곽선이 있던데요.

제작 초반에 스즈의 방은 소품이 너무 많아 산만할 것 같아 상담했습니다. 그러자 이 문제는 제작 중에는 대응하기 힘드니까 배경에서 처리하고 싶다더군요. 그래서 보드 작업을 하면서 CG 모델의 선 등을 이용해 조화를 만들어냈습니다. 왜 윤곽선이 필요했는지, 그 이유는 분명한데 그걸 다 설명하려면 지면이 부족할 겁니다.

— 호소다 감독과의 대화 중 가장 인상적이었던 것은?

역시 조금 전에 말한 적란운이었죠. 이번에는 99% 정도 제가 낸 아이디어를 OK 해줬는데 그것만은 색의 분위기를 놓고 여러 번 얘기했던 터라 인상에 남습니다.

■ S005 C001

고교·무지개다리(가을·낮·맑음)
스즈가 다니는 고등학교의 무지개다리(3층). 바닥에 반사하는 빛이 인상적이다. 자세히 보면 직사광선을 받아 난반사가 강한 왼쪽과 간접광만 받는 안쪽과 오른쪽은 빛의 반사를 다르게 그리고 있다.

■ S005 C002

고교 실외 농구 코트(가을·낮·맑음)
시노부가 일 대 일 게임을 하는 장면의 배경. 여기서도 지면과 벽면의 소재감을 정확하게 그리고 있다. 이런 세밀한 묘사가 있기에 관람자도 이곳에서 스즈가 어떤 감정을 느끼는지 감각적으로 파악한다.

■ S004 C002

고교 중정(가을·낮·맑음)
루카가 활동하는 관현악부가 연주하는 중정. 바닥에 깔린 양투카가 흙과는 다른 소재감을 드러낸다.

■ S052 C008

고교 교실(여름·오후·비)
고교 교실을 그린 배경. 창밖이 흐린 것은 비가 오고 있기 때문. 책상에 윤곽선이 그려진 것은 이 작품 배경의 공통된 특징이다. 물건으로서의 소재감을 강조하면서 윤곽선으로 그린 캐릭터와의 조화를 높이기 위해. 이케는 준(準) 하모니라고 칭했다.

배경 ③
고교 · 학교 건물

루카가 연주하는 중정은 밝고, 시노부의 농구 코트는 눈부시게—고교의 정경은 스즈를 둘러싼 현실 세계의 상징이다.

프로덕션 디자인 **조조 안리**
上條安里

● CINQ ART 소속 디자이너. 최근 《DESTINY 가마쿠라 이야기》(2017)와 《아르키메데스 대전》(2019)로 각각 일본아카데미상 우수미술상을 수상. 호소다 감독 작품 참가는 네 번째이다.

이번에도 불러주셔서 참가했습니다. 현실 세계에서는 스즈의 집과 폐교가 된 초등학교, 도쿄에 있는 케이와 토모의 집 등을 맡았습니다. 고치까지 로케를 가서 니요도가와 주변에서 발견한 집을 바탕으로 스즈의 집을 그렸습니다. 폐교 모델도 로케 갔다가 발견했습니다.

스즈의 집은 부모님이 결혼하며 지은 집으로, 현재 1층은 아버지가 사용하고 스즈는 2층 안쪽 방에 틀어박혀 있습니다. 부녀 관계를 일상의 동선에서 보이는 거리감으로 공간에 표현하는 작업이었습니다. 그리고 어머니에 남은 감정, 어머니의 부재와 미묘한 균형이 필요했습니다. 스즈의 어머니는 음악을 매우 좋아했다는 설정이었고 그 영향으로 스즈도 작곡하므로 방에

최소한의 DTM(desktop music) 기자재를 갖추었습니다. 또 2층 다락방은 깊이감을 내려고 사선 천장의 안쪽으로 설정했습니다. 스즈는 그냥 흰곰을 좋아한다는 설정입니다.

케이와 토모의 방은 외관의 기초를 호소다 감독이 도쿄에서 찾아냈고 내부는 제가 생각했습니다. 이 집은 상당히 어려운 설정이었습니다. 감독의 "이상한 하얀 방"이라는 지시가 있었고 제 이미지 속에 하얀색, 청결, 독방, 감금, 아이 방, 모던 리빙 등이 떠올랐습니다. 방 전체를 아주 차갑게 한 것과 아버지의 독선적인 애정을 표현하려고 벌새(에너지 소비량이 압도적인 새라 절대 먹이를 나눠주지 않는 등 괴팍한 성질로 유명한 데서 선택하지 않았을까 합니다) 벽지를 넣었습니다.

『U』의 세계는 『U』로 들어갈 때의 문과 저스틴의 심문실 등을 맡았습니다. 여러 차례 회의 끝에 결정한 것이라 자세한 과정은 기억나지 않으나 분명 단순하고 긴장감이 도는 디자인이라는 주문이었던 것 같습니다.

미술 설정은 늘 전체적인 상이 보이도록 최대한 광각으로 만드는데 물론 최종적인 앵글이나 렌즈는 호소다 감독의 지시를 따릅니다. 또 상황과 구성을 설명하는 안내 그림 부분이 많아서 광각을 많이 사용했습니다.

완성된 본편은 굉장했어요! 출연진과 스태프의 최고 기량이 담겨 있었고 음악과 노래의 압도적인 힘을 다시 확인할 수 있었습니다.

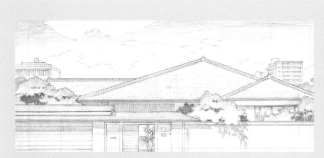

히로의 집·정면 전경/미술 설정
오른쪽에서 소개한 조조의 설정과는 달리 위는 기존 애니메이션에서 이용하는 미술 설정과 같은 기법으로 그려졌다. 너무나도 고풍스러운 가옥은 완벽한 이과 성향인 히로와 대극점에 있어서 이 또한 두 가지 세계가 공존하는 것처럼 여겨진다.

히로의 집·응접실/미술 설정
방의 구조와 가옥 배치만이 아니라 격자문이나 난간의 세밀한 구조, 아무렇게나 쌓아놓은 책, 늘어놓은 컴퓨터까지가 자세히 그려져 있다. 이런 세부적인 것까지 배려해 캐릭터의 성격과 개성을 표현하려는 자세는 호소다 감독 작품의 특징이라 할 수 있다.

미술설정

S046 C001

히로의 집(여름·오후·맑음)
스즈가 달려온 스즈의 집. 보이는 대로 호화 저택이다. 일본 전통 가옥 스타일의 지붕뿐만 아니라 문도 본격적이다. 이 집의 모델은 시즈오카현에 있는 누마즈구락부이다.

배경 ④
히로의 집

일본 전통 가옥 스타일의 호화로운 저택과 집을 가득 메운 IT 기기들—히로의 집은 스즈를 『U』의 세계로 이끄는 그녀의 극단적인 성격을 반영하듯 미스 매칭으로 넘친다. 이 역시 또 다른 인물 표현이다.

S046 C002

히로의 집·현관(여름·오후·맑음)
인터넷에서 화제가 된 사실을 안 스즈가 황급히 달려오는 히로의 집 현관. 왼쪽에 그려진 조명은 특수효과로 더 빛나 보이게 했다. 이 현관도 2단으로 하는 등 격식 있는 집임을 강조했다.

S025 C001

히로의 집·나무 복도(초여름·오후·맑음)
화면 바로 앞이 응접실이고 왼쪽에 가와다 쇼료(일본 막부 말부터 메이지 시대에 활동한 화가)의 병풍이 있다.

S025 C002

히로의 집·응접실(초여름·오후·맑음)
이것은 벨의 팔로워 수가 급증한 것을 보고 놀란 스즈가 달려왔을 때의 장면 배경. 위에서 소개한 조조의 미술 설정과 거의 같은 앵글로 그려졌는데 스며드는 간접광이 마치 히로의 백라이트처럼 되어 독특한 효과를 드러낸다. 어떤 의미에서 미술 설정과 배경의 차이를 확연히 알 수 있는 장면이다.

폐교 초등학교·외관/미술 설정
지역 활동의 장으로 이용되는 폐교가 된 초등학교 외관을 그린 미술 설정. 실제로 모델이 된 것은 폐교가 아니라 지금도 사용하는 초등학교인데 옥상을 잡초로 덮어 여러 해 쓰지 않은 분위기를 연출했다.

폐교 초등학교·교실/미술 설정
오른쪽 전체 조감도 중 교실 오른쪽 뒤에서 앞쪽 칠판을 본 앵글로 그린 미술 설정. 히로가 가져온 컴퓨터와 아마도 학교에서 사용했을 프린터, 크고 작은 모니터의 배치도 세밀하게 설정되어 있다.

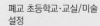

폐교 초등학교·교실/미술 설정
아래 전체 조감도의 교실을 칠판 쪽에서 본 미술 설정

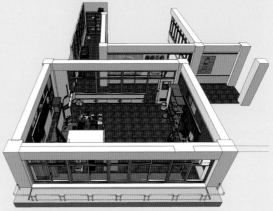

폐교 초등학교·체육관/무대 설정
스즈도 활동하는 합창단이 연습하는 체육관 내부를 그린 미술 설정

폐교 초등학교·교실 전체 조감도/미술 설정
폐교 초등학교의 미술 설정 때 조조는 카메라가 이동하는 주요 경로인 복도 일부와 히로가 거점으로 삼는 교실의 3D 모델을 제작했다. 위는 그것을 위에서 본 그림. 모델은 다양한 앵글로 출력할 수 있고 그런 그림들은 실제 레이아웃으로 활용되었다.

미술 설정

배경⑤
스즈의 방과 후

인구 감소라는 지방의 현실을 상징하는 장이기도 한 폐교가 된 초등학교. 한편 과거의 기억을 가득 담고 있는 이 공간은 어머니와의 추억에 늘 잠기는 스즈의 마음을 보여주는 장소이기도 하다.

■ S040 C003
『교류의 마을』야나기노(여름·낮·맑음)
방과 후 히로와 스즈가 들르는 지역 재료로 요리하는 식당. 따뜻한 집밥을 먹을 수 있다. 말할 것도 없이 앞쪽에 판매되는 채소는 취재를 바탕으로 그린 것이다.

■ S034 C010
폐교 초등학교·교실(여름·오후·맑음)
화면 각도는 살짝 다르지만, 이것도 위 미술 설정으로 바탕으로 그린 교실 안 배경. 특히 모니터 배치가 크게 달라졌다.

■ S028 C008
폐교 초등학교·체육관(여름·오후·맑음)
위 미술 설정을 바탕으로 그린 체육관 배경. 악기는 셀로 그려 넣는다. 들어오는 햇빛이 마치 스포트라이트 같다.

S028 C001
폐교 초등학교·외관(여름·오후·맑음)
처음 폐교 초등학교가 등장할 때의 배경.
같은 앵글의 배경이 여러 번 등장한다. 화
면 바로 앞의 잡초가 무성한 운동장은 오
랫동안 손질이 되지 않았음을 보여준다.

S034 C010
폐교 초등학교·외관(여름·오후 5시 무렵·맑음)
위와 같은 앵글의 배경인데 학교 건물과 산맥에 떨어지는 햇빛의 각도나 색,
구름의 형태가 다르다. 같은 앵글의 배경을 다른 표정을 그림으로써 시간의 흐름을
표현하는 호소다 작품의 특징을 드러낸 장면

S034 C008
폐교 초등학교·교실(여름·오후·맑음)
집에서 쫓겨난 히로가 PC를 가져온 폐교 초등학교 교실. 살짝 어둡게 그렸다.

취재 협력 고치현 관광컨벤션협회

● 1994년 재단법인 고치컨벤션뷰로
로 설립. 2002년 사단법인 고치현 관
광연맹을 통합해 재단법인 고치현 관광
컨벤션협회로 명칭 변경, 2013년 공익
재단법인으로 이행. 고치현의 관광 정
보 사이트 「요사코이 넷」을 운영.
http://www.attaka.or.jp/

호소다 감독이 실제 고치에서 로케이션
헌팅을 했을 때 촬영한 사진들. 고치현
관광컨벤션협회의 협력도 있어서 밀도
높은 취재가 이루어졌다.

섬세한 배려로 현지 취재를 지원

— 어떻게 협력하게 되었나요?

2019년 9월에 스튜디오 치즈가 다음 달 말쯤에 감
독이 로케이션 헌팅을 원한다고 연락해왔습니다. 꽤
일정이 촉박했는데 간신히 일정을 맞춰 한 달 만에 로
케이션 헌팅을 마쳤죠. 그 전에 감독이 여러 차례 시나
리오 헌팅을 했는데 일단 우리 얘기도 듣고 싶다며 상
담을 청해 온 겁니다.

**— 구체적으로 어떤 곳을 취재하고 싶다는 요청이었
나요?**

아사오 잠수교 등 몇몇 후보를 준비했습니다. 처음
에는 우리와 스튜디오 치즈 담당자가 회의했고 며칠
뒤 감독이 현지에 오면서 JR 이노역 등 구체적인 장소
가 거론되었죠.

— 그때 영화 내용은 다 아셨나요?

2020년 5월에 그림 콘티를 볼 때까지는 아무것도
모르고 메일이나 전화로 요청을 받은 장소를 촬영해
사무소로 돌아와 보냈습니다. 그 후로는 제작 담당자
와 스마트폰으로 통화하며 실제 풍경을 보여주기도
하고 이런 앵글로 찍을 거라거나 이런 시간대 사진이
필요하다는 등 여러 차례 대화를 나누며 사진을 찍어
보내는 원격 로케이션 헌팅을, 2020년 8월에는 줌으
로 한 번, 2021년 2월에는 전화로 지시를 받는 형태
로 또 한 번 했습니다. 덧붙여 특히 가가미가와 사진은
날씨가 좋은 날의 저녁 풍경을 찍어달라고 해서 한 달

쯤 매일 찍어서 보내기도 했습니다.

**— 사진 말고 동영상도 있다고 들었는데 어떤 장면을
찍었나요?**

고치역 플랫폼에 열차가 들어올 때나 통학 장면에
필요하니까 아침 풍경을 찍어달라는 요청이 있었습니
다. 가가미가와 장면은 시간이나 날씨에 따라 다양하
게 변하고 태양의 각도도 시간에 따라 달라져서 저녁
풍경은 16시부터 19시까지를 매일 찍어 보냈습니다.

— 폐교나 스즈의 집은 모델이 있었나요?

폐교는 아직도 사용하는 초등학교가 모델입니다. 스
즈의 집도 실제로 취재했는데 이 부분은 어려움이 많
았습니다. 스튜디오 치즈 담당자는 내부를 그려야 하
니 도면이 필요하다고 했는데 실제로 사는 사람이 계
셔서 취재할 수 없었죠.

— 호소다 감독과의 대화 중 특히 인상적이었던 것은?

호소다 감독은 첫 번째 원격 로케이션 헌팅에 참석
해서 "정말 멋진 곳이네요"라고 말씀했어요. 원격 로
케이션 헌팅이 원활하게 진행되도록 배려해주시던 모
습이 제일 인상에 남습니다.

그리고 감독이 하신 말씀은 현지 주민과 커뮤니케이
션하고 싶다는 것이었습니다. 그때 감독님은 지역 사
투리의 세대 차이나 지역 격차에 큰 관심을 보였고 아
이들이 어떤 사투리를 쓰는지 요즘 학생이 쉬는 날 어
떻게 지내는지 인터뷰하셨어요. 그런 세세한 사항에
매달리는 태도가 진짜 영화를 만들게 하는구나, 생각
했죠.

반복해서 등장하는 물 표현. 스즈의 마음을 비추는 거울처럼 계절과 시간에 따라 다양한 표정을 보여준다.

S044 C001

S047 C001

계절과 시간에 따라 표정을 바꾸는 가가미가와를 그린 배경. 위는 여름 오후이고 아래는 같은 여름의 해 질 무렵. 둘 다 치밀한 취재로 색채 표현이나 그림을 그리는 방법 등을 선택해 이 작품의 배경 특징을 잘 표현하고 있다. 특히 아래 풍경은 원근법에 따라 배치된 것 같은 구름이 해 질 무렵의 색채와 어울려 화면 전체에 극적인 효과를 준다.

S021 C009

가가미가와(초여름·저녁·맑음)
스즈가 하굣길에 강변을 따라 걷는 짧은 컷을 위해 그려진 배경. 빛의 양이 줄어들어서 전체적으로 콘트라스트를 억제했다.
이는 미술 감독인 이케가 가가미가와 풍경 중에서 가장 마음에 든다고 한 장면이다.

S007 C013

야스이 계곡 스이쇼 연못·사방댐(여름·낮·맑음)
숨을 멈추게 할 만큼의 푸르고 투명한 물이 인상적인 스이쇼 연못의 배경. 안쪽에 보이는 것은 사방(砂防)댐.
가장 행복한 날과 함께 스즈의 머리에 각인된 풍경.

S007 C015

야스이 계곡 스이쇼 연못
(여름·낮·맑음)
이 역시 새파란 물이 인상적
인 배경. 다만 여기 그려진
물은 어디까지나 배경 위에
촬영 처리한 수면과 파문이
놓이는 것을 전체로 한 것이
라 그런 의미에서 완성된 것
은 아니다. 애니메이션 배경
의 특수성을 알 수 있는 장
면이다.

S102 C001

니요도가와 다리 부근의 강변(여름·저녁·맑음)
이케가 인터뷰에서 말했듯 이 장면의 구름은 원래 훨씬 황금색으로 그려졌는데
나중에 나오는 구름(S102 C007)이 감독의 수정을 받자 이 구름도 다시 수정했다.

S095 C001

케이와 토모의 방(여름·늦은 저녁·맑음)
오른쪽과 같은 앵글의 배경. 그러자 색조가 변한 것으로 시간의 흐름과
그곳에서 일어난 사태가 더 절박하게 느껴지게 한다.

S072 C003

케이와 토모의 방(여름·오후 5시 무렵·맑음)
모니터에 나온 케이와 토모의 방. 여기서 스즈와 친구들은 용의 마음을 다치게 한
사건을 보게 된다. 비참한 현실을 상징하듯 실내는 퇴색된 색조를 썼다.

S095 C002

폐교 초등학교·교실(여름·늦은 저녁·맑음)
오른쪽과 다른 앵글에서 그려진 교실 내부. 전체적으로 탁한 색조가 더 시간이 흘렀음을
표현하는 한편 모니터를 바라보는 스즈와 친구들의 초조함을 드러낸다.

S072 C044

폐교 초등학교·교실(여름·오후 5시 무렵·맑음)
스즈와 친구들이 케이와 토모의 위험한 상황을 목격하는 장면.
광각 렌즈 화각이 여기 있는 전원을 잡을 뿐만 아니라 화면에 긴장감을 준다.

S096 C005

이노역·플랫폼(여름·황혼·맑음)
합창단원들이 케이에게 가는 스즈를 플랫폼에서 배웅하는 장면.
밝은 대합실이 밤의 출발이라는 분위기를 더욱 부각한다.

배경 ⑦
스즈, 만나러 가다.

스즈는 용임이 밝혀진 케이를 만나기 위해, 해 질 무렵에 고치에서 기차와 심야 버스를 타고 정신없이 달려 새벽에 도쿄에 도착한다. 그런 무대 전환을 뒷받침한 미술을 마지막으로 소개한다.

S096 C007

고치역(여름·밤·맑음)
이노역에 이어 등장하는 고치역. 어렴풋하게나마 남았던 노을도 여기서는 완전히 사라져 역 건물의 조명과 밝게 빛나는 JR고치역의 네온사인이 밤의 풍경을 더욱 인상 깊게 만든다.

S099 C007

다마가와 인근의 언덕길
(여름·아침·비)
달려온 스즈가 케이와 토
모루를 만나는 언덕길. 어둡
게 그려진 것은 비가 내리
고 있기 때문. 본편에서는
여기에 촬영팀이 비 효과
를 더한다. 스즈가 사는 고
치 마을과는 대조적인 공
간으로 그려졌는데 언덕
인 것만은 공통점이다.

S101 C001

이노역·플랫폼(여름·저녁·맑음)
오른쪽 페이지의 출발 때와 같은 앵글로 그려진 이노역 플랫폼. 불안과 초조함을 느끼게 한 전날 밤과 달리
떠오른 태양이 내리쬐는 옅은 분홍빛으로 물든 역 건물은 안도와 기쁨을 전해준다.

S102 C007

적란운(여름·저녁·맑음)
호소다 작품에 언제나 나오는 마지막 컷의 적란운. 구름 뒤에서 살짝 얼굴을
내민 태양은 새롭게 출발하는 스즈의 마음을 대변하는 게 아닐까. 이케의 인
터뷰에도 나오듯 처음에는 더 황금색으로 그려졌는데 호소다 감독의 리테
이크로 이 색채가 되었다. 과연 고집한 이유가 있는 장면

"저스티스 녀석들에게 잡히기 전에 그의 오리진을 찾아야 해."

폐교 자습실에서 히로와 합류한 스즈가 말한다. 하지만 히로는 50억 개의 계정 속에서 한 명을 찾아내는 것은 무리라며 비명을 지른다.

『U』로 들어가 용을 찾는 스즈. 그러나 다른 As들이 곧바로 벨을 알아보고 모여들어 꼼짝할 수 없는 상황이 되는데….

그 상황을 합창대원 여성들이 앱을 통해 지켜보고 있다. 사실 그녀들도 『U』 계정을 가지고 있고 벨의 정체가 스즈임을 알고 있었다. 조용히 지켜볼 생각이었는데 문제가 생기면 얘기가 달라진다. "가보자!" 요시타니 씨의 한마디(책에는 기타 씨로 나와 있음)에 모두 일제히 폐교로 모였다.

벨은 As들에 포위된 채 눈을 감고 용을 생각한다. 그는 고독한 환경에 있을지 모른다. 그의 멍은 디자인된 것이 아니다. 하지만 수술 흉터 같은 진짜 상처도 아니다. 그리고 그때의 그 멍은…. "아이인가…?!"라는 생각에 도달한 스즈는 눈을 떴다.

다시 잘 생각해 보자.
그의 진짜 모습을…

그때 보여준 아이 같은 눈빛….

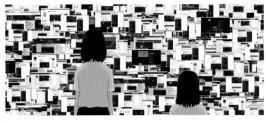

그럼, 이 아이가 용의 오리진?

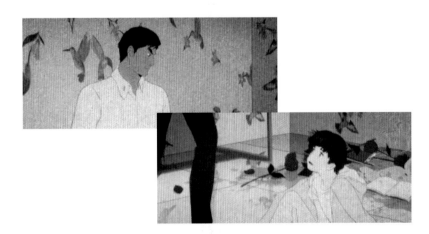

자습실 안에서 어린애의 콧노래 같은 목소리가 울렸다. 그것은 벨이 용에게 불러준 노래였다.

"어디서 들리는 거야?!"

목소리의 주인공은 모니터 안에 수없이 열려 있는 창 어딘가에 있다. 스즈는 열심히 컴퓨터를 조작해 하얀 파카를 입은 소년이 노래하는 라이브 동영상을 찾았다. 그는 용을 응원하는 유튜브 채널에서 본 소년이었다. 하지만 스즈는 도무지 이 소년을 용으로 생각할 수 없었는데….

그때 화면 속에서 큰 소리가 울렸다. 방에 아버지가 들어와 소년을 꾸짖고 장미를 꽂아놓은 꽃병을 쳐 넘어뜨렸다. 아버지는 말한다. "이 집에서는 아버지 말이 법이야!" 마침 형으로 보이는 소년이 들어와 열심히 앞에 있는 소년을 감쌌다. 스즈는 깨달았다. 그가 바로 용이라는 것을.

형의 이름은 케이. 동생의 이름은 토모. 케이는 토모에게 히어로의 모습을 보여주어 격려하고 싶었을 것이라고 히로는 추측했다.

형제의 아버지가 사라진 후 스즈는 케이와 대화하려고 비디오 채널 버튼을 누른다. 하지만 케이는 "너, 누구야?"라며 경계하더니 회선을 끊어버렸다.

찾았어…. 이 아이가… 용이야.

돕겠다, 돕겠다, 돕겠다.
지긋지긋해!!

돕겠다. 도와주겠다. 도울 수 있다.
아무것도 모르는 주제에.
돕겠다. 도와주겠다. 도울 수 있다.
하지만 결국은 아무것도 바뀌지 않아!

벨이 아니라
스즈로 호소해

벨을 둘러싼 As들은 벨이 노래할 공간을 주려고 멀리
퍼져 나갔다.

벨이 노래하면 용이 올 것이라고 예상한 저스틴도 단원
들을 거느리고 상황을 지켜보고 있다.

카미신, 루카와 폐교로 달려온 시노부는 용이 스즈를 믿
게 하려면 진짜 얼굴로 노래해야 한다고 제안한다. 히로는
스즈가 지금까지 쌓아 올린 것들을 전부 날리는 일이라고
반대하고 스즈는 신음하며 갈등한다. 하지만 시노부는 진
짜 얼굴을 숨긴 채 뭘 전할 수 있겠냐고 조용히 말했다.

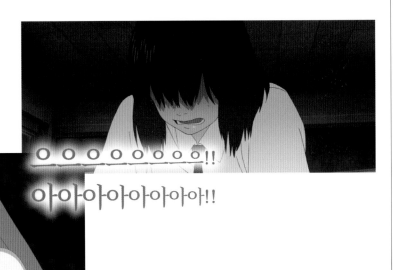

ㅇㅇㅇㅇㅇㅇㅇㅇㅇ!!
아아아아아아아아!!

내게, 그 빛을 쏘라고!!

저스틴은 좀처럼 노래하지 않는 벨에 안달이 나 벨에게 달려든다.

그때 벨은 결의를 다지고 고개를 들었다.

"노래해!!" 다가온 저스틴의 팔을 잡고 "빛을 쏴!"라고 내뱉는다.

그러자 저스틴의 팔찌가 변하더니 사자 머리 모양의 대포가 되어 초록색 빛을 쏘았다.

"바보냐? 스스로 언베일하겠다는 놈이 어디 있어!"

경악한 저스틴의 절규가 울려 퍼졌다.

벨의 오리진….

**진짜 얼굴로는
노래를 못 하는 아이라고!**

노래할 수 있어.

초록색 빛에 감싸인 벨의 몸은 데이터가 파손된 듯 떨어지며 사라지고 그 자리에 교복을 입은 일본인 여성이 나타났다.

스즈였다.

갑자기 막대한 수의 주목을 받자 극도의 긴장이 스즈를 찾아온다. 온몸이 덜덜 떨렸다.

"이런 평범한 소녀였다니…."

관중에 섞여 있던 페기 수는 벨의 정체에 놀랐다. 그리고 나지막하게 "나랑 똑같네"라고 중얼거렸다.

자습실에서는 히로가 "필사적으로 지켜 온 우리의 비밀이…"라며 머리를 감싸 쥔다.

그때 시노부가 손을 뻗어 컴퓨터를 조작해 벨의 노래를 틀며 말한다.

"스즈, 노래해."

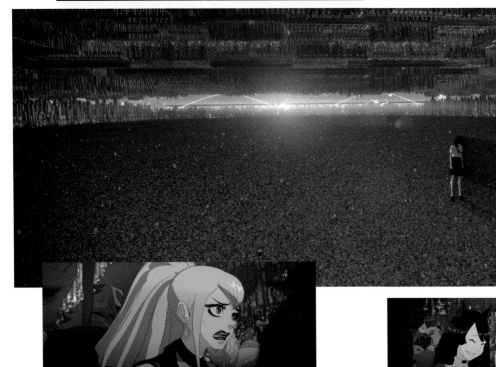

반짝이는 꽃, 꿈의 보석
세계는 아름다워

두려움과 불안이 나를 묶어도
강하고 마음이 따뜻해진다면

저 하늘은 돌아오지 않아
혼자서는 살 수 없어

만나고 싶어, 다시 한 번
　가슴속이 떨려와

여기에 있어 가 닿기를
　멀어진 너에게

눈을 감을 때만
　만날 수 있다니 믿을 수 없어

만나고 싶어
　멀어진 너를

랄랄랄라

벨!! 노래해!!

언베일되어 노래하는 스즈를 처음에는 조롱하고 비웃는 사람도 있었다. 하지만 단 한 사람에게 말을 거는 듯한 절절한 스즈의 노래에 마음이 점차 끌린다.

스즈의 마음에 떠오른 것은 어머니와의 기억, 용과의 만남, 시노부와의 추억….

"랄라라" 말로 표현하지 못한 마음을 멜로디에 싣는 스즈. 노래하는 스즈의 가슴에 작은 빛이 켜지더니 공명하는 As들의 가슴에도 불이 켜진다. 저마다의 가슴속에 담긴 슬픔과 기원, 애절함의 빛이었다.

그리고 눈물을 흘리며 노래를 부르지 못하는 스즈를 응원하듯 빛의 바다의 대합창이 시작된다.

노래여, 날아라. 모두에게
슬프고도 기쁜 지금
이 세상은 전부

시선을 떨군 하늘에서도
별은 빛나고 태양은 뜨고
꽃들이 피네. 아름다워라

노래!
노래!
노래!

영원히 노래할게
계속 노래할게.
사랑해, 영원히

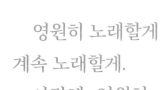
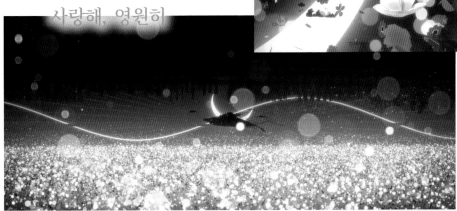

the Power of Music

음악의 힘

이번 작품에서 언급하지 않을 수 없는 요소가 라이브 장면이다.
노래, 영상, 의상이 하나가 되어 우리 마음을 사로잡았다.
각각을 어떻게 만들었는지, 노래별로 소개한다.

메인 테마
쓰네타 다이키 (millennium parade)
常田大希

● 1992년 나가노현 출생. 뮤지션만이 아니라 영상 디렉터, 디자이너까지 거느린 「millennium parade」로 활동. 그가 만들어내는 진귀한 음과 리듬이 사람들을 매료시키고 있다.

온 세상이 열광하는 디바에 필요한 열량을

— 이번 작품의 참여 요청을 어떤 심정으로 받았나요?

이번에는 영화의 테마가 음악이라 상당히 마음을 다잡았습니다. 평범한 주제와는 위치가 다를 테니 그만큼 넘어야 할 벽도 높죠. 일단 음악에 리얼리티가 없으면 안 되겠다고 생각했습니다.

— 주인공이 노래하는 곡 정도가 아니라 세계가 열광하는 디바가 만든 곡이라는 설득력이 필요했죠.

그게 음악 쪽에 주어진 사명이었습니다. 아리나 혹은 페스티벌 같은 큰 공연장에서의 제 경험을 반추하며 벨의 이미지를 탄탄하게 하는 게 제 역할이었습니다. 하지만 처음에는 누가 주인공을 맡을지도 전혀 모르는 상태여서 어떨지 걱정했지요.

— 나카무라 카호 씨로 결정되었죠?

만장일치였습니다. 그녀라면 이번 작품의 명제를 해결할 수 있다는 압도적인 설득력이 있었죠. 후보자로 훌륭한 배우와 뮤지션도 많았으나 그녀는 유일했죠. 카호 씨가 과거 millennium parade의 일원이었던 이시와카 슌의 앨범에도 참여해서 친근했고요. 저는 그저 면식이 있는 정도였는데 동갑이고 음악계 쪽에서는 모르는 사람이 없어요. 그래선지 그녀로 결정되자 곡 작업이 아주 구체적으로 바뀌었고 그녀이기에 가능한 접근도 많아졌죠.

— millennium parade의 이름으로 만든 곡이자 스즈가 만드는 작품 속 곡이기도 한 『U』. 제작할 때 쓰네다 씨는 자신의 예술성과 작품에서의 필요성을 어떻게 조화시켰나요?

제가 영화나 작품에 참여할 때는 늘 그 점을 고민하는데 이번에는 노래하는 사람이 주인공이라 그 점을 더 염두에 뒀습니다. 감독님도 그 부분은 제게 일임한다고 하셔서 제가 생각하는, 이 작품에서 꼭 울려야 하는 음, 일종의 비전과의 승부였습니다. 최근 만든 곡이 영 마음에 안 들어 스스로 침울하기도 했고요. 전통 음악의 비트와 본능적으로 사람들을 흥분시키는 리듬을 넣었는데 처음에는 강렬함이 부족했어요. 그래서 드럼을 빼보기도 했죠. 모든 밴드 사운드, 그러니까 팝 사운드와는 다른 접근으로 드럼 라인(마칭 밴드 등에서 이용하는 퍼커션 앙상블)을 중심으로 했어요. 쉽게 말하자면 코첼라 페스티벌에서의 비욘세 퍼포먼스와 인터넷에서 생긴 보컬로이드 사운드의 하이브리드 같은 이미지랄까요.

— 나카무라 씨의 노래, 목소리의 매력은?

그녀의 가성에는 좋은 의미에서 원시적인 분위기가 있어요. 그 점을 『U』의 디바 이미지에 맞춰 작업했습니다. 그녀 스스로 벨이라는 여성을 내포한 채 레코딩에 임해 주어서 그런 점도 포함해 구축했습니다. 노래할 때의 카호 씨는 완전히 이타코(오키나와 무속인)… 무녀처럼 벨에 빙의해요. 목소리에 엄청난 구심력이 있어요. 이번 작품에는 그런 힘이 필요했죠. 또 평소 그녀가 선보이는 음악과는 달라야 해서 스태프들이 시행착오를 겪어야 했습니다. 그녀는 굉장히 본능적이랄까, 물질적인 스타일인데 그런 그녀와 화면 속 벨과의 격차를 어떻게 메울지 같은 고민이요. 그녀 목소리의 섬세한 뉘앙스와 민족적인 느낌을 애니메이션의 세계에 맞춰가는 게 힘들었습니다.

"U"

Lyrics & Music Daiki TSUNETA

마치 밴드 같은 화려하고 원시적인 드럼 소리로 막을 열리고, 벨이 내뱉는 강력한 노랫소리에 단숨에 체온이 오르는 듯한 착각에 빠지는 곡. 작곡은 록 밴드 King Gnu 등에서 활약한 쓰네타 다이키의 프로젝트 millennium parade. 호소다 감독이 제시한 '축제를 여는 느낌'이라는 키워드를 바탕으로 제작했다는데 관객을 퍼레이드로 이끄는 듯한 가사에 맞춰 고양감 넘치는 곡으로 완성했다.

랄랄라
랄랄라
아무도 모르고
이름도 없는 지금을
달려가요
저 초승달을 향해
손을 뻗어요

랄랄라
랄랄라
당신을 알고 싶어
목소리가 되지 못한
두려운 아침을
수없이 맞더라도

탯줄이 툭 끊긴 순간
세상과 엇갈린 것 같아

눈에 보이는 경치가
슬프게 웃는다면
겁내지 말고 눈을 감아 봐

자!
모두 이쪽으로
심장이 뛰는 쪽으로 와요

자!
발을 굴러요
심장이 춤추는 곳으로 와요

자!
신기루에 올라타
뒤집힌 세계를 넘어가요

랄랄라
랄랄라
멈출 수 없어
사랑을 알고 싶다고
기도하는 주문
시간을 넘어
아침부터 밤까지

랄랄라
랄랄라
당신을 알고 싶어
하나도 놓치지 않고
시간은 아무도 기다려주지 않아.

잔혹한 운명이
저항할 수 없는 숙명이
생각할 틈도 없이
밀려오는 모래바람에
앞이 보이지 않더라도
당신을 믿고 싶어
두려움 없이 한 걸음 내디뎌

자!
모두 이리로
심장이 뛰는 곳으로 와요.

자!
발을 굴러
심장이 뛰는 곳으로 와요. 자.

자!
모두 이쪽으로
심장이 뛰는 곳으로 와요.

자!
발을 굴러
심장이 뛰는 곳으로 와요.

하늘을 나는 고래에 올라타
뒤집힌 세계에서 실컷 춤추자

랄랄라
랄랄라
아무도 모르고
이름도 없는 지금을
달려가요
저 초승달을 향해
손을 뻗어요

랄랄라
랄랄라
당신을 알고 싶어
목소리가 되지 못한
두려운 아침을
수없이 맞더라도

꿈이라면
깨지 말아줘
현실 같은 거
아무것도 아니니까

시간은 아무도 기다려주지 않아

— 가사는 어떻게 지어졌나요?

벨의 노래로 위화감 없는 노랫말이어야 해서 고전했습니다. 원래 제 작사는 UK 록이에요. 라디오헤드보다는 오아시스 쪽이라 완전 돌직구죠. 뭐랄까요. 어떤 사람이 자신의 언어 그대로를 던지는 느낌이랄까. 제가 쓰면 틀림없이 그렇게 쓰겠죠. 그래선지 이번에 벨이 어떻게 노래하는지를 상상하는 게 힘들었습니다. 캐릭터 디자인이 수염을 기른 아저씨라면 쓰기 편했을 거예요(웃음). 뉘앙스에서는 카호 씨가 평소 하는 말투 같은 것을 의식했을지 몰라요. 그리고 제 청춘을 떠올리며 제게 완전한 리얼리티를 주는 감각을 골라냈죠. "랄라라라"라는 가사는 영화가 세계 어디에 진출해도 통할 수 있는 강력함이 담긴 가사라고 생각해 넣었습니다.

— 이번 작품의 요소이기도 한 인터넷 속 사람들의 유대감을 어떻게 생각하나요?

저는 인터넷과는 소원하지만, 전혀 관계없다고 얘기하지는 못할 정도로 생활과 이어져 있죠. 리얼리티의 중심이 옮겨가고 있음을 느낍니다. 그곳에서만 느낄 수 있는 재미가 있는 것도 사실이고요.

— 1992년생. 디지털 네이티브 세대라고 할 수 있는 쓰네타 씨와 나카무라 씨라 공명할 수 있는 부분도 있을 것 같은데요.

확실히 어릴 때부터 온 세상의 음악을 듣고 그 작가와 연락을 취할 수 있는 상황은 우리 세대부터 생긴 것 같아요. 신곡인지 옛날 곡인지 고려하지 않고 똑같이 듣죠. 아주 단순하게 멋지네, 좋네, 라고 느낄 수 있는 일은 아주 긍정적이에요. 그런 면을 이번 작품에 활용했어요.

— 호소다 제작팀에 참여해 얻은 점이 있다면?

호소다 감독님의 그림 콘티를 읽은 순간부터 충격적이었는데 제작 과정을 지켜보며 놀랐습니다. 이번 참가자들 대단하지 않나요? 저도 PERIMETRON이라는 팀으로 영상을 만들고 있는데 이렇게까지 하나 싶어 감탄했어요. 영화라는 종합 예술 중에서도 장편 애니메이션이 완성될 때까지의 열량을 실감했습니다. 호소다 감독님과 허심탄회하게 축배를 드는 날이 오면 많은 이야기를 하고 싶어요.

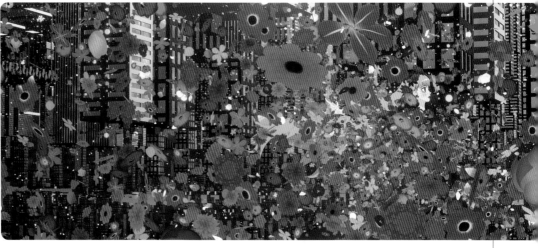

새빨간 드레스

열정을 그대로 구현한 듯한 디자인. 헤드 드레스부터 상반신은 생화와 페이퍼플라워로 장식해 약동감을 연출. 치마의 요염한 실루엣은 8겹 달리아를 떠올리게 한다.

전신의 움직임을 만드는 작업 화면. 벨의 모델에 움직임의 지점이 되는 리그가 설정되어 있다.

벨의 표정을 만든다. 우선 위의 작업 화면에 리그를 설정, 나카무라의 표정을 참고하며 수작업으로 수정한다.

벨의 움직임을 만드는 MAYA(3DCG 소프트웨어) 작업 화면. 왼쪽 위에 조그맣게 표시된 것은 그림 콘티, 왼쪽 아래는 캡처 스튜디오에 있는 야스모토, 오른쪽 아래는 노래하는 나카무라를 녹화한 표정 레퍼런스 화면.

의상
시노자키 메구미 (edenworks)
篠崎恵美

● 플라워 크리에이터. edenworks를 운영. 다양한 어패럴 브랜드나 아티스트와 협업. 또 종이꽃 프로젝트인 『PAPER EDEN』으로 국내외에서 활약하고 있다.

현장에도 작품에도 꿈이 담겨 있다.

— 참가하게 된 경위는?

'꽃을 모티프로 한 드레스'라며 스타일리스트인 이가 다이스케 씨가 소개해줬어요. 이가 씨와는 전에도 여러 번 함께 일했거든요. 이번 일은 실제 인물에게 꽃을 꽂거나 들게 하는 게 아니라 애니메이션이라고 해서 아주 신선했어요. 전에도 꽃과 옷을 융합하는 작업을 한 적 있어요. 기쿠 인형(국화로 장식한 전통 인형)에서 영감을 받아 패션에 적용한 거죠. 그래서 이번 일도 바로 이미지가 떠올랐습니다.

— 호소다 감독의 제작진에 참여한다는 것은 어떤 느낌이었나요?

저는 원래 《썸머 워즈》를 정말 좋아했어요. 가족이나 친척 같은 작은 세계와 인터넷이라는 큰 세계가 연결되다니 굉장하다고 생각했죠. 이번 작품은 그 OZ의 세계관이 더 넓어진 것 같은 깊이감이 있어서 열혈 팬으로써 완성을 손꼽아 기다리며 임했습니다.

— 어떤 아이디어로 디자인했나요?

일단은 벨이 어떤 캐릭터인지 물었죠. 스즈의 인물상과도 연결하려고 호소다 감독님에게 최대한 정보를 들으려 했어요. 그리고 화면에서 다른 요소와 겹치지 않도록 화면 작업 계획도 물었죠. 단순한 '꽃 드레스'가 아니라 생명력과 약동감이 느껴지는 게 벨과 어울릴 것 같아 생화로 진짜 드레스를 만들고 그것을 애니메이션으로 만드는 방법으로 완성했습니다.

— 두 벌을 담당했는데 설명해주세요.

처음에는 벨이 등장할 때 입은 빨간 드레스를 만들었습니다. 강렬하고 눈에 띄는 붉은색이라고 해서 빨간 드레스 가슴을 중심으로 다양한 생화를 배치했습니다. 거버라, 스카비오사, 달리아, 국화…. 『U』는 가상 세계라 비현실적인 것을 자유롭게 시도할 수 있어서 생화만이 아니라 종이로 만든 꽃도 넣었습니다.

— 강력한 드레스군요.

유일무이한 존재감을 드러내기 위해 드레스의 기본 실루엣은 샤프하게, 치마는 달리아 꽃잎을 모아 입체감을 내면서 대담하게 움직일 수도 있게 치마 길이를 조금 짧게 해 다리를 보이게 했습니다. 고래 위에서 노래하는 장면

이라고 들어서 그에 어울리는 우아함도 드러나도록 했죠. 어릴 때부터 레오 레오니의 『스위미』 그림책을 아주 좋아했는데 그 이미지를 오마주해 '하나, 하나의 꽃이 모인 파워풀한 드레스'로 완성했습니다. 강력하면서도 덧없는 꽃의 이미지가 벨과 어울리는 것 같았습니다.

— 반면 용과 춤출 때의 드레스는 한 송이 꽃이 모티프라고?

《미녀와 야수》를 테마로 한 작품이니 장미는 아주 중요한 요소죠. 온갖 시행착오를 거치며 정해나갔고 색도 정말 망설였어요. 벨이 어떻게 용을 대하는지가 중요했어요. 원래 스즈는 소극적이고 화려한 타입이 아닌데 『U』의 세계에서는 살짝 자신의 이상적인 모습을 드러내니까 여성스러운 핑크도 괜찮을 것 같았어요. 아름다우면서 따뜻함을 느낄 수 있는 페일 핑크로 결정했죠.

— 핏은 어떻게 정했나요?

벨 자체가 꽃으로 보이는 디자인이에요. 드레스를 입은 본인이 꽃의 중심 같은 이미지죠. 가슴에 수술이 있고 몸을 감싸는 꽃잎은 활짝 핀 형태가 아니라 부드럽게 마무리했어요.

— 작품에 참여하며 받은 자극은?

저는 어릴 때 공상만 하던 아이고 그것이 지금 일로 이어졌어요. 작은 꽃이 모여 드레스가 되고 그것이 노래와 어울려 온 세상에 퍼진다니 그야말로 꿈같은 세계죠. 그런 멋진 세계가 태어나는 순간을 지켜보다니 제게는 꿈같은 현장이었습니다. 물론 거기까지 가는 과정에는 많은 어려움이 있었어요. 하지만 저마다의 생각을 감독님이 흡수하고 또 다 같이 구현하는 과정을 지켜보니 정말 감개무량했습니다. 그리고 애니메이션은 정말 무한대이구나, 하고 생각했어요. 현장에도 작품에도 정말 많은 꿈과 마음이 담겨 있습니다.

모델링

CG works **S001 C003**

노래할 때의 표정과 춤

춤은 야스모토 마사코(안무/모션 액터)의 약동감을 살리기 위해 모션 캡처를 바탕으로 애니메이터가 수작업으로 수정한 동영상이 이용되었다. 이 기법을 이용함으로써 춤과 노래의 싱크로가 완벽해졌다.

위는 카메라 위치를 결정한 작업 화면. 아래는 위 앵글에서 본 벨. 이렇게 벨과 배경의 위치 관계를 정한다.

노래여

Lyrics: Kaho NAKAMURA
Music: Ludvig FORSSELL

가상 세계인 『U』를 방문한 스즈=벨이 처음 노래하는 곡. 호소다 감독에게는 "살짝 이상한 노래"라는 주문을 받았다는데 작곡을 맡은 스웨덴 출신의 루드빅 포셀이 만들어낸 독특한 멜로디가 귓가에 남는다. 어머니의 죽음을 계기로 노래할 수 없게 되었는데 그래도 '노래하고 싶다'라는 뜨거운 마음이 말이 되어 흘러나온다. 그녀의 심정을 그대로 옮겨 놓은 듯 들리는, 가사 역시 인상적이다.

노래여 나를 이끌어줘
이런 작은 멜로디가
흘러 가는 세계를 보고 싶어

매일 아침 일어나 찾아
당신이 없는 미래는
상상하고 싶지 않아, 싫어

하지만 이제는 없네. 정답은 몰라
나 말고는 다 잘 지내는 것 같아
그래도 내일은 오겠지?
노래여 나를 이끌어줘

정말 싫어져. 다들 행복해?
사랑하는 사람은 있어?
이렇게 혼자 있으면 불안해져
노래여 나를 이끌어줘
어떤 일이 일어나더라도 좋아

노래여 곁에 있어 줘
사랑이여 내게 와줘

← 오른쪽(3D) 위에 왼쪽(2D)을 겹친다. →

↑ 아래 원화에서 2D로 몹 As를 작성한다.

As들의 원화

CG works S019 C003

↑ 랜더링 처리, 3D 몹 As를 작성한다.

As들의 3D 모델

몹 처리

몹(군중) 장면에서는 효율적으로 작업하기 위해 전경은 3D, 원경은 2D 캐릭터를 배치하는 간단한 방법이 널리 이용된다. 그러나 이 장면에서는 거꾸로 전경은 2D, 원경에 3D를 배치했다. 정교한 2D 동영상 기술이 있어야 비로소 가능한 처리이다.

음악
루드빅 포셀
Ludvig FORSSELL

● 스웨덴 출신 작곡가. 코나미에 입사한 뒤 코지마 프로덕션에 참가. 『METAL GEAR SOLID V:THE PHANTOM PAIN』(2015)과 『데스 스트랜딩』(2019)의 음악을 담당했다. 2021년 독립. 《용과 주근깨 공주》는 독립 후 처음 담당한 작품이다.

감독과의 대화로 완성된 음악

— 원래 『데스 스트랜딩』 등 게임 음악에서 활약했는데 어떻게 이번 작품에 참여하게 됐나요?

(음악 감독) 이와사키 타이세이 씨와는 전부터 알고 지내며 "함께 일해보자"라고 말하고는 했습니다. 어느 날 타이세이 씨가 전화해 "이런 프로젝트가 있고 '작곡 마을'이라는 콘셉트를 시도해보고 싶어"라고 말했습니다. 그때는 뭘 하자는 건지 전혀 몰랐는데(웃음), 호소다 감독님의 영화를 아주 좋아해서 일단 해보자 했죠.

— 그때 받은 첫인상은?

첫 번째는 노래를 중심에 두었다는 거죠. 노래가 주제라도 완전한 뮤지컬일 수도 있고 밴드 멤버가 주인공일 수도 있어요. 정말 많은 방법이 있죠. 이번 《용과 주근깨 공주》는 뮤지컬은 아니지만, 노래를 팝으로 들을 수 있는 작품으로 만들고 싶다고. 그거 정말 재미있을 것 같았고 작곡가로서도 보람이 있을 것 같았습니다. 그리고 자료 속에 『U』의 세계 개요가 적혀 있었는데 그게 살짝 《썸머 워즈》의 OZ 같았죠. 저는 호소다 감독님 작품 중에 제일 좋아하는 게 《썸머 워즈》거든요. 그래서 거기에 낚이고 말았어요(웃음)

— 악곡 내용에 대해 더 여쭙고 싶네요. 우선 벨이 처음 『U』의 세계에서 노래하는 『노래여』을 담당하셨죠?

실은 《용과 주근깨 공주》 프로젝트에서 제일 먼저 작업한 게 《노래여》입니다. 저는 곡에 따라 작곡 접근 방식을 완전히 다르게 해요. 그리고 거기서부터 악기를 고르고 아이디어를 낼 때도 있고 리듬부터 만들 때도 있는데 이 곡은 벨이 처음으로 감정을 드러내는 장면에 나와요. 그래서 직감적으로 만들려고 했어요.

— 자신의 영감을 중요시했군요.

『노래여』의 바탕이 된 곡은 실은 만들어놓고 발표하지 않고 그냥 방치한 곡이에요. 문득 생각나 이번 작품을 위해 다시 만들었는데 만들다보니 이것도 인연이다 싶었어요. '이 노래를 위

많은 의상

패션쇼처럼 벨의 의상이 속속 바뀌는 장면은 연속 사진처럼 만들어졌다. 야마시타 다카아키가 디자인한 의상을 차례대로 갈아 끼우는 작업은 모두 2D로 이루어졌다.

길잡이

Lyrics: Kaho NAKAMURA
Music: Ludvig FORSSELL

『U』의 주민들이 리믹스한 여러 『노래여』. 장르를 넘나들며 다양하며 변화하면서 더 풍요롭게 가상 세계 구석구석까지 퍼져 나간다…. 그야말로 요즘 시대의 히트 방식을 그대로 보여주고 있다.

해 내내 기다렸다'라는 느낌이 들었거든요. 물론 감독님의 피드백을 받고 조금 수정하고 개선하는 과정은 있었지만, 줄곧 내 안에 잠들어 있던 것이 세상에 나갈 기회를 얻은 느낌이었습니다.

― 그 『노래여』를 온 세상 사람들이 리믹스하는 장면에 나오는 『길잡이』도 루드빅 씨가 담당했죠?

처음에는 여러 아티스트에게 편곡하게 하고 그것을 제가 감수하는 방법을 생각했습니다. 하지만 저 스스로, 오래전부터 다양한 장르에서 곡을 써서 직접 만들고 싶더군요. 그래서 장르를 달리한 편곡한 5~6곡을 직접 만들어 조합했습니다. 그렇지만 제가 재즈 피아노는 못 치니까 프로 연주자를 부르기도 하고 스웨덴의 고등학교 동창에게 마지막 부분을 노래하게 하고 (웃음). 결과적으로 『길잡이』는 많은 사람이 참여한 곡이 되었네요.

― 루드빅 씨는 그 외에도 많은 곡을 썼는데 제일 힘들었던 곡은?

벨의 첫 번째 대규모 라이브 장면에 나오는 『Fama Destinata』요. 이 곡은 감독님의 생각이 계속 바뀌어서 여러 번 다시 써야 했어요. 처음에는 일렉트로 쪽으로 만들었는데 감독과 이야기를 나누면서 결국 알아낸 것이 '즐거워야 한다'라는 것이었죠. 그래서 지금처럼 브라스 밴드가 들어간 재즈 느낌의 곡이 되었어요.

― 우여곡절 끝에 완성되었군요.

스웨덴의 고등학교 동창이 기타를 쳐주고, 타이세이 씨 지인에게 퍼커션을 맡기면서 지금의 형태에 도달했습니다. 마지막으로 나카무라 카호 씨가 노래를 넣으니 분위기가 극적으로 바뀌었어요. 아주 흥미로운 곡인데 여기까지 오는 길은 험난했네요(웃음).

― 루드빅 씨에게 인상적인 영화 장면은?

영화가 시작되고 30분 정도요. 제작 중에 우리 작곡가가 본 영상은 어디까지나 부분이에요. 효과음과 음악, 그림이 다 들어간 상태에서 그 장면의 흐름이 어떨까, 진정한 의미에서 내다볼 수 있는 사람은 감독님뿐이었죠. 그런데 더빙 현장에서 처음 30분이 다 이어진 상태를 봤을 때 이거 정말 굉장하다는 생각이 들었어요. 정말 호소다 감독님은 엄청난 재능을 지닌 분이라니까요.

Fama Destinata

Music: Ludvig FORSSELL

『U』에 화려하게 등장한 새로운 가수 벨이 처음으로 연 콘서트의 첫 번째 곡으로 선보이는 노래. 재즈 사운드에 맞 춰 형형색색의 빛이 교차하는 광경은 50년대 할리우드 뮤지컬 영화를 보는 듯하다.

의상
모리나가 쿠니히코
森永邦彦

● 디자이너. 「ANREALAGE」 대표. 대학 재학 중에 의상 디자인을 시작해 2003년 ANREALAGE로 활동을 시작했다. 2014년 파리컬렉션 데뷔. 그 탁월한 디자인으로 세상 사람들을 매료시키고 있다.

모든 경계를 넘는 아름다움을

― 참가하게 된 경위는?

스타일리스트 이가 다이스케 씨가 연락했어요. 호소다 감독님이 다음 작품에서 그리려 하는 게 제 브랜드 「ANREALAGE」의 콘셉트와 비슷하다고요.

― 확실히 A REAL(일상), UN REAL(비일상), AGE(시대)라는 의미를 담은 ANREALAGE는 이번 작품의 세계관과 겹치네요.

가상 세계의 여성이 입는 의상이라고 해서 몇 가지 러프를 보냈어요. 살짝 민속 의상 느낌도 나면서도 어느 시대에나 어울리는 분위기였죠. 자유로운 디자인을 요구해서 인종과 시대를 초월한 모든 경계를 넘는 아름다움을 표현하고 싶었어요.

― 호소다 감독의 제작진으로 참여한 의미는?

호소다 감독님의 작품을 정말 좋아해요. 좋은 영향도 많이 받았죠. 그래서 참여하게 되어 그냥 기뻤어요. 패션 쪽 사람이라 호소다 감독님의 작품과 처음 만난 것은 무라카미 다카시와 루이 비통 영상이었어요(『SUPERFLAT MONOGRAM』). 패션에서는 볼 수 없는 문맥이 느닷없이 튀어나와 충격을 받은 기억이 있네요. 그리고 《썸머 워즈》에서 완전히 마음을 빼앗겼고 《늑대 아이》에서는 제가 도쿄 고쿠리쓰시 출신인 점도 있어서 제 과거와 만난 것 같아 엉엉 운 기억이 있어요.

― 이번 작품에서 맡은 벨의 드레스는 어떤 아이디어로 디자인했나요?

일단 '변화'를 목표로 했어요. 옷 자체가 다면적이라 보는 사람, 장소에 따라 다르게 보일 수 있다면 좋겠다고요. 현실에서는 어려운 메타모르포제(변형)도 애니메이션에서는 실현할 수 있잖아요. 형태가 착착 변하거나 스케일이 변하거나 수억 개의 변화가 일어나는 모습을 생각했어요.

― 패치워크나 비즈 모티프 등 ANREALAGE만의 특징이 보이던데요.

과거 파리컬렉션에 참가했던 작품을 바탕으로 다시 3D CG 모델링을 해 여러 패턴을 제시했어요. 드레스에 사용한 비즈는 햇빛을 받으면 까맣게 보여요. 그 현물을 감독님에게 보여드렸더니, 많은 사람이 벨에 빛을 쏘면 드레스가 그 빛을 반사해 저마다의 아름다움을 반사한다…는 이미지로 치환할 수 있겠다고 하신 말씀이 인상적이었어요. 또 패치워크 드레스는 볼을 바탕으로 모든 신체를 초월한 형태로 디자인했어요. 전체적으로 무수한 요소가 모여 드레스가 구성된다는 메타포를 그릴 수 있길 바라서 파트가 정말 많아요. 둘 다 파트로 따지면 5천 파트가 넘어요. 아주 사소한 부분이기는 한데 귀걸이가 A와 Z를 겹친 ANREALAGE 로고예요.

― 3D CG는 전에도 디자인에 채용했었나요?

실은 거기에도 사연이 있어요. 작년 1월쯤 저는 밀라노에 있었는데 코로나가 발생하는 바람에 제가 직접 작업을 추진하기 어려워 3D를 채용하게 되었어요. 그런데 3월에 이 영화 얘기가 왔고요. 이번 시즌 컬렉션도 3D로 했는데 3D를 채용한 어패럴은 아직 거의 없어요. 참고로 저희 3D 베이스는 건축가가 만든 거예요. 예를 들면 산처럼 커다란 드레스를 만들기도 하는데 그 정도 되면 거의 건축물이라는 관점에서 프레임을 짜죠.

― 이번 작품에 참여해 받은 자극은?

《용과 주근깨 공주》는 사람과 사람의 거리는 어때야 하는지를 모든 사람이 생각하는 현재, 그 주제를 관통하는 작품이에요. 모두가 모여 천을 만지며 만든다는 패션의 기본이 성립되지 못하는 지금이야말로 새로운 플랫폼을 제대로 만드는 것이 미래로 이어진다고 생각해요. 패션은 자유의 산물이자 새로운 것을 만들어가는 아주 소중한 세계인데 현실적인 제약이 창조를 가로막고 있는 부분도 있어요. 하지만 애니메이션 세계는 그런 제약이 사라지는 것 같아 제 비전으로서도 가능성이 넓어진 듯해요. 물질로 존재하지 않아도 벨의 드레스는 많은 사람의 마음에 남았을 것이고 그것을 패션이라고 느껴주는 사람이 있다면 정말 기쁘겠어요.

비즈 드레스 & 헤드 드레스

ANREALAGE가 2019 SS 파리컬렉션에서 발표한 「CLEAR」 등의 이미지를 동적으로 발전시킨 디자인. 무수한 크리스털이 3D CG 애니메이션 세계에서 빛난다.

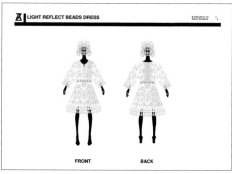

건축가와의 협업으로 구축된 ANREALAGE의 3D CG 프레임. 장엄한 건축물 같은 드레스다.

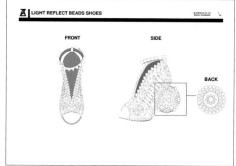

드레스 본체, 헤드 드레스, 구두 디자인 그림. 헤드 드레스는 실존하는 샘플을 사용해 회의를 진행했다.

모델링

본편 어딘가에 모리나가를 이미지화한 디자이너가 등장한다. 어디 등장하는지 찾아 보자.

패치워크 드레스

비즈 드레스의 비즈 하나하나가 액체처럼 녹아 스테인드글라스처럼 변하는 빛의 드레스. 패치워크의 각 면이 빛을 랜덤으로 반사해 수면 같은 아름다움도 있다.

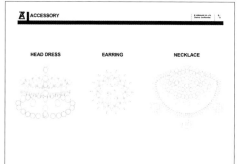

패치워크 드레스를 착용할 때 하는 액세서리들. 모두 섬세하게 디자인되어 있다.

모델링

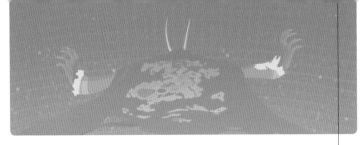

마음 곁에

Lyrics: Mamoru HOSODA, Kaho NAKAMURA, Taisei IWASAKI
Music: Taisei IWASAKI

용이 사는 성을 다시 찾은 벨. 그녀는 마음을 굳게 닫은 용을 향해 다정하게 노래한다. 이 곡은 스즈가 합창단원과의 대화로부터 러브송을 만들어보자는 것이 계기가 되었는데 완성된 곡은 러브송이라기보다 고독한 둘의 영혼이 공명하는, 이미지의 곡으로 완성되었다. 스즈가 용에 대해 품은 마음을 오롯이 담은 듯한 아름다우면서도 애절한 가사, 절절하게 호소하는 나카무라 카호의 목소리가 마음을 적신다.

모델링

용

Music: Yuta BANDOH

벨의 콘서트에 난입한 용과 자위대 저스티스의 전투 장면에 흐르는, 첼로 독주곡. 거칠고 성마른 현의 울림 가운데 용이라는 존재가 품고 있는 고통과 슬픔이 느껴진다. 또 이 곡에서 사용된 모티프는 이후 용과 그 정체인 케이의 등장 장면에 형태를 바꿔 등장한다.

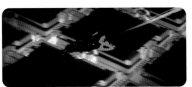

음악
반도 유타
坂東祐大

● 1991년 오사카부 출생. 작곡가. 음악가. 도쿄예술대학, 동 대학원 석사과정 작곡과 수료. 작품은 오케스트라, 실내악에서 씨어터 퍼포먼스 등 다양하다. 2016년 Ensemble FOVE를 창립. 다채로운 아트 프로젝트 전개. 영상 작품 음악도 이번 작품 외에 영화 《온다》(2018), 드라마 《오마메다 토와코와 세 명의 전남편》(2021) 등을 맡았다.

그림과 함께 들어야만 더 넓어지는 사운드

— 반도 씨는 이와사키 타이세이 씨와 원래 아는 사이였더군요.

처음 《유리!!! on ICE》로 알게 되었어요(그때 반도는 예명으로 음악에 참여). 이번 《용과 주근깨 공주》에서는 엔지니어인 molmol(사토 히로아키) 씨를 통해 알게 되었는데 선배이자 친구이면서 형 같은 존재가 되었죠(웃음). 전에도 몇 번 함께 일한 적 있는데 나란히 크레딧에 이름이 오른 건 처음입니다.

— 이와사키 씨의 의뢰를 받고 이번에 참여했을

텐데 구체적으로 어떤 주문을 했나요?

용 관련 음악을 해줬으면 한다고요. 중간중간 장면마다 다양한 담당이 유연하게 개입하기는 할 텐데 기본적으로 용 쪽은 다 맡기고 싶다고. 그래서 처음 착수한 것이 『용』이라는 곡입니다.

— 용이 처음 등장하는 장면에 흐르는 첼로 곡이죠?

첼로로 한 것은 감독님의 주문이었어요. 이 장면은 용이 저스티스 대원들과 싸우는 장면이라 당연히 템포가 빠른 곡이 될 수밖에 없었죠. 그와 동시에 이야기의 핵심인 용은 후반 장면에도 많이 나오니까 다른 등장 장면으로도 발전할 수 있는 모티프를 만들 필요가 있었습니다.

— 『용』에 나오는 선율은 다른 곡에도 조금씩 변주되어 등장하죠?

특별히 음악에 주의를 기울이지 않아도 작품 안에서 통일감이 없으면 위화감을 느낄 겁니다. 따라서 어느 정도는 음악의 일관성이 필요하죠. 필름 스코어링의 재미는 여기에 있습니다. 『용』을 만드는 과정에서 그의 격렬한 성격뿐만 아니라 그가 안은 슬픔과 고통, 일종의 폭력성 같은 것도 내포한 모티프를 발견해야 했죠. 그게 제일 힘들었던 것 같습니다.

— 거기서부터 본격적인 음악 작업에 들어갔을 것 같은데요, 지금 돌이켜 가장 보람 있었던 곡은?

혼자 있게 해달라고 당신은 내던지지만
사실은 가슴 속에 숨겨둔 것을 보여주고 싶지 않은 거죠

분노 두려움 슬픔
견딜 수 없었던 밤
하지만 말할 수 없어

들려줘 숨기려는 당신의 목소리를
보여줘 숨어버리는 당신의 마음을

혼자 살겠다고 당신은 말하지만
사실은 수없이 수없이 자신을 설득한 밤이 있었죠

하지만 당신을, 당신을
어떤 당신이라도 보고 싶다고
늘 생각하고 말아

들려줘 숨기려는 당신의 얼굴을
보여줘 숨기고 마는 당신의 마음을
들려줘 무엇이든 상관없어 끝까지 들을 테니까
열어줘 곁으로 가고 싶어 당신 마음에

장미 드레스
벨이 곧 한 송이의 장미라는 이미지에서 탄생한 디자인. 실제 샘플 디자인을 만들어 풍성한 허리 주름 등 그림으로는 불가능한 설득력을 얻었다.

Mamoru HOSODA
comment

처음에는 댄스 장면이기도 해서 3박자 곡을 만들어 봤습니다. 이와사키 씨와 이야기를 나누면서, 왈츠로는 좀처럼 러브송이 되기 힘들다, 일종의 댄스 음악이라 애절함을 드러낼 수 없으니 어쩌지? 이런 이야기를 했죠. 그렇다고 너무 어두워 애절하기만 해도 곤란했죠. 곡도 가사도 시행착오를 거치면서 러브송이라기보다 상대의 마음을 이해하는 것으로 정리하니 잘 풀렸습니다. 댄스 장면은 '서로에게 이끌린다'라는 것에 중점을 두기보다 '공감하며 거리를 좁힌다'라는 것으로 정리했습니다. 이런 과정을 통해 8분의 6박자의 곡이 완성되었습니다.

아마도 『용의 성, 타오르다』일 겁니다. 제목 그대로 성이 불타 무너지는 장면에 흐르는 곡인데 개인적으로는 《용과 주근깨 공주》 중에서 이 곡이 가장 어울리는 것 같아요. 이 곡은 풀 오케스트라로 녹음했는데 음악만 들으면 도통 알 수 없어요(웃음). 화면과 함께 들어야만 박진감이 느껴진달까…. 아까도 말한 『용』의 모티프를 잘 발전시켰고 감정적인 카타르시스도 달성한 것 같아서요.

— 이번에 상당히 큰 오케스트라를 동원해 녹음했다던데….

제가 이끄는 Emsembla FOVE 멤버를 중심으로 80명 규모의 오케스트라로 녹음했습니다. 하지만 이 정도 규모가 녹음할 수 있는 스튜디오가 그리 많지 않아요. 그래서 도코로자와에 있는 홀을 빌려 녹음했는데…, 역시 영화관처럼 울리는 곳에서 녹음한 게 중요하더군요. 특히 《용과 주근깨 공주》는 음악이 아주 중요한 요소라 최적의 장소에서 녹음하려 했습니다.

— 실제로 좋은 환경에서 들으면 음악의 힘에 압도되기도 해요.

그저 높은 음에서부터 낮은음까지 잡으면 되는 게 아니에요. 소리를 잘 조정해 녹음하는 게 중요한데 사토 씨의 공이 컸어요. 게다가 사토 씨는 음악만이 아니라 세리프 조정까지 섬세하게 해주셨죠. 음악 엔지니어가 그런 것까지 하는 예는 거의 없는데 결과적으로 정말 듣기 편한 음향 디자인이 되었습니다. 할리우드 영화의 소리 조정은 이런 것인가 싶었죠.

— 그렇군요.

따라서 사운드 쪽에서 굉장한 결과물이 생겼다는 게 제일 큰 수확입니다. 이 정도의 강한 사운드를 만든 것은 앞으로도 큰 유산이 될 것 같습니다. 게다가 그것을 호소다 감독님 작품으로 달성할 수 있었던 것도 기쁩니다. 일본 실사 영화에서는 이런 일을 해 내는 게 어려운데 애니메이션은 폭이 넓은 것 같아요. 시험 삼아 OK 하는 게 있어요. 그런 의미에서 《용과 주근깨 공주》는 물론 연주도 훌륭했고 음악도 좋았지만, 무엇보다 이처럼 풍요로운 음향 작품이 국내에서, 그것도 코로나 여파 속에서 만들어졌다는 게 중요합니다.

반짝이는 꽃 꿈의 보석
세계는 아름다워

두려움과 불안이 나를 묶어도
강하고 마음이 따뜻하게 된다면

저 하늘은 돌아오지 않아
혼자서는 살 수 없어

만나고 싶어 다시 한번
가슴속이 떨려와

여기에 있어 가 닿기를
멀어진 너에게

눈을 감을 때만
만날 수 있다니 믿을 수 없어

만나고 싶어
멀어진 너를

CGworks S082 C022

와이어 프레임

머리 리그 넣음

동영상 화면 처리 전

수작업으로 세밀하게
표정을 넣다.

엔베일된 스즈가 노래하는 장면은 원래 3D 같은 벨과 완전 2D인 스즈 사이에 위화감이 없도록 가와무라 야스시가 최종 수정을 담당했다. 일테면 입의 움직임도 벨은 나카무라의 노래에 립싱크했는데 스즈는 애니메이션처럼 입만 빠끔거리는 방법으로 움직이게 했다. 얼굴의 입체감도 옆에서 본 입은 어디까지나 2D 애니메이션 표현이다. 이러한 세밀한 수작업을 통해 스즈의 노래가 처음 보는 사람의 마음을 사로잡게 했다.

완성 이미지

나카무라 카호
中村佳穂

각자의 접근 방식을 받아들일 수 있었던 즐거운 시간

— 극 중에서 벨이 노래하는 곡은 4명의 작곡가에 의해 풍성하게 구성되었네요.

다른 사람과 음악 작업하는 것을 아주 좋아해요. 모든 사람의 접근 방식을 받아들이는 게 정말 즐거웠던 시간입니다. 다들 제 음악을 이해해주셨어요. 실제 녹음할 때도 이런 느낌이었어요. "카호 씨. 일단 하고 싶은 대로 해요. 자 시작!" 다만 영화 음악이라 지금까지의 저와는 규모 면에서 스케일이 달랐죠. 음악 감독을 맡은 이와사키 타이세이 씨는 "카오 씨, 평소 풀 오케스트라와 일해 본 적 없죠? 틀림없이 쫄 텐데"라며 놀려댔어요(웃음). 무엇보다 뮤지션으로 자극을 받으며 일했네요. 전자악기와 풀 오케스트라로 구축한 일본 음악을 영화관이라는 환경에서 듣는 일은 정말 귀한 경험이니까요.

— 각 곡에 관해 물을게요. 우선 메인 테마인 『U』. millennium parade의 쓰네타 다이키 씨와의 작업은 어땠나요?

쓰네타 씨와는 페스티벌 같은 데서 종종 만났는데 찬찬히 이야기를 나눈 것은 처음이라 무척 기뻤어요. 하는 음악은 달라도 동갑이라 근본적인 생각은 비슷해서 한 팀으로 작업할 수 있었어요. 녹음실 분위기는 팽팽했는데 그건 어디까지나 리스펙으로서의 긴장감이었죠. millennium parade의 타악기와 건반에 친구도 있어서 괜한 신경 쓰지 않고 창작에 몰두할 수 있었어요. "좋았어. 뭐 좀 먹고 더 해볼까?" 같은 이야기가 오갔죠. 뮤지션들끼리 즐겁게 했어요.

— 스즈가 처음 『U』에서 노래하는 『노래여』. 루

드빅 포셀 씨는 어땠나요?

처음 아주 희한한 멜로디를 보내주셔서. 뭐랄까요, 특별히 이상한 걸 하려는 것도 아닌데 그런 멜로디를 만들게 된다는 점이 그의 음악의 매력이에요. 태어난 환경이나 다양한 차이점이 감각의 차이를 만들어낼 텐데 그런 것들을 합일해가는 게 즐거웠습니다. 개인적으로 제가 게임을 좋아하고 루드빅 씨가 담당한 게임의 팬이라 어떻게 사운드를 만드는지, 어떤 소프트웨어를 쓰는지 다 궁금했어요.

— 이와사키 타이세이 씨가 작곡한 『마음 곁에』 『멀어진 너에게』는 어땠나요?

이와사키 씨 중심으로 만들었지만, 반도 씨와 루드빅 씨도 참여했어요. 타이세이 씨는 저의 새로운 역량을 끌어내려고 하셨죠. 그러면서도 노래하는 방식은 강제하지 않고 자유롭게 부르게 했죠. 제가 하고 싶은 것을 도와주는 느낌이었어요. 오케스트 반주에는 반도 씨가 이끄는 Emsemble FOVE가 들어왔는데 풀 오케스트라의 데이터를 듣고 정말 감동했어요. 풀 오케스트라가 바쳐주는 가운데 노래하는 게 처음이라 정말 기뻤어요. 80명 정도의 편성이나. 일본 국내 녹음으로는 최대 규모로 구성되었고 그것을 영화관 사운드로 듣다니 그것 자체가 사치스러운 경험이었습니다.

— 작사는 어떻게 정해졌나요?

세션처럼 진행했어요. 원안은 감독님이 쓴 게 많았는데 『노래여』는 감독님의 콘티에 적힌 가사를 바탕으로 나름대로 생각했어요. 조금 특이하게 가사를 쓰는 여고생이라면 어떻게 단어를 지어낼까? 제목에서 시작해 이야기를 펼치는 작업은 아주 즐거웠어요. 결과적으로 예상보다 훨씬 솔직한 가사가 되었네요.

— 벨로 노래하는 데 특히 중시한 부분은?

벨의 노래는 As들에 "이상하지만 굉장해"라는 평을 받는 인상이 강해서 '최고로 좋은 노래!'가 아니라 '잘 모르겠지만, 좋네'라는 느낌을 받게 하고 싶었어요. 그러려면 노래에 일종의 버릇이 한둘 정도는 있을 것 같았죠. 자신을 '절세의 디바'로 생각한 적은 없지만, '이상하다'라는 정도는 생각하고 있어서 그럼 이쪽으로 나아가 보자고 생각했어요. 농밀한 애프터 리코딩 다음에 노래 녹음이 있어서 스즈는 스즈대로 벨은 벨답게 노래한 것 같아요.

— 『U』의 세계에서 언베일된 스즈가 노래하는 장면, 마지막에는 너무 감격했어요. 『노래…노래!』 정말 좋았어요.

이해하셨네요(웃음). 감독님이 "잘 끌어냈네요"라고 말해주신 부분이에요. 진짜 노래 영화가 되었어요.

멀어진 너에게

Lyrics: Mamoru HOSODA, Kaho NAKAMURA, Taisei IWASAKI(Part1),
Mamoru HOSODA, Kaho NAKAMURA(Part4)
Music: Taisei IWASAKI

클라이맥스의 하나로, 언베일된 스즈가 부르는 곡. 자신이 벨임을 증명하려고 스즈는 멀리 떨어진 케이를 향해 노래 부른다. '만나고 싶어 다시 한번/가슴속이 떨려와/여기에 있어 가 닿기를.' 그녀의 작지만 또렷한 노랫소리는 『U』의 주민, 그리고 관객의 마음을 흔들어 세계 구석구석까지 퍼져 나간다… 인터넷 모집을 거쳐 전 세계에서 모인 노랫소리가 만들어내는 압도적인 하모니가 압도적이다.

노래여 날아라
모두에게, 슬프고도 기쁜 지금
이 세상은 전부
시선을 떨군 하늘에서도
별은 빛나고 태양은 뜨고
꽃들이 피네. 아름다워라
노래하자
영원히 노래할게
계속 노래할게 사랑해 영원히

'이해'함으로써 깊어지는 표현을 추구

음악 감독/음악
이와사키 타이세이
岩崎太整

● 1979년생. 수많은 영화, 드라마, 광고 음악을 담당. 애니메이션은 《혈계전선》(2015), 《혈계전설&BEYOND》(2017), 《히소네와 마소땅》(2018) 등을 담당.

콘셉트는 '작곡 마을' 전원 등판한 작품

— 지금, 음향을 마지막으로 정리하는 시기라는데 일단 참여한 경위를 묻고 싶습니다.

프로듀서 가와무라 겐키 씨가 묘한 목소리로 "상담할 게 있어요"라며 전화한 게 시작입니다. 호소다 감독님의 신작이 음악물인데 음악이 하나도 없는 상태라 콘티가 진행이 안 되고 있다고. 그래서 "어떻게 진행해야 좋을지 상담하고 싶다"라며 연락하신 거죠. 그 시점까지 완성된 콘티를 받아 읽었는데 확실히 진행이 안 되겠구나 싶었어요. 이야기에서 노래가 중요한 부분을 차지하고 있으니 여기에 어떤 톤의 곡이 흐르는지 정도는 정해져야 이야기가 진행될 테니까요.

— 그때부터 회의에 참석했나요?

실은 《용과 주근깨 공주》와는 별도로 전부터 '작곡 마을'이라는 콘셉트로 작품을 제작하고 싶었어요. 여러 작곡가가 참여하는데 이른바 컴 필레이션 형태가 아니라 작곡가들을 유기적으로 연결할 방법은 없을까 생각했죠. 그래서 회의 때 제가 생각하는 '작곡 마을' 콘셉트를 ppt로 만들어 프레젠테이션했죠.

— 음악가의 일은 아니잖아요(웃음)?

감독도 똑같은 말을 하더군요(웃음). 노래와 『U』의 세계, 용이라는 3개의 원이 그려져 있고 그것이 겹친 부분이 흥미롭다고. 그 원을 저마다 다른 작곡가에게 맡기면 어떠냐고. 『U』의 세계 자체가 다양성이라는 생각에서 생긴 세계관이니 그것이 '작곡 마을'과 어울리지 않을까 생각했습니다.

— 최종적으로는 millennium parade의 쓰네타 다이키 씨를 비롯해 여러 작곡가가 참가했네요. 그 중추를 담당한 것이 이와사키 씨, 반도 씨, 루드빅 씨라고 생각하는데 다른 둘에게 제안한 이유는?

일단 『U』라는 가상 세계를 어떻게 음악으로 표현해야 할지를 생각했을 때 루드빅 씨가 떠올랐습니다. 그가 음악을 맡은 『메탈기어 솔리드 브이』와 『데스 스트랜딩』의 팬이었고 무엇보다 곡이 좋았어요. 그러므로 아무도 본 적 없는 『U』의 세계를 음악으로 표현하는 데 가장 적합하리라 생각했습니다. 반도 씨는 일련의 '용' 모티프를 부탁하려고 했어요. 『U』 같은 새로운 세계관 속에 전통적인 표현을 넣어보자는 생각이

들자 반도 씨에게 부탁하고 싶더군요. 그는 새로운 것도 할 수 있고 오케스트라를 이용한 클래식한 것도 잘하거든요.

— 그렇군요.

이번 《용과 주근깨 공주》는 정말 큰 프로젝트였지만, 참가해준 아티스트들은, 쓰네타 씨를 비롯해 나카무라 씨까지 다 믿을 수 있는 사람이라 콘셉트나 아이디어를 잘 나눠 소화했습니다. 쉽게 말하면 반도 씨가 만든 용의 모티프를 루드빅 씨가 다른 곡에서—용의 정체가 케이라는 사실을 밝혀진 후의 장면— 썼어요. 작곡가끼리 이렇게 모티프를 나누는 일은 정말 어려운데 이번에는 그게 가능했죠. 그보다 그런 일을 하려고 애써 '작곡 마을'을 만들긴 했죠.

— 제작에 들어가 제일 먼저 착수한 것은?

일단은 감독이 콘티를 완성하게 하고 M 라인(어느 장면에 반주를 흐르게 하는지를 나타내는 지시서)를 만들게 했어요. 실은 감독님이 구축한 M 라인이 제 설정과 거의 같았어요. 이거 외에는 없지, 라는 감각이었죠(웃음). 일단 거기서부터 극 중 음악이 만들어지기 시작했습니다.

— 그 시점에서 스즈 역의 나카무라 씨가 결정되었나요?

아뇨. 누가 할지 전혀 정해지지 않았어요. 애당초 어떤 사람에게 제의할지부터가 난제였어요. 감독님을 비롯한 모두가 오디션을 할 수밖에 없다는 결론에 도달해 최종적으로는 2백 명쯤 되었으려나, 다양한 사람들에게 제안해 과제곡을 부르게 하고 듣는 긴 과정을 거쳤습니다. 그 오디션이 2020년 말이었고 나카무라 씨로 정해진 게 올해 들어서였어요. 그러니까 처음에는 누가 부를지 모르는 상태에서 곡 작업을 시작했습니다.

— 그랬군요. 지금부터는 극 중에 흐른 노래를 중심으로 이야기해 보려고요. 우선은 영화 처음에 흐르는 『"U"』. 이 곡은 쓰네타 다이키 씨가 이끄는 millennium parade가 담당했죠?

이 곡은 원래 감독님에게 명확한 이미지가 있었어요. 또 이야기가 시작되지 않은 가운데 일단 관객에게 '이 세계는 매력적'이라는 점을 느끼게 해야 했죠. 50억 계정이 참여한 자극적인 세계에서 벨은 스타라는 점을. 그런 설득력이 없으면 이야기를 시작할 수 없어요. 그런 이야기는 첫 미팅 때부터 했습니다.

— 화려한 화면에 더해 음악도 축제 같았어요.

스네어 드럼과 팀파니를 부각했죠. 민속 음악 같은 접근이 된 것은 나카무라 씨가 주연으로 정해졌기 때문입니다. 그전에도 비슷한 분위기는 있었으나 이 정도는 아니었어요.

— 그랬던 거였군요! 거기서 고치의 일상 장면으로 넘어가 학교 장면에서 흐르는 『Slingshot』은 작사, 작곡가로 세계적으로 활약하고 있는 하사마 미호 씨 곡이죠?

이 곡 역시 감독님에게 확실한 이미지가 있었어요. 교토바시 고등학교의 관현악 합주부는 원래 이 분야 명문이고 춤추면서 악기를 연주하는 것으로 유명해 처음부터 이 장면은 이 학교가 모델이었습니다. 그래서 누구에게 연주하게 할지 심각하게 고민하다가 결국은 본인들에게 연주하게 했습니다(웃음). 교토까지 가서 학교 홀에서 녹음했죠. 곡은 재즈 작곡가인 하사마 씨에게 부탁하고 싶어서 제안해 한 곡 받았습니다.

— 하사마 씨가 용케 브라스 밴드가 연주할 곡을 써줬네요. 놀라워요(웃음). 다음은 스즈가 벨로 처음 노래하는 『노래여』인데.

이건 루드빅 씨 곡이죠. 곡으로서는 바로 앞에서 스즈가 『U』의 계정을 만들 때부터 시작됩니다. 중간에 한 번 음이 끊어지는 부분이 있는데 한 곡으로 만들어진 겁니다. 왜 그렇게 했냐면 배경 음악과 노래를 자연스럽게 연결하자는 콘셉트여서. 음악에는 음계나 템포라는 게 있는데 같은 음악가가 만들면 반주와 노래가 자연스럽게 이어지는 효과가 있어요. 『노래여』의 첫 부분에 루드빅 씨가 써준 멜로디는 그 후에도 여러 장면에 등장합니다.

— 『U』의 세계에서 화제가 된 『노래여』는 그 후 다양한 리믹스 버전이 만들어진다는 흐름인데.

편곡 버전이 메가 믹스 스타일로 작품 속에서 흐르는데 처음에는 다양한 뮤지션에게 곡을 주고 편곡하게 할까 생각했어요. 하지만 루드빅 씨가 직접 하겠다고 해서요. 물론 혼자 다 맡는 게 일관성이 있어서 좋았죠. 전체적으로 6~7곡인가. 완전히 다르게 편곡한 곡을 가져왔더군요(웃음).

— 그거 굉장하네요!

1분 정도의 곡(『길잡이』)이었는데 전부 600트랙이나 되더군요(웃음). 보컬 이펙트도 전부 혼자 조정해서 정말 놀랐습니다. 정말 대단한 재능이에요.

136

음악 리스트

곡	아티스트	작사	작곡
U	millennium parade × Belle	쓰네타 다이키 (작사·작곡)	
속삭임	나카무라 카호	나카무라 카오	Ludvig FORSSELL
Slingshot	하사마 미호·이와사키 타이세이		하사마 미호
먼 음색	이와사키 타이세이	이와사키 타이세이	
Blunt Words	ermhoi	Ludvig FORSSELL (작사·작곡)	
노래여	Belle	나카무라 카호	Ludvig FORSSELL
허무한 일상	Ludvig FORSSELL		Ludvig FORSSELL
길잡이	Belle	나카무라 카호	Ludvig FORSSELL
자, 리라를 연주해 노래해	모리야마 쿄코·나카오 사치요·사카모토 후유미·이와사키 요시미, 시미즈 미치코, 나카무라 카호		PD
Fama Destinata	Belle		Ludvig FORSSELL
용	반도 유타		반도 유타
저스틴	반도 유타		반도 유타
언베일	반도 유타		반도 유타
전망기동	Ludvig FORSSELL		Ludvig FORSSELL
용의 성	반도 유타		반도 유타
마음 곁에(스즈)	나카무라 카호	호소다 마모루·나카무라 카호·이와사키 타이세이	이와사키 타이세이
손바닥의 전란	Ludvig FORSSELL		Ludvig FORSSELL
강습	반도 유타		반도 유타
마음 곁에	Belle	호소다 마모루·나카무라 카호·이와사키 타이세이	이와사키 타이세이
Unveil The Besa#	Ludvig FORSSELL		Ludvig FORSSELL
오만한 권력	Ludvig FORSSELL		Ludvig FORSSELL
용의 성, 불타다	반도 유타		반도 유타
숨은 진실	Ludvig FORSSELL		Ludvig FORSSELL
마음 곁에(토모)	HANA		이와사키 타이세이
불신	Ludvig FORSSELL		Ludvig FORSSELL
멀어진 너에게 Part.1	Belle	호소다 마모루·나카무라 카호·이와사키 타이세이	이와사키 타이세이
Part.2			이와사키 타이세이
Part.3			이와사키 타이세이
Part.4		호소다 마모루·나카무라 카호·이와사키 타이세이	이와사키 타이세이
실마리	Ludvig FORSSELL		Ludvig FORSSELL
진짜 얼굴	나카무라 카호		이와사키 타이세이·반도 유타
도착한 하늘	나카무라 카호·Ludvig FORSSELL	나카무라 카호	Ludvig FORSSELL
멀어진 너에게(reprise)	Belle	호소다 마모루·나카무라 카호·이와사키 타이세이	이와사키 타이세이

— 이어서 이와사키 씨가 담당한 『마음 곁에』. 벨과 용이 춤추는 로맨틱한 장면에서 흐르는 곡인데….

이 곡은 난산이었습니다. 꽤 여러 번 다시 썼죠. 이 곡은 '러브송'으로 상정하고 시작했어요. 영상 속에는 《미녀와 야수》를 연상케 하는 로맨틱한 정경이 펼쳐지니까 그에 맞춰 부드러운 순간이 펼쳐지는 왈츠 느낌의 3박자로 쓰기도 했죠.

— 완성된 곡과는 인상이 전혀 다른데요?

감독님이 계속 NO 사인을 내렸어요. 결국은 그게 애정 표현이 아님을 깨달았죠. 이 곡이 표현해야 하는 것은 애정이 아니라 고독을 이해하는 것임을. 벨이 용의 고독을 이해하고 손을 내미는 그 절실함을 표현해야 한다는 것을. 거기까지 도달하느라 정말 힘들었습니다.

— 완성된 곡을 들으면 정말 용의 고독을 이해하려는 벨의 심정을 노래하는 가사예요.

가사는 처음부터 감독님으로부터 '이런 내용을 노래해 달라'라는 뜻이 있었어요. 그것을 제가 일단 가사 형태로 정리해 노래하는 나카무라 씨에게 전달했고 그녀가 쓰는 흐름이었죠. 이것도 보통은 잘 안 하는 방식이에요(웃음).

— 『노래여』는 이전에 스즈가 강변을 걸으면서 흥얼거릴 때도 나와요.

그것은 나카무라 씨가 실제로 좋아하는 강변에 같이 가서 거기서 흥얼거린 게 소재가 되었어요. 노래를 만들 때는 고민이 돼요. 당연한 일이지만, 리듬도 없는 완전의 무의 세계에서 시작해야 하니까 템포도 정해지지 않았지 멜로디는 어떻게 해야 할지 망설이고 고민하죠. 그런 점을 제대로 표현하고 싶어서 나카무라 씨에게 강가에 가서 잠깐 작곡할 때처럼 노래해달라고 부탁했어요(웃음). 그런데 그게 정말 좋았어요. 음악이 생기는 순간을 포착했다고 해야 할까…. 새가 갑자기 날아올라 웃음이 터지기도 하고, 그렇게 녹음했어요. 그렇게 녹음된 생생한 '소리'를 듣고 모두가 그림을 그려줬어요. 갑자기 다음 단계로 넘어가거나 중간에 노래를 멈추는 것까지 전부 맞춰서요. 정말 고마웠습니다.

— 후반부, 벨이 콘서트에서 언베일되는 장면에 흐르는 『멀어진 너에게』는 총 10분 가까운 대곡이에요.

이 곡은 어떤 면에서는 연극적인 곡이기도 한데 곡을 만들 때는 우선 관객들이 현장에 있는 감각을 느끼게 해야 했죠. 스즈의 노래가 처음에는 당황하는 관객에게도 점점 받아들여져 퍼져가는 표현이 안 되면 이 장면은 성립하지 않을 테니까요.

— 음악이 지닌 힘 자체가 시험당하는 장면이네요.

여기서 한 가지 더해진 것이 전 세계에서 목소리를 모으자는 아이디어였습니다. 결국은 '엑스트라 싱어 프로젝트'라는 이름으로 공식 사이트에서 모집했는데 이 노래의 한 소절을 다양한 사람이 부르고 그것을 전부 사용했습니다. 코로나의 시대, 목소리를 맞춰 부르는 합창은 전 세계 어디서나 불가능한 일이죠. 하지만 뒤집어 보면 『U』의 세계에서는 가능하죠. 그러면 현실에서 해보자. 그래서 교토바시고교의 여학생에게 노래하게 했고 애비로드 스튜디오와 영상으로 연결해 런던 보이스도 노래하게 했어요. 허구와 현실이 뒤섞였다고 해야 할까요, 그렇게까지 하지 않으면 정말 축제 같은 노래가—스즈 혼자 부르기 시작한 노래가, 사람들의 공감을 얻어 퍼져갈 것 같지 않았어요.

— 그렇군요. 그야말로 코로나 시대였기에 나올 수 있었던 아이디어였네요. 그리고 가사도 아주 중요했겠죠?

이것도 『마음 곁에』와 같은 흐름이었습니다. 마지막 벨 파트는 나카무라 씨와 얘기하며, 당신이 이 곡의 마지막에 스즈/벨로서 노래하고 싶은 것을 불러 달라고 했습니다. 그리고 루드빅 씨와 반도 씨도 참여하게 했어요. 그러니까 감독, 주연, 작곡가 모두가 등판한 곡입니다.

— 모든 힘을 쏟아부은 곡이군요. 그럼 마지막으로 돌이켜 봤을 때 제일 소중하게 느껴지는 점은?

어쩌면 '이해'일지 모르겠네요. 지금 현장 상황이 아주 좋아요. 호소다 감독님이 이 작품에 대한 이해가 깊은 덕분이겠지만, 우리 음악팀이 살짝 음악의 틀을 넘는 의견을 내놓아도 감독님은 반드시 들어주세요. 일테면 스즈가 작곡 소프트웨어를 조작하는 컷에서 화면이 좀 이상한 것 같다고 지적했어요. 그야말로 아주 사소한 부분이었는데도 그럼 다시 해보자고 하시더라고요. 정말 작품의 질을 조금이라도 높일 수 있으면 다 들어주셨어요.

— 정말 의사소통이 잘 되는 현장이네요.

맞아요. 다들 서로 존중하며 일해요. 프로듀서부터 젊은 제작 스태프까지 다요. 누구나 의견을 내도 안심할 수 있는 분위기를 감독님이 만들었죠. 게다가 전원이 그 톤 앤 매너를 공유하기에 자신의 역할을 뛰어넘는 의견을 낼 수 있는 분위기가 되죠. 이런 경험은 좀처럼 할 수 없을 거예요.

아주 친근한 이야기로 받아들이게

— 《늑대 아이》 이후 매번 의상으로 참여하는데 실은 《썸머 워즈》 개봉 때 호소다 감독과 만났다고?

그렇습니다. MEN's NON-NO에서 호소다 감독님의 인터뷰를 싣는다고 해서 저는 듣는 역할로 함께 했고 이후 뒤풀이 자리에서 의기투합해 "《늑대 아이》 의상으로 참여해 달라"는 제안을 받았습니다. 당시는 '내가 애니메이션 의상이라니?!'라고 생각했는데(웃음), 그 후로 쭉 참여하게 되었네요.

— 이번 작품 기획을 들었을 때 어떤 인상을 받았나요?

자세한 설정이나 이야기가 아직 확정되지 않았을 때부터 "인터넷의 《미녀와 야수》를 그려보고 싶어요"라는 키워드는 나와 있었어요. 좀 다른 이야기이긴 한데 오래전 신주쿠 다카시마야에 MAX 씨어터가 있었는데 거기서 디즈니의 《미녀와 야수》를 봤어요. 아마 중3쯤이었던 것 같은데 그 유려한 움직임과 음악에 무척 감동한 기억이 있어요. 그런 추억의 작품과 같은 주제의 애니메이션에 도전하다니, 대단하다는 생각이 들었어요.

— 제작 미팅에서 어떤 이야기가 있었나요?

처음에는 세계관에 관한 이야기가 컸어요. 인터넷 속 세계인 『U』를 어떻게 그릴 것인지, 역시 '집단 지성'이 핵심이지 않을까 하는 이야기를 나눴습니다. 캐릭터 디자인이나 코스튬 모두 한 사람의 의견으로 정하는 게 아니라 다양한 감각이 모인 상태를 그려야 한다고.

— 이번 작품의 핵심이기도 하네요.

맞아요. 제작 현장과 『U』의 성립 과정이 겹쳐지죠. 『U』는 한 천재의 뇌에서 그려지고 완결된 세계가 아니라 접속하는 사람들에 의해 유기적으로 변화하는 세계니까요. 그런 설계까지 포함해 이번에는 다양한 각도에서 그리는 팀을 편성하는 게 낫겠다는 것이 제일 먼저 떠오른 이미지예요.

— 정말 토대부터 의견 교환이 이루어졌네요.

반쯤 잡담이었어요. 화면을 만드는 팀으로서도 이제까지 메인으로 그려 온 아오야마 히로유키 씨와 야마시타 다카아키 씨가 있고 여기에 새로운 분들이 가세했죠. 우리도 보통 일로 만난 애니메이션과 다른 분야에서 일한 분

들을 소개했어요. 이 사람의 표현은 아주 흥미로워요. 이렇게 말하면서요. 그런 흐름에서 ANREALAGE의 모리나가 쿠니히코 씨나 EDEN WORKS의 시노자키 에미 씨 같은, 나중에는 댄서이자 안무가인 야스모토 마사코 씨가 등장했어요.

— 기존 제작과는 달랐나요?

결과적으로는 스타일리스트인 평소 제 일에 따르는 형태가 된 것 같아요. 저는 작품 세계와 어울리는 요소를 배치해 일단 0에서 1을 만들어요. 그리고 그 1을 각각 인수분해 하거나 엄청난 수를 더해가는 게 디자이너의 일이라고 생각하는 편이에요. 이 캔버스에는 이 물감이 어울리지 않을까, 이런 소재감이 더 낫지 않을까, 그런 스타일링 뒤에 다른 이의 창작이 있어요. 특히 『U』의 세계에서는 더요.

— 현실 세계는 어땠나요?

그곳은 제 분야라 다 맡았어요. 고교생의 옷이나 교복을 입는 스타일을 착착 설정했죠. 『U』의 세계 옷은 모리나가 씨와 에미 씨와 직접 옷을 만들어 그것을 모두의 공통 언어로 이용하며 형태를 만들었다면 현실은 여러 안을 준비하고 그것을 바탕으로 아오야마 씨가 정성껏 그려줬어요. 다음은 로케이션 헌팅 중에 찍은 많은 사진이 있었는데 그것을 보고 현지인들의 스타일을 참고로 했어요. 필요한 것은 일상 속에서 사람들이 어떻게 지내고 있는지죠. 거기에 리얼리티를 가미하면 저마다 교복을 입는 방식이 달라져요. 기본적으로 호소다 감독님 작품에서 중요한 것은 이런 사람이 있을 것 같은 느낌이에요. 《시간을 달리는 소녀》의 마코토 때부터 그랬어요. 폴로셔츠를 입은 아이를 실제로 본 게 계기였다고 하더군요.

— 스즈의 더블코트 차림도 기본적이면서도 아주 스즈다웠어요.

맞아요! 뺄 것은 빼서 그 사람의 특징을 드러내요. 『U』의 세계에는 모든 게 있는 만큼 현실 세계는 최대한 좁혔어요. 아주 단순하게 가자 마음먹었죠. 이 일을 하면서 늘 제가 생각하는 것인데 오이타현의 여고생, 돗토리현의 초등학교 6학년생, 삿포로의 중학교 2학년 남학생이 다 봐줬으면 좋겠어요. 바로 옆에 있는 사람으로 여겨졌으면 좋겠어요. 이거 1밀리그램쯤은 내 이야기가 들어가 있는 것 같다고 생각해줬으면 좋겠어요. 애니메이션이든 아니든 그런 생각

을 해요. 그렇게 생각할 수 있는 계기 중 하나로서 등장인물이 입는 옷이라고 생각하고 그것을 배치하는 게 제 역할입니다. 일테면 드라마 《오마메다 토와코와 3명의 전남편》(2021)은 일종의 도쿄 우화 같은 느낌으로 스타일링해서 『U』 세계 사람 같은 것도 있어요. 당신 일상의 연장선에 이런 세계가 있다는 것을 나타내고 싶었어요.

— 일상복의 종류에서는 합창대원 묘사에 무게가 실려 있더군요.

힘든 부분이었죠. 하나하나는 딱히 특징이랄게 없는 옷이지만 살아오는 동안 저마다 힘든 시간을 보낸 여성들을 드러내야 했기 때문이죠. 귀걸이처럼 아주 작은 소품도 있어서 아오야마 씨가 우는 소리를 많이 했어요(웃음). 실사는 그냥 소품을 준비하면 되는데 애니메이션은 다 그려야 하니까 힘들어요. 이 여성들 캐스팅, 정말 대단하잖아요? 나중에 배역을 듣고 놀라 자빠질 뻔했어요. 미리 들었다면 일을 안 맡았을 거예요. 선입견이 없을 때 미리 정해두길 잘했어요.

— 이 밖에 호소다 감독과 작업하며 제일 인상적인 점은?

처음 말한 '집단 지성'과도 이어지는 말인데 이번 작품에서는 정말 다양한 아티스트와 작업한 게 인상적이었어요. 새로운 지성을 현장에 불러들여 토론하죠. 다음은 무엇보다 코로나 여파 속에서 제작한 점이죠. 호소다 감독님의 작품은 늘 현재의 사회상을 짚는데 그래선지 현장 상황도 세상의 상황과 연결되어 가는 것 같았어요. 돌이켜보면 《늑대 아이》 때는 3.11 대지진 순간 호소다 감독님과 함께 있었네요. 그래서 어쩔 수 없이 생생한 체험과 작품이 연결되는 부분이 있어요. 이번에도 그런 감각으로 진행해서 역시 특별한 애정이 생겨요.

— 그러면 호소다 감독 작품에 참여해 이가 씨가 받은 자극은?

애니메이션 작품의 긴 비거리에 늘 놀라요. 도쿄 스튜디오에서 만든 것이 일본 전국에 개봉되고 세계에도 개봉되죠. 영화제에 불려가는 것만이 아니라 전 세계 사람들이 감독님의 작품을 즐기잖아요. 게다가 이번에는 스태프로도 세계적인 크리에이터가 모였어요. 설마 제가 진 김 씨와 같은 작품에서 작업할 줄은 전혀 몰랐으니까요. 정말 큰 자극이 되었어요.

'집단 지성'으로 탄생한 이야기

의상
이가 다이스케
伊賀大介

● 스타일리스트. 잡지, 광고, 영화 등 다양한 분야에서 활동한다. 인터뷰에도 등장한 《오마메다 도와코와 3명의 전남편》에서는 이번 작품의 음악에 참여한 반도 유타와 함께 일했다.

현실 세계의 의상

치마 길이와 양말, 스웨터 등 교복에는 시대와 개성을 드러내는 요소가 많다. 캐릭터 각자의 옷차림은 이가가 설정했다.

스즈의 일상복과 잠옷. 그녀의 성격에 맞춰 색이나 복장을 골랐다. 유소년기에는 핑크를 좋아했나?!

이가가 고민한 합창단원들. 개성적인 그녀들이 다양한 인생을 걸어왔음을 의상으로 표현했다.

호소다 감독의 신작 《용과 주근깨 공주》는 마음의 상처로 제대로 자기표현하지 못 하는 소녀 '스즈'가 『U』라는 거대한 가상 세계에서 '벨'이라는 아바타를 통해 '세계'와 이어지며 정신을 해방하는 과정을 그린 이야기다.

『U』의 등록자는 자기 생체 정보를 반영한 아바타 As를 가상 세계에 두고 현실과는 다른 인생을 산다. '현실은 바꿀 수 없다. 그러나 『U』에서는 바꿀 수 있다.' 이야기 초반에 나오는 이 내레이션처럼, 사람들은 As라는 익명성을 통해 『U』라는 세계에서 원하는 바를 이루려 한다. 현실 세계에서는 노래하지 못하는 스즈도 벨의 모습을 빌려 『U』에서는 세계적인 디바로 거듭난다.

As 가운데는 벨처럼 월등한 유명세를 치르는 인물이 존재한다. 지나치게 과격한 전투 스타일로 『U』의 투기장에서 악명을 떨치는 '용'이 그중 하나이다. 용은 『U』의 질서를 흐트러뜨리는 존재로 『U』의 자위 조직 '저스티스'에 쫓겨 벨의 라이브 콘서트장에 난입한다. 이렇게 둘은 만난다. 『U』의 한 귀퉁이에서 마음을 나누며 용의 깊은 고통을 알게 된 벨=스즈. 현실 세계의 용의 본체 '오리진'의 신용을 얻고 접촉하기 위해 스즈가 한 행동은 『U』 안에서 자신의 본체를 드러내는 것이다.

수많은 As 앞에서 벨의 모습을 벗어 던지고 '시골뜨기 촌스러운 여고생'의 모습이 된 스즈. 하지만 그녀의 노래는 힘을 잃지 않는다. 아니, 오히려 벨보다 더 강력한 자력으로 『U』의 세계를 지배한다. 스즈의 노래에 이끌려 『U』의 As들은 합창한다. 노래는 빛이 되고 꽃잎이 되어 『U』의 세계를 뒤덮는다.

압도적인 아름다움과 노래의 설득력으로 《용과 주근깨 공주》의 클라이맥스 장면은 우리의 마음을 흔든다. 감동의 트리거가 된 것은 역시 가상의 모습을 버린 행위. 베일을 벗은=언베일이다.

익명으로 얻은 영광을 버리고 진정한 자신을 드러낸다. 왜 우리는 이 묘사에 감동할까.

7월 5일 첫 시사회(정말 아슬아슬하게 완성되었다)가 끝난 뒤 다카하시 노조무 프로듀서와 잠깐 이야기를 나눴다. "보통 히어로는 클라이맥스에서 평소의 자신에서 다른 모습으로 변신해 싸워. 이 영화는 완전히 반대야. 새로운 표현 아닌가?" 흥분해 말하는 다카하시 씨.

맞다. 원래는 본래의 자신에서 히어로로 변신해 강해진다. 이야기 해결 방법의 왕도다.

히어로는 익명으로 활약하는 타입과 본성을 드러내고 활동하는 타입의 2종류가 있다. 왜 익명을 고집하는 히어로가 있을까.

하나의 답은 히어로의 정체인 일반인이 너무 큰 힘을 지니면 사회의 균형이 무너지기 때문이다. 그 힘을 정부나 거대 자본이 이용하려고 접근할 수도 있다. 히어로는 항상 공정해야 한다. 또 자신의 출신을 숨기고픈 히어로도 있다. 실은 마계에서 온 마녀일 수도 있고, 악마족의 배신자이기도 하다. 인간에게 정체가 밝혀지면 인간계에 머물 수 없다는 계약이 있거나 인간이 꺼릴 존재가 될 때도 있다.

《용과 주근깨 공주》의 As들은 물론 히어로는 아니다. 하지만 '정체를 숨기고 『U』에서 유명인이 된' 스즈 같은 일반인 처지에서 As를 언베일한다는 것은 신비함과 카리스마를 잃는, 즉 『U』에서의 존재가치를 잃는 것이나 마찬가지다.

스즈는 그런 위험성을 인식하면서도 용의 오리진을 구하려고 『U』에서의 지위를 버린다. 원래 무가치한 자신으로 돌아갈지 모를 위험을 감수하면서. 그 자기희생에 우리의 마음이 움직이는 것이다.

여기서 앞서 인용한 다카하시 씨의 말이 마음에 걸렸다.

'주인공이 정체를 드러내어 카타르시스를 일으킨 전례가 정말 없나?'

사실은 있다.

처음 떠오른 것은 1966년부터 2년간 방송된 TV 애니메이션 《마법사 세리》다. 세리는 마법 나라의 공주인데 친해진 요짱, 스미레짱과 지내려고 인간계로 온 초등학교 5학년 여자아이다. 마법사라는 신분을 밝히지 않기로 부모님과 약속하고 인간계의 생활을 즐긴다. 마지막 회, 세리의 집에 요짱이 달려온다. "세리. 큰일 났어. 학교에 불이 났어!" 서둘러 학교로 달려가니 학교 건물에 불이 붙어 이대로는 다 타버리고 말 것 같다. 친구들과 지낸 학교. 소중한 장소가 없어지고 만다! 세리는 모두가 보는 앞에서 마법을 부려 큰비를 내려 불을 끈다.

정체가 드러나면 마법 나라로 돌아가야 한다는 것을 각오하고.

초등학교 3학년이었던 나는 TV 앞에서 통곡했다. 인간계에서 살고 싶다는 자신의 욕구보다 친구들의 삶의 터전을 지키려는 세리의 마음이 느껴졌기 때문이다.

다음은 1969년부터 약 2년간 방송된 TV 애니메이션 《타이거 마스크》이다. 고아인 주인공 다테 나오토는 어릴 때부터 악역 레슬러 양성 기관 '토라노아나(호랑이굴)'에서 악역 레슬러가 되기 위한 혹독한 훈련을 받는다. 나오토는 데뷔 후 타이거 마스크로 최고의 자리에 오르지만, 토라노

언베일 D.N.A.

이노우에 신이치로
井上 伸一郎

아나에 상납할 상금을 고아원에 기부하는 바람에 기관이 보낸 자객을 맞이한다. 이후 정통파 레슬러로 전향한 타이거 마스크는 고아원 아이들에게 용기를 주려고 계속 싸우는데 드디어 마지막 회, 최강의 적 타이거 더 그레이트의 반칙 공격으로 경기 중에 마스크가 벗겨지고 만다. 고아원에 기부하는 착한 형이 타이거 마스크였다니! TV 앞에서 할 말을 잃은 겐타를 비롯한 고아들. "토라노아나에서 배운 것을 그대로 돌려주지! 그리고 나는 다시 다테 나오토로 돌아간다!" 눈물을 흘리며 처절한 반칙 기술을 써 타이거 더 그레이트를 쓰러뜨리는 나오토. "틀림없이 악에 맞선 인간의 용기를 알아줄 거야." 얼굴을 그대로 드러낸 나오토는 속으로 이렇게 읊조리며 해외로 떠난다.

나오토의 반칙 공격이 너무나 강렬했던 탓에 아이들에게 제대로 메시지가 전해졌을지 조금 걱정되기는 하나, 이 에피소드의 카타르시스는 '정통파라는 새로운 캐릭터에서 진정한 자신으로 돌아온' 레슬러로서 자신의 오리진인 반칙 공격을 자유롭게 구사해, 자신을 악으로 만든 조직에 상대가 알려준 기술로 복수하고 원래의 자신으로 돌아온다는 데 있다. 타이거 마스크는 마스크를 벗음으로써 진정한 자신으로 돌아왔다.

그리고 1972년에 방영된 TV 애니메이션 《데빌맨》도 있다. 《데빌맨》의 마지막 회는 간토 지역에서는 방송되지 않아 나도 재방송으로 봤다. 유명한 원작과 달리 TV 애니메이션은 인간 소녀 마키무라 미키를 사랑해 데몬족을 배신하고 소년 후도 아키라의 몸을 빼앗아 데몬족과 싸운다. 마지막 회에서는 데몬족 시절의 상사 갓이 데빌맨 앞을 가로막는다. 미키를 손에 넣은 갓은 데빌맨=아키라에게 미키 앞에서 데빌맨으로 변신하라고, 그렇지 않으면 미키를 죽이겠다고 위협한다. 평소 변신 장면과 달리 마지막 회의 변신만은 이 회만의 오리지널. 미키 앞에서 자신의 정체인 추악한 악마의 모습을 드러내야 하는 아키라는 고개를 떨구고 울먹이며 변신 구호를 외친다. "데……빌!" 마침내 미키도 아키라가 데빌맨이라는 사실을 알게 되었다! 아키라뿐만 아니라 보는 나도 절망했다. 그러나 다음은 예기치 못한 전개가 기다리고 있었다. 눈앞에서 아키라가 데빌맨으로 변신했는데도 미키는 그 사실을 믿지 않는 것이다. 갓이 마력으로 아키라를 악마의 모습으로 변신시켰다고 절규하는 미키. 아키라는 절대 악마가 아니라고 믿어 의심치 않는 미키. 거칠어 보이는 아키라가 사실은 따뜻한 마음을 지녔음을 믿는 미키. 그 망상에 가까운 애정이 갓의 간계를 물리쳤다. 미키가 자신을 믿어준다는 사실에 힘을 얻은 아키라=데빌맨은 갓을 분쇄한다.

사랑의 힘은 믿음. 당시 중학생이었던 나는 감동에 몸을 떨었다. 원작의 라스트가 너무나 걸작인 탓에 원작과 비교되어 악평을 받은 TV 애니메이션이지만 마지막 회는 다시 평가되어야 한다고 생각한다.

이상 언베일로 클라이맥스를 맞는 세 작품을 소개했다(내 지식이 얕은 탓에 이 정도만 언급했으나 아마 더 있을 것이다).

그렇다면 이 세 작품의 공통점은?

맞다. 다 도에이동화(현 도에이 애니메이션)가 제작한 작품이다. 그리고 도에이 애니메이션이라고 하면 호소다 감독이 애니메이션의 기초를 배운 회사가 아닌가. 오래 이어진 조직에는 눈에 보이지 않는 전통의 계보가 있다. 문화적 정보=믿음의 D.N.A.라고 해야 할까. 청춘을 도에이 애니메이션에서 보낸 호소다 감독이 '언베일을 통해 감동을 낳는 애니메이션' 기법을 무의식적으로 익혔다 해도 이상할 게 없다.

호소다 감독은 애니메이션 감독으로 성장하며 도에이 애니메이션 시대에 자신만의 작품 제작 스타일의 기초를 확립했다.

2000년 《디지몬 어드벤처 우리들의 워 게임》에서 그린 인터넷 공간에서 일어난 사건을 둘러싼 활극이 이후 《썸머 워즈》와 이번 《용과 주근깨 공주》로 계승, 승화되었다는 사실은 누구나 인정할 것이다.

2002년 개별 에피소드 연출을 담당한 《꼬마 마법사 레미》 40화 '레미와 마법사를 그만둔 마녀'에서 '시간'을 그린 관점은 이후 《시간을 달리는 소녀》의 세계관으로 이어진다.

호소다 감독은 이렇게 자기 안에 쌓아 온 '이야기의 정보'를 천천히 갈고 닦아 새로운 작품으로 이어왔다.

《시간을 달리는 소녀》에서 그린 10대의 우정과 사랑. 《썸머 워즈》에서 그린 가상공간과 현실 세계의 연결로 벌어진 사건을 지방 공동체가 해결하는 드라마. 《늑대 아이》에서 그린 부모와 자식의 성장. 《괴물의 아이》에서 그린 공동체가 아이를 지키는 훈육론. 《미래의 미라이》에서 그린, 피로 이어진 역사극.

《용과 주근깨 공주》는 그 모든 요소를 내포한 호소다 애니메이션의 집대성이다. 그와 동시에 주인공의 실제를 드러냄으로써 감동을 낳는 '언베일 애니메이션'의 최고 도달점이기도 하다.

명작은 하룻밤에 태어나지 않는, 것이다.

● 주식회사 KADOKAWA 이그제큐티브 펠로. 카도카와쇼텐 시절에 호소다 감독의 《시간을 달리는 소녀》를 제작했다. 《늑대 아이》에서는 호소다 감독에게 소설 집필을 의뢰해 소설가 호소다 마모루를 프로듀스했다. 애니메이션과 특수 촬영물에 조예가 깊고 『월간 뉴 타입』의 초기 멤버이기도 하다.

벨 | BELLE

캐릭터 모델링

3D 애니메이션은 우선 각 캐릭터의 모델 제작(모델링)에서 시작된다. 그렇게 만들어진 것은 폴리곤이라 불리는 껍질 구조의 모델로 레퍼런스가 될 2D 디자인 일러스트를 보면서 전부 수작업으로 제작된다. 여기서는 그렇게 만들어진 벨과 용의 모델을 소개한다.

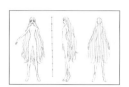

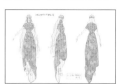

3D 모델에 쓰려고 야마시타 다카아키가 그린 캐릭터 디자인. 베이스가 될 신체와 의상 모델을 각각 준비해야 해서 나체도 그려졌다. 모델링을 할 때는 이 디자인을 토대(레퍼런스)로 입체를 구축한다. 기본적으로 그 작업은 수작업이라 시간과 노력이 듦과 동시에 CG의 퀄리티를 결정한다.

THE DIGITAL IMAGE PROCESSING
CG Works

이 작품에서 호소다 감독은 기존의 이미지 처리만이 아니라 캐릭터 연기에도 CG 기술을 도입했다. 『U』의 세계를 창조한 3D 디지털 작업의 일단을 제작 과정 사진과 함께 소개한다.

다시 노래하기로 마음먹은 장면에서 벨이 입는 하얀 드레스. 이 의상은 몸에 맞춰 모델링하고, 각 디자인과 소재에 맞춰 독자적인 움직임을 덧붙인 구조이다.

눈동자는 표정을 만드는 데 중요한 요소라 이렇게 다양한 각도에서 확인하며 작업한다.

비즈 드레스를 입은 벨. 양손을 펼친 형태는 모델을 제작할 때의 가장 기본자세. 머리 형태도 넣어 디자인한다.

머리와 가슴에 장식된 꽃들은 하나씩 모델링해 정성스레 배치했다.

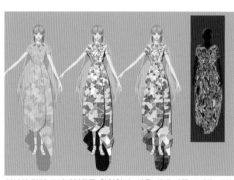

의상의 컬러 코디네이트를 확인한다. 색을 쉽게 바꿀 수 있는 것이 디지털 기술의 최대 장점이다.

다양한 의상을 입은 벨. 오른쪽부터 용에게 갈 때 입는 후드, 무도회의 장미 드레스, 저스틴 몰래 용에게 가는 장면의 코트 차림, 그 왼쪽은 저스틴의 심문을 받을 때 코트를 벗은 벨. 이 모델들은 모두 360도 각도에서 볼 수 있다.

용 | DRAGON

용처럼 복잡한 외형의 캐릭터를 모델링할 때는 독특한 어려움이 있다. 특히 전신을 덮은 털은 오히려 진짜 털이면 전문 소프트웨어를 사용할 수 있는데 이번처럼 덩어리로 움직여야 하면 한 덩어리씩 모델을 작성한 다음 물결치는 털로 끈기 있게 형성해야 한다.

아키야 세이이치의 대담한 이미지 스케치를 기반으로 야마시타가 그려낸 캐릭터 디자인. 아키야와 진 킴, 완전히 개성이 다른 두 사람이 그려낸 원안이 전혀 위화감 없는 캐릭터로 완성됐다. 야마시타의 범상치 않은 역량이 드러난 디자인이라 할 것이다.

처음 벨을 만날 때의 용. 3D 모델을 그대로 2D로 변환하면 아무래도 위화감이 생긴다. 그래서 각도에 따라 미묘한 조정이 필요하다.

『U』의 세계는 기존의 2D 애니메이션이 아니라 '셀룩 애니메이션'이라는 3D로 만든 애니메이션을 셰딩 공정을 통해 2D 애니메이션 같은 표현(셀룩)으로 변환하는 기술로 구성했다.

사용한 기술은 달랐지만, 여기서 목표로 한 것은 어디까지나 지금까지 쌓아온 2D 애니메이션을 기본으로 했으며 그를 위해 단순한 3D 애니메이션과는 다른 연구를 담았다. 그 하나가 야마시타가 그린 레이아웃(캐릭터 표현)을 골인 지점으로 두고 제작한 기법이다. 이는 3D 애니메이션의 출발점이기도 한 모델링에도 활용되었다. 그 결과 완성된 영상은 기존 3D 애니메이션과도 2D 애니메이션과도 다른 또 다른 가능성을 느끼게 한다.

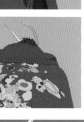

넝마 같은 의상을 입은 용. 위와 아래를 비교하면 왼쪽 발을 살짝 든 자세임을 알 수 있다. 이 모델에서는 윤곽선에 색칠 효과를 넣었다.

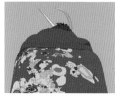

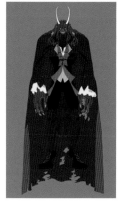

무도회 의상을 입은 용. 안에 입은 야회복 의상과는 대조적으로 망토 끝이 역시 찢어져 있다. 이것은 등의 문양과 함께 망토 자체에도 용(케이)의 마음을 드러내기 위한 것이다.

포악하고 거칠게 보이는 외모 속에 왠지 벨이 걱정하게 만드는 쓸쓸함을 느끼게 하는 캐릭터. 특이 여기서는 눈을 중심으로 표정에 주목하길 바란다.

MONITOR
모니터 속의 벨

50억 계정이라는 『U』의 거대 관중, 그것이 벨의 꿈이 되는 과정을 표현하려고 여기서는 방대한 모니터가 집적해 벨이 된다는 CG 기술을 활용한 장면이 만들어졌다. 그 제작 과정을 2잠시 살펴보자.

S022 C001

모니터 화면(세로로 긴 것과 가로로 긴 것). 여기서 소개하는 것은 이 장면에 이용된 방대한 모니터의 일부. 저마다 완전히 다른 디자인이 이용되었는데 이들은 실제 웹 페이지 등을 참고로 만들어졌다고 한다.

이 장면에서 사용된 3D CG 소프트웨어 "3ds Max" 작업 화면.
화면은 모니터를 놓은 입자와 벨의 공간 배치. 아래는 그것을 정면에서 본 화면.
이렇게 안쪽에 있는 벨을 향해 모니터가 모여든다.

최종 화면. 입자에 모니터를 붙여 화면 효과를 더했다.

모니터용 입자를 배치한 와이어 프레임 이미지

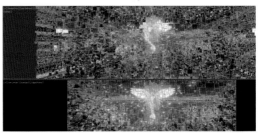

공간에 배치된 입자에 벨의 부분을 흩어놓은 것.

흩어져 있던 벨의 파편이 점차 모이는 과정 사진

SWIMMING

대규모 라이브의 유영 장면

원 컷으로 『U』의 거대한 구조물에서 새끼 고래로, 그리고 유영하는 장면으로 연속해 변하는 이 장면에는 CG 특유의 표현이 수시로 보인다. 여기서는 그중 애니매틱스를 이용한 동작 만들기, 바다 표면의 이미지 처리, 그리고 비즈가 모여 거대한 드레스를 형성하는 세 장면을 소개한다.

S030 C001

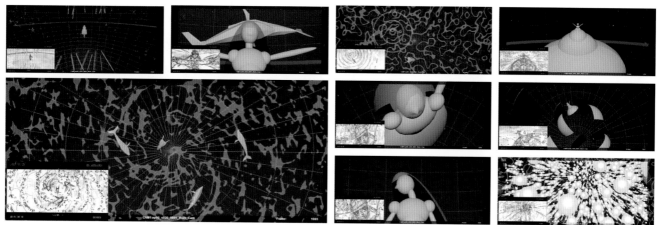

애니매틱스 이미지
러프 모델을 이용해 기본적인 움직임을 만드는 애니매틱스 화면 일부. 정면 왼쪽 아래에는 레퍼런스가 된 그림 콘티 장면이 표시되어 있다.

비즈가 모여 드레스가 된다.

왼쪽은 비즈의 3D 모델. 비즈가 모여 거대한 드레스가 되는 장면은 우선 수많은 입자에 움직임을 더하고 거기에 왼쪽 모델을 올린 다음 개개의 비즈에 회전 등을 더한다. 아래는 그 과정의 일부.

비즈가 한가운데의 벨로 모인다.

위 화면에 원근감을 넣은 화면

더 강하게 원근감을 준 화면

고래에 바다 표면 효과를 더하다.

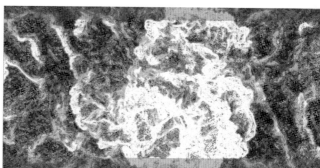

바다 표면의 흔들림을 고래와 겹친다.　　FIX 카메라 바다 표면·파문

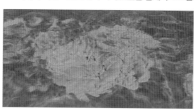

바닷속을 헤엄치는 장면은 우선 파문과 흔들림의 3D 마스크를 만들고(오른쪽 위), 그것을 새끼 고래에 올려 헤엄치게 하고(왼쪽 아래), 나아가 같은 마스크에서 바다 표면의 물결을 입체적으로 변환한다(아래).

FIX 카메라 파도 마스크에서 바다 표면을 입체적으로 변형

원근감을 넣은 바다 표면에 일렁리는 마스크를 추가한다　　FIX 카메라 원근감을 넣은 바다 표면의 파문

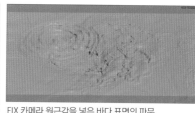

대각선 앞부터 원근감을 넣은 바다 표면도 위와 같은 과정으로 만든다. 왼쪽은 파문을 파도의 이미지에 덮어 입체적으로 한 것. 원근감이 생기자 입체적인 효과가 잘 드러난다.

파문 마스크를 이용해 바다 표면을 입체적으로 변형한다.

FIX 카메라 군단 와이어 프레임

FIX 카메라 군단 리그

용의 팔 와이어 프레임

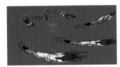

용의 팔 리그

움직임을 만들 때는 일단 와이어 프레임을 설정한다. 이때 매쉬를 잘게 나누면 움직임도 세밀하게 조정할 수 있는데 그만큼 계산에 시간이 든다. 움직임의 지점이 되는 리그와 마찬가지로 두 요소를 어떻게 설정할지는 그야말로 노하우의 세계이다.

용의 팔 어셋

용에 팔의 어셋을 놓은 와이어 프레임

마찬가지로 팔의 어셋을 놓은 용에 리그를 설정. 이것으로 움직임을 조정한다.

BATTLE
전투

이 영화에서 적지 않은 액션 장면 중 하나인 용과 저스티스 군단의 격투는 거의 전면적으로 수작업(CG 애니메이션 아티스트 가나이 다카마사)으로 만들어졌다. 그런 의미에서 가장 2D 애니메이션적인 장면이라 할 수 있다. 화려한 액션을 만들어내는 기술을 잠시 살펴보자.

S030 C019

각 소재를 합성, 최종적으로 정해진 움직임을 본편에서 사용된 앵글로 본 이미지. 이처럼 코마별로 움직임을 만드는 것도 기존의 2D 애니메이션과 같다고 할 수 있다. 참고로 MAYA는 3ds Max와는 다른 3D 소프트웨어. 장면에 따라 혹은 오퍼레이터에 따라 나눠 사용했다고 한다.

이 장면에서는 용의 공격을 더 격렬하게 보이게 하려고 팔이 여러 개로 보이는 2D 애니메이션 기법이 이용되었다. 이를 위해 용의 몸과 팔을 따로따로 만들고 그 위에 합성했다. 이를 통해 이 장면은 일반적인 3D 애니메이션으로 보이지 않는 화려하고 속도감 넘치는 장면이 되었다.

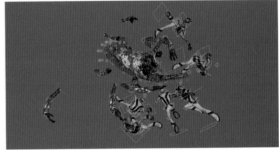

MAYA 스크린샷·와이어 프레임

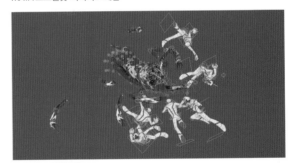

MAYA 스크린샷·리그

MAYA 스크린샷

배치된 팔의 어셋을 다른 각도에서 본 것. 여기서도 알 수 있듯이 극단적인 원근감을 주려고 화면 바로 앞과 안쪽 팔은 사실 말도 안 되는 위치에 놓여 있다. 바꿔 말하면 이는 2D 애니메이션이 실제로는 있을 수 없는 원근감을 주어 그리는 것과 같은 이미지다.

S030 C021

FIX 카메라 팔의 어셋과 군단 몹 합성

MAYA 스크린샷

FIX 카메라 군단 몹

FIX 카메라 팔의 어셋

S030 C020

FIX 카메라 팔의 어셋과 용을 합성

격렬하게 적 군단을 공격하는 용을 다른 앵글에서 본 샷. 여기서도 천수관음처럼 수많은 팔을 겹치고 움직임을 더 박력 있게 보이게 하려고 광각 렌즈 화각을 이용했다. 오른쪽은 팔의 어셋을 어떻게 배치할지를 다른 앵글에서 본 이미지인데 여기서도 역시 최대한 원근 효과를 높이려고 특히 오른팔을 비현실적일 정도로 앞쪽에 놓았다.

MAYA 스크린샷

저스티스 군단을 공격하는 용을 다른 앵글에서 본 장면. 다른 앵글에서 본 이미지(오른쪽)에서 알 수 있듯 여기서는 바로 앞 팔의 움직임을 강조하려고 팔의 어셋을 바로 앞에 배치했다. 이런 강조는 2D에서는 감각적으로 이루어지지만, 3D 애니메이션은 공간 배치가 정확하게 반영되기 때문에 여기서 보이듯 조치가 필요하다.

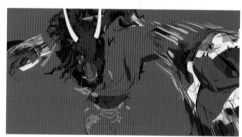

FIX 카메라 용

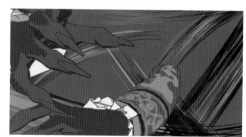

FIX 카메라 팔의 어셋

FIX 카메라 본편 영상에서 사용된 카메라 앵글에서 본 화상

S030 C057 | 기업 로고

MAYA 스크린샷, 로고 정면
오른쪽 아래에서 올려다본 앵글이라 로고는 카메라 시선 쪽의 오른쪽 위를 향해 배치되어 있다. 이런 점도 3D만의 특징. 깊이감 등은 왼쪽 앵글에서 역산해 결정한다.

S041 C009 | 운해를 넘어

천사의 안내로 벨의 앞에 모습을 드러낸 성. 이 장면에서 구름의 움직임은
2D 멀티 플레인을 모방한 방법으로 만들어졌다. 다만 보통 멀티와 다른 점은
감독의 주장으로 성의 배후까지 쭉 구름이 배치된 점이다.

장면의 내부 구조. 2D의 구름을 레이어로 겹쳐 깊이 있는 공간을 만들었다.
여기서 주의해야 할 점은 바로 앞보다 안쪽에 더 깊이 구름 레이어를 쌓은
것이다. 이것이 특히 감독이 고집한 부분이다.

MAYA 스크린샷. 위의 배치를 이용해 구름의 움직임을 만든다. 작업으로서
는 3D를 사용한 밀착 멀티라고 해야 할까. 이는 기존의 2D 애니메이션과
3D 애니메이션과의 효과를 융합시킨 듯한 화면 효과를 노렸다.

벨의 시점에서 본 용의 성. 여기서는 아직 색 수차(chromatic aberration)
를 가하지 않았다. 공기원근법이 전혀 없는 일러스트 스타일에 3D로 만든
구름의 움직임이 겹쳐져 독특한 거리감을 만들어냈다.

위의 이미지에 색 수차를 더한 최종 화면

S041 C004 | 폭포

벨이 A.I들에게 우롱당하는 장면에서는 길을 잃는 공간으로 그린 카툰
살롱의 분위기를 최대한 활용하려고 폭포를 포함해 배경을 거리에 따
라 분할, 2D 그래도 멀티 플레인 촬영처럼 배치하는 기법을 이용했다.

이 장면의 내부 구조. 위가
폭포 주변 바위이고 아래는
폭포를 바라보는 벨을 배치
한 것. 위의 바위가 아래 화
상에서 응축된 듯 보이는데
이는 벨이 바로 앞 상당히
거리를 두고 바라보기 때문
에 상대적으로 그렇게 보이
게 된다. 또 벨과 폭포의 거
리를 크게 벌린 것은 이 컷
이 장망원 화각으로 설정되
어 있기 때문이다.

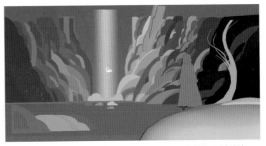

위의 내부 구조를 본편 카메라 위치에서 본다. 폭포가 앞으로 상당히
다가온 것은 망원 화각이기 때문

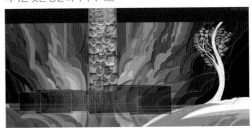

폭포 앞으로 떨어지는 폭포수와 물안개의 레이어를 배치한다.

배치된 레이어에 잘라낸 폭포수와 물안개를 배치, 이것들을 움직여 일
러스트 분위기를 활용한 채 낙하하는 폭포수의 움직임을 만든다.

위 화상에 벨을 합성, 나아가 빛 같은 특수효과를 더한다. 망원 렌즈는
일반적으로 피사체 심도(초점이 맞는 깊이)가 얕아, 바로 앞의 벨이 흐
려지는데 일러스트를 활용했기 때문에 일부러 팬 포커스되어 있다.

to CASTLE
용의 성으로

용의 성으로 가는 길은 용 자체의 이질성을 표현하기 위해 『U』
와는 크게 분위기가 다르다. 카툰 살롱이 그린 일러스트 같은 배
경 미술로 표현했다. 또 그림책을 연상시키는 그 공간은 용의 숨
겨진 본성을 예감케 한다.

■ **S066 C027** 용의 성 테라스에 오른 벨(색 수차 조정 후)

DRAGON'S CASTLE
용의 성

용의 성은 오리진인 케이의 마음을 반영하는 공간으로 표현되었다. 그 하나가 점차 붕괴하는 듯 보이는 모습과 노이즈 같은 흔들림이다. 특히 후자는 이 공간이 데이터로 만들어진 가상공간임을 상징한다.

■ **S066 C004** 용의 성 내부·복도(황폐 후)

■ **S066 C003**
황폐한 입구·모델링

■ **S042 C002**
황폐해지기 전의 입구·모델링

■ **S066 C026** 용의 성 내부·나선 계단(황폐 후)

■ **S066 C003**
용의 성 내부·입구(황폐 후)

■ **S042 C002**
용의 성 내부·입구

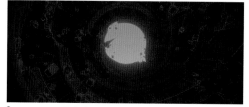

■ **S066 C026** 용의 성 내부·나선 계단(황폐 후)

이 장면에서는 내부를 황폐화시키는 것뿐만 아니라, 벨의 시점에서 봤을 때 용의 마음이 흐트러지는 것을 상징할 수 있도록 노이즈와 색도차도 추가되었다. 왼쪽은 그렇게 색도차를 추가한 성 내부의 배경. 나선계단 위를 올려다 보는 장면에서는 여기에 빛의 플레어 효과가 추가되었다.

성 내부를 폐허로 만들 때 사용된 기와의 3D 모델 소재. CG에서는 이렇게 소재 하나하나에 이르기까지 모델을 만들어내야 해서, 황폐화되는 장면을 만드는 건 상상 이상으로 막대한 작업이었다고.

기와 소재

ROSE PATIO
장미 중정

다시 용의 성으로 온 벨이 본 것은 황폐한 모습이 아니었다. 그곳에서 그녀는 장미꽃으로 가득한 중정도 본다. 그 중정을 실현하기 위해 장미꽃 3D 모델을 만들고 그것을 하나씩 배치하는 작업이 이루어졌다. CG 화면은 이런 길고 어려운 작업의 결과로 만들어진다.

이 장면에서는 벨이 중정으로 들어갔을 때의 카메라가 빠진 앵글과 장미꽃을 손에 든 타이트한 앵글의 두 가지 장미가 필요했다. 이 경우 같은 모델을 쓸 수 있으나 멀리 보이는 것과 가까이 보이는 것을 같이 쓰면 특히 멀리 보일 때의 작업 시간이 방대해진다. 그래서 장미꽃은 멀리 보이는 것과 가까이 보이는 것을 따로 와이어 프레임 작업했다.

■ **S042 C007** 벨이 중정으로 들어왔을 때 보게 되는 흐드러지게 핀 꽃이 가득한 중정

중정, 장미, 멀리 보이는 것, 단체 와이어 프레임

중정, 장미, 멀리 보이는 것, 단체

중정, 장미, 가까이 보이는 것, 와이어 프레임

중정, 장미, 가까이 보이는 것.

DANCE
무도회

벨과 용이 마음을 여는 계기가 되는 무도회는 영화 속에서 가장 중요한 장면 중 하나이다. 여기서도 둘이 춤추는 움직임을 전부 수작업으로 처리했다. 용과 벨처럼 키가 다른 둘을 춤추게 하는 일은 쉽지 않은데 숙련된 수작업으로 전혀 위화감이 없는 장면이 되었다.

● S051 C019

기존 2D 애니메이션에서는 원리적으로 한 방향의 시점으로만 묘사할 수밖에 없다. 따라서 입체적인 구조나 공간 배치는 머릿속으로만 그려야 했다. 그러나 3D 애니메이션은 나중에 2D로 변환해도 움직임을 만드는 과정에서는 다양한 시점에서 수정할 수 있다. 그런 의미에서는 입체적인 인형에 움직임을 더하는 과정이라 할 수 있다. 특히 무도회 장면에서는 실제로 완성 화면 밖으로 나오는 다리나 의상(망토 끝)까지 다 그려졌다. 그런 부분까지 다 제대로 만들지 않으면 일련의 움직임이 자연스럽지 않다.

1136 프레임 스크린샷 수정된 벨과 용을 가상 배경에 놓아 완성 화면의 앵글로 본 이미지

다른 앵글
위 스크린샷(실제 화면에 사용될 앵글)과는 다른 화면 각도로 잡은 같은 장면의 움직임. 이렇게 각도를 바꿔 세밀하게 수정한다.

위 이미지에서는 완성 화면에는 없는 벨의 다리나 용의 망토 끝까지 세밀하게 수정했다.

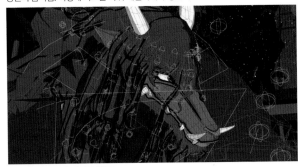

벨과 용의 표정 리그(다른 앵글)
각도를 바꿔 수정하는 것은 움직임만이 아니다. 표정도 각도를 바꿔가며 실제 영상보다 확대해 수정한다.

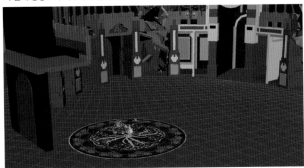

1136 프레임 다른 앵글 캐릭터
두 사람이 춤추는 공간을 다른 앵글에서 잡았다.

1136 프레임 스크린샷·리그

벨과 용을 간단한
배경에 놓은 1373
프레임의 스크린샷

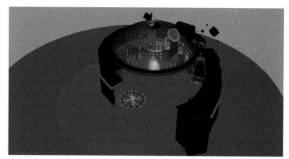

1373 f 건물과 인물의 배치
오른쪽 페이지보다 7프레임(0.6초 정도) 진행된
장면. 위는 인물을 건물의 모델에 배치한 이미지.
이렇게 위치를 확인하며 작업을 진행한다.

1373 프레임 스크린샷 리그
전체적인 움직임만이 아니
라 표정 등도 확대해 세밀하
게 수정한다. 앵글도 바뀌어
벨과 배경의 위치, 용을 보
는 방식이 위와는 다르다.

댄스 장면을 약동감 넘치게 만들
기 위해서는 한 번도 끊지 않고 잡
는 롱테이크 촬영이 필요하다. 기
존 2D 애니메이션에서는 이런 롱
테이크 촬영은 지극히 어려워 댄
스 장면도 짧게 짧게 끊어갈 수밖
에 없었다. 반면 3D 애니메이션은
원리적으로 컷을 얼마든지 길게
할 수 있다. 이 무도회 장면도 카
메라를 자유자재로 이동하며, 컷
을 끊지 않고 벨과 용의 움직임을
쫓는 촬영 방법을 이용했다. 여기
서는 위치 설정도 포함한 움직임
을 만드는 과정을 소개한다.

위와는 반대쪽에서 본 용(오
른쪽)과 벨(왼쪽). 실제로는
화면에 나오지 않는 방향인
데 일련의 움직임 속에서는
보이기 때문에 위화감이 생
기지 않도록 보이는 쪽과 마
찬가지로 수정한다.

1477 프레임 스크린샷

위에서 시간이 더 흐른 1477
프레임의 건물과 인물 배치

용과 벨의 표정을 확대해 잡
은 화면. 여기서도 다양한
각도에서 표정을 수정한다.
또 다른 화상도 마찬가지지
만, 움직임을 넣을 때의 작
업 공정이 잘 보이도록 여기
서도 머리카락이나 손가락
의 윤곽선이 강조되어 있다.

1477 프레임의 와이어 프
레임(오른쪽)과 반대쪽 앵
글에서 본 용과 벨에 리그를
설정한 이미지

3D CG는 카메라를 자유자재로
움직일 수 있다고 조금 전에 썼는
데 그것은 곧 피사체와 배경의 위
치를 확정할 수 없음을 의미한다.
예를 들어 이 장면으로 설명하자
면 2D라면 바닥과 벽면을 바라보
는 방식을 어느 정도 감각적으로
정할 수 있는데 3D는 인물의 배치
와 카메라 위치에 따라 정해지고
만다. 따라서 일단 화면으로서 효
과적인 배치와 화각을 선택하는
작업이 필요하다. 그런 과정을 거
쳐야 비로소 인상적인 무도회 장
면이 만들어진다.

이번 작품에서 배운
표정과 전체 연기

— 초반 라이브 장면, 벨의 움직임과 관련해 호소다 감독님은 어떤 요소를 지시했나요?

처음 감독님은 야스모토(마사코, 안무/모션 액터) 씨 같은 느낌이었으면 좋겠다고 했어요. 그래서 그런 방향으로 일단 만들어 보여드렸더니 "이건 좀 아니네요. 노래하는 사람이 아니라 춤추는 사람 같아요"라고 해서 춤추는 사람보다는 가수라는 면을 부각하기 위해 나카무라 카호 씨의 움직임에서 더 따왔죠.

— 표정도 나카무라 씨의 움직임을 참고했나요?

나카무라 씨의 아주 작은 뉘앙스를 바탕으로 여기에 조금씩 덧붙이며 만들었습니다. 입을 벌리거나 눈을 뜨는 타이밍 같은 것을 참고해서.

— 기존 2D 애니메이션은 원화를 한 장씩 수정하는데 3D 애니메이션은 어떻게 움직임을 수정하나요?

쉽게 설명하자면 캐릭터마다 리그라는 사람과 같은 골격을 만들고 그것을 이동하거나 회전시켜 애니메이션으로 만듭니다.

— 그때 윤곽도 수정되나요?

얼굴 윤곽은 꽤 수정됩니다. 팔이 휘는 정도나 몸의 실루엣도 상당히 조정됩니다.

— 모션 캡처는 얼마나 사용했나요?

일부이기는 하지만, 모션 캡처 애니메이션을 활용한 부분도 있는데 그대로 사용하면 지나치게 진짜 사람처럼 보여 작품 분위기와 맞지 않아서 움직임의 양을 줄이거나 과장해 분위기를 맞춥니다.

— 풀 애니메이션과 2코마·3코마 애니메이션은 분위기가 많이 다른가요?

상당히 다릅니다. 풀 프레임은 움직임의 정보량이 늘어 리얼한 움직임이 되어서 애니메이션 작품과는 분위기가 완전히 달라집니다. 이번 작품은 작화 애니메이션에 가깝다고 해서 최소한 1코마, 움직임에 따라서는 2코마씩 작업했습니다. 관련된 선택은 각 애니메이터에게 일임하고 저는 가끔 조언이나 했죠. 그야말로 애니메이터들의 능력이 높아 가능한 작품입니다.

— 립싱크를 어떻게 만들었나요?

노래하는 장면은 나카무라 씨의 영상을 참고했습니다. 다만 일상 장면은 타임 시트를 작성하는 일반적인 애니메이션 기법을 이용해 입을 움직이게 했죠. 그래서 딱 입이 맞아떨어지지는 않지만, 위화감 없이 보실 수 있을 겁니다. 일반적인 CG 애니메이션은 타이밍과 입의 모양까지 딱 맞아떨어지는 대신 비용이 많이 드는데 이 부분은 상당히 작업량을 줄일 수 있었습니다.

— 표정(페이셜)은 야마시타 다카아키 씨가 그렸죠?

재능 그 자체인 분이 표정을 그려주셔서 정말 큰 도움이 되었습니다. 게다가 다 기가 막히게 좋은 표정으로. CG에는 아직 애니메이션와 같은 기술이 적습니다. 슬플 때는 이런 표정이어야 한다는 식으로 그려주시니까 큰 참고가 되었어요. 그게 없었다면 일을 끝내지 못했을 겁니다. 특히 호소다 감독님은 표정에 집착해 엄격하게 결과물을 점검하거든요. 덕분에 표정을 잘 만들 수 있었고 저희도 많이 배웠습니다.

— 용 곁에 있는 A.I의 움직임과 관련해 호소다 감독님이 특별히 지시한 게 있나요?

뉘앙스만 얘기하셨죠. 아이돌 그룹 같아야 한다는 것과 조형에 맞는 설득력 있는 움직임이어야 한다는 것이었습니다. 일테면 길이가 길어지면 뱀처럼 움직여야 한다거나, 다리가 많이 달렸으면 문어처럼 움직여야 한다고. 그러니까 이런 모습이니까 이렇게 움직여야 한다는 게 딱 맞아야 한다는 거죠. 하나하나가 다 개성을 갖추면서도 그에 어울리는 움직임도 있어야 한다고 해서 정말 힘들었습니다.

CG 애니메이션 수퍼바이저
후지마쓰 유키노부
藤松幸伸
● 2001년 디지털 프런티어에 입사해 애니메이터로서 수많은 작품에 참여. 애니메이션실 실장, 수퍼바이저를 거쳐 현재는 디비전 매니저에 취임. 다양한 작품에서 디자이너들을 지휘한다.

컴포지트 리드
오노데라 다스쿠
小野寺丞
● 2010년 디지털 프런티어 입사. 샷 워크 아티스트로 실사부터 CG 애니메이션까지 다양한 장르의 작품에 참가. 현재는 시니어 디자이너로 리더를 맡고 있다. 호소다 감독 작품에는 《늑대아이》 이후 전 작품에 참여하고 있다.

작업량이 방대했던 컴포지트 작업

— 오노데라 씨는 컴포지트(합성·촬영)를 이끄는 역할이었는데 합성 작업이 많았나요?

정말 마지막 순간까지 작업했네요. 10개의 소재라도 앞뒤로 관련이 있으면 10+10=20개가 되어 소재가 늘어났습니다.

— 벨의 의상에서 꽃이 피거나 군중이 모여드는 장면은 개별 움직임과 꽃받침을 따로 만들었나요?

일단은 꽃받침이 다 날리는 움직임을 만들고 거기에 부분별로 만든 꽃잎을 합성·촬영하는 방식이었습니다. 이때 소재 수준에서는 일단 다 모아봤는데 거기서부터의 합성·촬영 작업, 일테면 그 장면에 맞는 색조나 미세한 위치, 크기 조정 등의 작업은 컴포지트에서 붙였습니다.

— 2D 애니메이션은 흩어진 소재를 타임 시트에 따라 촬영하는데 CG도 그런가요?

기본적으로는 풀 CG 컴포지트가 중심이라 나온 소재를 적절한 순서대로 겹치는 작업입니다. 컴포지트 순서는 애니메이션 단계에서 어느 정도 정해집니다. 그것을 참고로 저희가 "이 타이밍에서 겹치자" "이 타이밍에서 흩트리자" "이 타이밍에서 빛을 내자"라는 형태로 작업하죠.

— 이번에 가장 레이어가 많았던 컷은?

이번에는 애니메이션 컴포지트에 많이 사용되는 Adobe After Effect(애프터이펙트 이하 AE)라는 합성 소프트웨어를 사용했습니다. 이는 레이어가 아니라 노드라는 다양한 부분의 조합을 기본으로 생각하는 소프트웨어라 단순 비교할 수 없지만, 아마도 같은 조작을 AE로 하면 보통 50레이어나 100레이어를 합칠 겁니다.

— 특히 어려웠던 장면은?

역시 초반부의 아주 긴 장면이요. 다음은 신 90(스즈가 언베일되어 『U』 세계에서 노래하는 장면)처럼 요소가 많은 곳도 무엇보다 계산이 길어지는 데다 이미지를 정리하는 데 많은 작업을 해야 해서 힘들었습니다. 장면이 길면 컷 연결 부분을 합쳐야 하고, 이미지를 정리하려 해도 컷의 끝과 다음 컷의 처음에 효과가 이어지도록 신경 쓰며 합성해야 합니다.

— 감독은 어떤 요구를?

이번에는 의외로 높이 평가해주셔서 딱히 크게 수정한 곳은 없습니다. 굳이 말하자면 『U』의 광대함을 알 수 있게 해 달라고 했습니다.

— 그렇게 장면 구성이 복잡하니 소재 배치도 어려웠겠네요.

기술적인 문제이긴 한데 Nuke는 3D 공간의 좌표 정보도 가져오니까 기본적으로 전후 관계는 오류 없이 합성할 수 있습니다. 그렇다고 모든 요소에 대응할 수 있는 건 아닙니다. 예를 들어 각국의 언어로 순식간에 변환해 목소리로 나오는데 그 자체는 AE로 문자 변환이나 더빙 애니메이션을 작성해 소재로 만든 것을 Nuke로 가져오는 공정으로 만들었습니다. 이런 공정에서는 전후 관계 정보가 사라져요. 따라서 미리 AE에서 전경, 중경, 후경으로 레이어를 나눠 작성합니다. 그 작업은 샷 워크 팀 안에서 합니다.

— 방대한 숫자의 모니터가 속속 나타났다가

사라지는 작업은 힘들지 않았나요?

그 장면은 첫 애니메이션 단계에서 일단 모니터가 꺼지는 타이밍을 정했습니다. 하지만 그 단계에서는 아직 실제로 꺼진 게 아니어서 합성하면서 각 모니터 안의 영상 소재를 UV 정보를 이용해 각 모니터에 붙인 다음 끄는 작업을 했습니다. 당연히 모니터 앞에 다른 모니터가 겹쳐지는 형태라 그 장면은 특별히 소재의 수가 방대해졌죠.

— 이번에 여기가 특별히 잘 됐다고 생각하는 부분은?

신 90의 마지막에 고래가 나오는 곳부터는 중점적으로 제가 작업했는데 의외로 감독님이 호평하셔서 리테이크 없이 넘어가 열심히 한 보람을 느꼈습니다. 가슴의 빛이 차례로 켜지는 부분도 실제 렌즈 고스트를 넣어 빛의 정도를 조정하면서 만들었습니다. 이런 클라이맥스를 맡은 것도 기뻤습니다.

특별 CG 디렉터
가와무라 야스시
川村泰

● 2000년 디지털 프런티어 입사. 영화 《애플시드》(2004)로 디렉터 데뷔. 이후 실사와 게임의 CG 디렉터를 거쳐 영화 《GANTZ:O》로 감독 데뷔. 이 밖에 《ULTRA_n/a》(2015) 등을 담당했다.

뺄셈하며 만든 호소다 작품의 CG 현장

— 신 30에서 어떤 장면을 담당했나요?

고래와의 퍼포먼스를 원 샷처럼 보여주는 컷입니다. 제가 참여한 시점에서 러프 애니매틱스라는 저해상도로 만든 애니매틱스 영상은 준비되어있었습니다. 그것을 바탕으로 컴포지트에 넘겨주기 전 애니매틱스부터 시뮬레이션까지의 애니메이션 마무리를 했습니다. 그때 제일 먼저 한 것은 『U』의 거리로 카메라가 들어가는 장면이죠. 거대한 공간감을 드러내기 위해 처음에는 렌즈를 광각에서 40mm 정도의 표준에 조금 가까운 것으로 바꾸고, 그 위에 고래도 춤추게 한다는 방식으로 배분했습니다. 여기는 호소다 감독의 콘티에 대체적인 카메라 워크가 그려져 있었습니다. 하지만 둥근 돔이 어떤 타이밍에서 보이면 가장 좋을지와 공간으로서의 렌즈 사용 방법과 카메라 이동의 완급이라는 최종적인 형태까지는 제가 만들어야 했습니다. 고래의 움직임도 일단 애니메이터에게 설명하기 위한 샘플 동영상을 만들어 그것을 바탕으로 설명하며 만드는 형태로 이루어졌습니다.

— 그때 벨의 표정은?

그 장면은 전체 퍼포먼스가 중요해서 표정은 보류했습니다. 드라마가 중요한 장면은 표정

과 움직임을 완전히 세트로 만들어야 한다고 생각했는데 이 장면은 라이브 장면이라는 점도 있어서 전체적인 흐름을 중시했습니다.

— 스즈가 마지막으로 노래하는 장면(신 90)의 디렉션도 담당했죠?

후반부에 현장에 들어왔는데 이 부분에 손도 대지 못하고 있더군요. 해보니 정말 힘들었어요. 그래서 남겨 놨구나 싶었죠(웃음). 스즈는 손으로 직접 그리는 일본 애니메이션의 캐릭터 디자인을 따른 것이라 앵글로 본 것을 상당히 바꿔야 했습니다. 게다가 호소다 감독의 OK 기준도 상당히 높아 내심 초조하며 수작업으로 얼굴 수정과 원위용으로 얼굴을 다시 그렸습니다. 게다가 드라마를 중시하는 장면과 마찬가지로 표정과 행동을 함께 만들어야 해서 당연히 손이 많이 갔습니다. 예를 들어 연기를 바꾸면 표정도 바뀌니까 얼굴을 일그러뜨리는 작업도 포함해 전부 다시 해야 했습니다.

— 입을 움직이게 하는 방식은 역시 벨과 달랐나요?

벨보다 더 손 그림 애니메이션 같은 표현이라 앵글에 따라 완전히 다르게 보입니다. 또 스즈의 긴장감을 드러내기 위해 입이 떨리는 연기도 감독에게 여러 차례 보여주며 적당한 균형을 찾았습니다.

— CG를 셀룩으로 하면 이를 보여줄지 말지 같

은 문제도 생기지 않아요?

처음에는 이가 보이는 레이아웃을 시도해봤는데 호소다 감독이 주장해 이를 안 보이게 한 번 해봤습니다. 하지만 결국은 이를 넣었어요. 역시 이를 보여줄지는 정말 어려운 문제입니다.

— 이 장면의 스즈는 레이아웃 최종판에 없는 상태로 진행된 컷도 있었다고?

그렇습니다. 스케줄도 막바지라 모든 스태프에게 여유가 없었습니다. 다만 비대면 업무라 가능한 일이었는데 작화 감독인 야마시타 씨에게 싱크스케치(온라인으로 애니메이션을 첨삭하거나 리뷰하는 서비스) 화면에 직접 붉은 선을 그어가며 작업했습니다. 싱크스케치의 거친 선이라도 휙휙 그려주니까 완전히 인상이 달라져서 정말 큰 도움이 되었습니다.

— 호소다 감독과의 대화 중 가장 인상에 남는 것은?

예를 들면 조금 전에 말한 이를 보여주는 문제죠. 이가 보이면 생명감이 넘치는 데 비해 안 보이면 품위 있게 보인다고 하더군요. 일반적으로 CG 작업은 요소를 착착 더해가는 덧셈의 발상인데 호소다 감독의 작품은 화면의 요소를 빼는, 쓸데없는 부분을 지운 뒤에 전면에 등장하는 감정이나 움직임을 보여줍니다. 그런 점까지 다 계산하며 그보다 더 나은 것을 요구하죠. 큰 자극이 되었습니다.

S041 C005

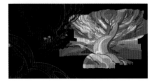

S041은 벨 앞에 펼쳐지는 배경이 차례로 변한다. 처음이 148페이지에서 소개한 폭포이고 다음이 원시림이다. 위는 그 원시림의 배경 소재 배치도이고, 아래는 배치한 배경 소재를 벨의 시점에서 본 것

S041 C006

원시림에 이어 나타나는 해변. 위는 마찬가지로 배경 소재 배치도이고 아래는 배치된 소재를 벨이 본 시점. 이런 연속적인 변형으로 차례차례 화면이 바뀌는 것 역시 CG만의 화면 만들기이고 이질적인 풍경을 차례로 전개함으로써 시각적으로 벨은 인어 A.I에게 우롱당한다.

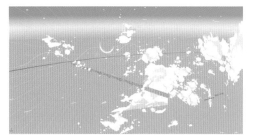

『U』에 다가가는 이미지. 배후의 달까지 커지는 게 현실과 다르다.

멀리 아래 떠 있는 『U』에 원 컷으로 다가가는 배경의 움직임을 만든다.

S041 C001

3D EFFECT
CG를 활용하다.
3D 애니메이션의 큰 특징 중 하나인 자유로운 카메라 움직임을 이 작품에서는 거대한 공간을 표현하는 데 이용했다. Scene 041 첫 부분은 그 효과를 적절히 이용하고 있다. 여기서는 CG만의 특징적인 표현을 몇 가지 소개한다.

CG 디렉터 대담
호리베 료
堀部亮
×
시모자와 요헤이
下澤洋平

세부적인 것에 매달린 『U』의 세계 구축

— 두 분은 어떻게 역할 분담했나요?

시모자와. 간단하게 말하자면 제가 배경 미술과 특수효과, 마지막 컴포지트 쪽을 담당했습니다. 애니메이션과 캐릭터는….

호리베. 제가 담당했습니다.

— 우선 시작 장면인데 『U』의 거대한 구조물의 스케일이 대단했어요.

시모자와. 그 구조물은 디자인한 에릭 씨에게 3차원 데이터를 받았습니다. 그런데 에릭 씨가 건축가이자 디자이너여서 당연히 영상으로 사용하는 것까지 고려하지 않은 CAD 데이터였습니다. 그래서 그대로 사용할 수 없을 만큼 무거웠어요. 우선 받은 데이터를 회사에서 실용적인 크기로 줄였어요. 구체적으로는 영상으로 만들 때는 필요 없는 원거리까지 만든 모델이었는데 그런 것들을 다 버리고 가까운 부분만 감상할 수 있는 모델로 만들었습니다.

— 구조로서 블록을 쌓은 듯한 형태였습니다.

시모자와. 각 파트가 한 유닛이 되고 그것이 겹겹이 가로세로로, 상하로 쌓여 커다란 시가지를 만드는 구조입니다. 디자인 자체는 선과 오브젝트의 색이 중심이었는데 공기나 실재감 같은 것은 실제 장면을 만들 때 필요합니다. 하지만 포토 리얼을 추구하는 게 아니니까 질감이나 조명

등은 3D 소프트웨어로 하지 않았습니다. 색 정보는 오브젝트의 색만 출력하고 나중에 모델 선과 심도, 각종 마스크를 이용해 컴포지트에서 착색이나 분위기를 만들었습니다.

— 도입부는 갑자기 카메라 이동으로 시작하는데 영화에서는 이럴 때 상당히 과장된 움직임일 때가 많은데요.

시모자와. 카메라가 쭉 『U』의 세계로 들어가는 장면에서는 저 멀리 있는 오브젝트를 아주 크고 멀리 배치해 움직임을 과장해 보여줍니다. 카메라의 이동이라고 하면 컴포지트 때 2D로 배치해 슬라이드시키는 장면도 감독님 주문으로 조합했습니다. 그렇게 하면 VR 효과가 나오거든요.

— 용의 성 주변은 조금 다른 질감처럼 보입니다.

시모자와. 유닛 자체는 그대로 썼는데 형태를 무너뜨리거나 컴포지트 때 흐릿하게 하거나 아니면 어두운 분위기를 내려고 그림자 부분을 의도적으로 많이 넣었습니다.

— 폐허에서는 마치 그림책 같은 폭포나 바다도 나오던데요.

거기는 카툰 살롱이라는 제작 스튜디오의 디자인을 바탕으로 했습니다. 받은 데이터를 그대로 사용하자고 해서, 물론 필요한 부분은 더 그려 넣기도 하고 붓 터치 등 어느 정도 가공은 했으나 기본적으로는 카툰 살롱의 일러스트 분위기를 그대로 유지하고 요소마다 개별적으로 움직임을 주도록 세밀하게 분해해 3D 상에 판으로 배치하고 거기에 효과를 추가했습니다. 폭포도 보통은 물을 CG로 흘리는데 그러면 오히려 위화감이 생기니까 여기서는 일러스트로 그린 물을 흘리는 애니메이션 기법을 이용했습니다.

— 성 디자인은 러프한 스케치로 그려졌는데 그런 터치를 활용하려 했나요?

시모자와. 붓 터치를 그대로 활용하자는 방식을

일부러 선택한 것은 아닙니다. 하지만 『U』라는 곳은 다양한 세계가 존재해도 되는 품이 넓은 곳이고 감독님이 초반에 "완벽한 미술만 존재하기보다 조금 어긋남도 있는 독특한 미의식을 느낄 수 있는 공간이었으면 좋겠다"라고 말씀하셨어요. 그래서 일단 CG로 처리하고 그다음 다양한 포스트 처리를 해 다른 공간과는 또 다른 느낌을 표현했습니다. 색 수차를 넣어 오류처럼 표현하거나, 노이즈도 넣었는데 그것 역시 공간 자체는 지극히 아날로그 같지만, 실제로는 디지털 데이터로 이루어졌음을, 용 캐릭터의 덧없는 이미지와 섬세함을 데이터가 깨진 느낌으로 표현하면 재밌겠다고 생각했기 때문입니다.

— 용의 성이 처음 보이는 장면은 특히 인상적이어야 했을 테니 감독이 여러모로 주문하지 않았나요?

호리베. 맞습니다. 구름의 배치나 성탑 뒤에도 가는 구름이 있는 게 좋겠다거나 구름의 밀도도 이 정도면 좋겠다거나, 구름이 걷히는 타이밍, 길이 보이는 타이밍까지 감독님이 세세한 지시를 내렸습니다. 다만 밀착 멀티는 움직임으로서는 거짓이라 3D로 움직이는 것은 오히려 어려웠습니다. 스태프에 움직임을 전달하는 데도 감각적인 부분이 있어서 어려웠습니다.

— 방대한 모니터가 나오는 장면도 직접 만들었나요?

시모자와. 전부 다 만들었습니다. 다만 숫자 자체는 그리 많지 않았습니다. 많이 있으면 똑같은 것을 사용해도 의외로 티가 나지 않습니다. 오히려 각 기사를 만드는 게 어려웠죠. 연출 면에서도 아주 중요한 부분이라 눈에 띄는 곳은 치즈 스태프에게 기사 문장을 받아 만들었습니다. 그것 외에는 우리 회사 스태프가 직접 만들었어요.

— 많이 나오는 것으로 치자면 As의 수도 굉장하죠.

호리베. 사실 솔직히 말하자면 수가 그리 많은

● S064 C010

🎬 화면에 노이즈를 더한다.

노이즈 더하기 전 화면

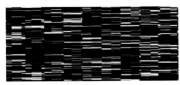
화면에 노이즈를 더할 베이스

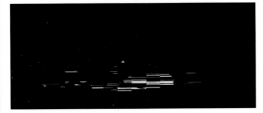
구두 형태로 노이즈를 더한 부분을 잘라낸다.

위 이미지를 구두로 씌워 화면에 노이즈를 더한다.

● S041 C004

🎬 성의 공간으로 들어가는 입구 와이프로 변형

벨 앞에 인어 A.I가 출현. 와이프 앞 화면

위 인어에 와이프를 겹친다. 이것이 변형해 U의 구조물에서 폭포로 변한다.

눈앞의 풍경이 다른 풍경으로 바뀔 때 자주 사용되는 것이 화면을 덮씌우듯 바꾸는 게 와이프다. 그러나 여기서는 벨이 유혹을 받는 영상으로 하기 위해 눈앞을 떠다니는 인어 A.I를 중심으로 화면을 가득 채우는 형태로 풍경을 바꾸는

기존과는 다른 형태의 와이프를 이용했다. 물론 이를 위해서 인어를 중심으로 배경의 파편이 퍼지다가 최종적으로 폭포가 되는 처리가 필요하다. 그런 의미에서 CG가 아니면 할 수 없는 화면 처리다.

지는 모르겠습니다. 하지만 장면에 따라 중경에서 사용하는 것은 디테일이 떨어지고, 원경의 아주 작게 보이는 것은 같은 As를 색만 바꿔 사용했습니다. 그리고 군중이 모여 구체가 되는 장면 같은 경우는 멀기도 해서 단순한 오브젝트로 했죠. 거리에 따라 달라집니다.

— As는 기본적으로 가까이에 있는 것은 3D 모델이고 멀리 있는 것은 디테일이 떨어지는 3D나 2D란 말이군요?

호리베. 벨의 노래를 듣는 As들이 화면을 가로지를 때는 가까이에 있는 것이 2D이고 오히려 멀리 있는 게 3D입니다. 아주 얼굴이 입체적으로 움직이는 것처럼 보이는데 그것은 Live 2D의 기술로 움직이게 했습니다.

— 벨의 표정은 어떻게 만들었나요?

호리베. 이번에는 페이셜 캡처를 사용하지 않았습니다. 기본적으로는 전부 수작업으로 키 프레임 애니메이션으로 만들었습니다. 야마시타 씨가 참고용 그림을 그려주셔서 노래하는 부분은 야마시타 씨가 그린 표정을 바탕으로 하고, 나카무라 카호 씨가 노래하는 자료 영상과 모션 캡처한 움직임을 섞어 만들었습니다.

— 특히 옆얼굴이 어렵지 않았나요?

호리베. 애니메이션 그림은 정면 얼굴과 옆얼굴의 입체감이 완전히 다릅니다. 컷에 따라 옆얼굴은 옆얼굴, 정면은 정면대로 모델링을 다시 했습니다. 물론 기본은 하나의 모델이지만, 그것을 변형시킵니다. 스즈 정도는 아니었지만,

벨도 각도에 따라 변형시켰습니다. 셀룩 때는 이런 작업이 필요해요. 그래서 각도에 따라 자동으로 보정되는 방식도 사용합니다. 그리고 머리카락도 3D로 만든 리얼한 머리카락과 달리 덩어리로 움직여야 해서 움직임은 시뮬레이션이 아니라 거의 수작업으로 만들었습니다.

— 움직임을 말하자면 용은 립싱크를 사용하지 않았나요?

호리베. 기본적으로는 애니메이션의 입 움직임 기법을 사용했습니다. 다른 As도 다 그렇습니다. 벨이 노래할 때만 립싱크로 처리하고 나머지는 전부 애니메이션 기법을 사용했습니다.

— 벨이 노래하는 장면에서 가장 어려웠던 점은?

호리베. 모션 캡처를 그대로 사용할 수 없었다는 점입니다. 안무가의 움직임과 나카무라 씨의 감성을 섞어가면서, 이 장면은 손동작을 활용하자, 여기는 확대해 노래하는 장면에 집중하자, 그렇게 하나씩 튜닝해야 했습니다. 다음은 표정이었죠. 감독님도 표정은 정말 정밀하게 요구하셨어요.

— 시노자키 메구미 씨의 플라워 디자인은 어떻게 모델링했나요?

호리베. 실제로 만든 것을 보여주셨고 여기에 야마시타 씨가 그림으로 다시 그린 것을 기본으로 모델을 작성했습니다. 우선 의상을 만들고 따로 만든 장미꽃을 거기에 붙였습니다.

시모자와. 가장 시행착오를 많이 한 것이 모리나가 쿠니히코 씨가 만든 패치워크 드레스입니

다. 빛이 스스로 빛나는 게 아니라 빛을 받아 다양하게 표정을 바꾸는 의상이었으니까요. 지금 실제로 팔고 있는 재질 같아야 하면서 그 빛을 어떤 식으로 할지는 조금씩 합성을 시도해보는 수밖에 없었습니다.

— 전투 장면도 수작업이었죠?

호리베. 그건 가나이라고 액션을 잘 다루는 CG 애니메이터에게 그림 콘티 분위기로 해 달라고 하고 일임했습니다.

시모자와. 자료를 보고 작업하는 사람이 아니에요. 타고난 재능이죠.

— 마지막으로 제일 좋아하는 장면은?

호리베. 저는 애니메이션 담당이라 벨의 노래와 드라마 파트의 표정이나 행동을 봐주셨으면 좋겠습니다.

시모자와. 잡다한 인터넷과 개인 공간 같은 것을 『U』의 다양한 표정으로 표현해봤습니다. 그때마다 캐릭터의 심정을 담은 공간 연출에도 관심 가져 주세요.

● 호리베 료
2001년 디지털 프런티어 입사. CG 디자이너로 《보노보노 향기 나무의 비밀》(2001)로 경력을 시작해 2004년에 동사 CG 디렉터 취임. 《썸머 워즈》 이후 호소다 감독의 모든 작품에 CG 디렉터로 참여.

● 시모자와 요헤이
2003년 디지털 프런티어 입사. 2009년 디렉터 취임. 《영화 도라에몽 노비타의 보물의 섬》(2018) 등 여러 작품에 CG 디렉터를 맡았다. 이전에도 《썸머 워즈》《괴물의 아이》에 참여했는데 이번에 처음으로 공동 CG 디렉터가 되었다.

수면의 흔들림

S007 C014

이 작품에서는 물의 촬영을, 수많은 작품에서 인상적인 물의 표현을 만들어낸 이주미가 담당했다. 스이쇼 연못에서 스즈와 어머니가 수영하는 장면에서도 물 바닥만 그린 배경에 수면의 흔들림으로 만들어내는 굴절 효과와 파문 등을 더해 생생한 푸른색이 인상적인 연못의 맑고 투명함을 더욱 두드러지게 만들었다.

물이 흔들리는 효과와 파문을 더한 완성 화면. 아래는 셀화(왼쪽)와 배경(오른쪽)

위는 물을 통해 연못 바닥에 스며드는 빛의 마스크 소재. 이 마스크를 배경에 놓고 천천히 흔들리는 빛을 물 바닥에 더한다.
아래는 수면의 물결과 왼쪽 위에서 스며드는 햇빛의 반사를 강 표면에 더하기 위한 텍스처 소재. 참고로 이들 소재는 모두 2D 소프트웨어로 만들어졌다.

물의 깊이감 표현

S007 C015

예전에는 물을 이른바 '물색으로 칠'함으로써 표현했는데 지금은 그 투명함을 다양한 방법으로 표현한다. 여기서는 특히 물질로서의 물을 '불투명함'으로 표현하는 특수효과를 소개한다.

완성 화면. 수면의 배후와 수중의 깊이에 따라 투명도가 다른 표현이 되었다.

수면과 인물을 그린 셀화. 다만 그대로 배경에 올려놓은 게 아니라 수면 부분을 디지털 북으로 나눠 반투명하게 해 겹친다. 완성 화면에서는 더 디퓨전 효과를 더해 깊이감을 더한다.

Composite

촬영

현대의 촬영은
물의 표현이나 빛의 효과,
혹은 특수효과라고 불리는 작업과 색의 조정 등
그야말로 화면의 최종적인 완성을 담당하고 있다.
그런 촬영 작업 일부분을 소개한다.

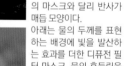
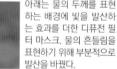

위는 연못 바닥에 스며든 빛의 마스크 소재. 대각선 앞에서 보는 앵글이라 위의 마스크와 달리 반사가 매듭 모양이다.
아래는 물의 두께를 표현하는 배경에 빛을 발산하는 효과를 더한 디퓨전 필터 마스크. 물의 흔들림을 표현하기 위해 부분적으로 발산을 바꿨다.

이 컷의 배경. 보는 대로 위의 컷에서는 바닥에 해당하는 연못의 깊은 곳은 그려졌으나 물 자체는 그려져 있지 않다.

강 표면의 투영

S047 C023

강 표면에 사물이 비치는 표정은, 기본적으로 물이나 농담, 변형 등을 처리해 만들었다. 그러나 그것만으로는 인상적인 영상이 되지 않기 때문에 부분적으로 색조를 강조하거나 반사의 흔들림을 표현하는 디스토션(왜곡)의 폭을 전경과 원경을 바꿔가며 처리했다.

완성 화면. 배후의 하늘과 투영된 하늘을 비교하면 구름을 감싼 오렌지색을 강조하고 있음을 알 수 있다.

셀   배경

위는 배경의 투영 부분에 디스토션을 더한 화상. 물결의 흔들림에 따라 난반사하는 것처럼 보인다. 이 흔들림의 폭은 전경과 원경에 따라 다르게 설정하고 연결되는 부분을 부드럽게 처리한다.
아래는 강 표면에 더한 물결 텍스처 소재. 모두 2D로 작성

완성 화면. 탁류 속에 우두커니 혼자 서 있는 어머니의 모습이 인간 존재의 미미함을 부각한다.

셀

왼쪽은 강 속에 서 있는 어머니의 셀이고 오른쪽은 이 장면의 배경. 보면 알 수 있듯이 강 부분은 탁류의 탁한 색이 균일하게 칠했다. 이는 강을 뒤덮는 탁류로 바닥이 전혀 보이지 않게 된다는 것을 알고 있기 때문이다. 완성 화면과 비교하면 배경의 바위나 절벽과 화면 바로 앞쪽의 콘트라스트가 거의 없다.

탁류 효과

S008 C007

물은 그저 투명하고 아름다울 뿐만 아니라 때로는 거친 일면을 드러내기도 한다. 스즈의 어머니가 탁류에 휩쓸리는 장면은 물의 그런 강력한 에너지를 드러내는 순간인데 여기서 중요한 역할을 담당한 것이 촬영 처리에 의한 화면 효과이다. 여기서는 촬영 처리에 의한 또 다른 물 처리를 살펴보자.

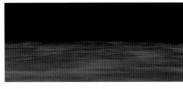

배경의 표면은 균일하게 그려졌는데 여기에 탁류의 출렁임을 더하려고 왼쪽의 북 소재를 올렸다.

강물 속에 선 어머니와 화면 안쪽 절벽의 물속에 그림자를 만드는 소재. 탁류 움직임에 연동해 이 부분도 움직이게 한다.

왼쪽은 거친 수면의 굴곡을 2차원으로 표현한 텍스처 소재. 오른쪽은 강 속에 서 있는 어머니와 건너편 바위 주변에서 튀는 물방울. 이런 소재는 3D에서 만든 것을 2D로 변환해 만드는 방법도 있는데 이번에는 모두 촬영팀이 2D 애프터이펙트라는 소프트웨어를 사용해 작성했다.

촬영감독 정담

이주미
李周美

×

가도노 마나부
上遠野学

×

마치다 사토시
町田啓

● 이주미
촬영으로 수많은 애니메이션 작품에 참여. 최근에는 《날씨의 아이》(VFX 담당), 《신·에반게리온 극장판》(특수기술촬영) 등 극장용 애니메이션 작품을 담당했다.

● 가도노 마나부
《신·에반게리온 극장판》에 특수기술촬영으로 참가. 이 밖에도 영화 《닌자 배트맨》, TV 애니메이션 《보석의 나라》 등 3D CG 작품 촬영을 담당했다.

● 마치다 사토시
칩튠 소속. 《신·에반게리온 극장판》에서는 촬영으로 참여. 이 밖에 《펭귄 하이웨이》《도쿄 레이븐스》 등에서 촬영감독을 맡았다.

강과 비, 철저하게 매달린 물의 표현

— 이번에 촬영에서 현실 세계 부분만 담당하셨나요?
마치다. 네. 『U』의 세계는 거의 관여하지 않았습니다.

— 작업 내용을 간단히 설명해주세요.
이주미. 배경과 셀을 합성하는 촬영과 기존에는 직접 그린 눈과 비 같은 표현을 추가로 맡았습니다. 그리고 지금은 모니터 처리 같은 특수효과나 이펙트를 더하는 것도 촬영의 영역입니다.

— 호소다 감독은 시간의 흐름을 세밀하게 묘사하는데 그런 것도 촬영에서 하나요?
가도노. 이번 작품에서 시간의 흐름을 표현하는 데는 색채나 배경의 완성도가 높아서, 촬영에서 손을 대더라도 다소 분위기를 더하거나 디퓨전이라고 화면을 부드럽게 하는 효과를 더하는 정도였어요. 거의 사전에 준비된 소재를 그냥 사용했습니다.

— 그렇다면 촬영 처리에서 명암이나 채도를 조정할 일도 거의 없었나요?
마치다. 스즈가 어머니의 방에서 가사를 쓰는 장면 정도였어요.

가도노. 그것 말고 노래방 장면은 촬영에서 거의 색채를 조정했습니다. 그 장면은 감독님의 주문이 특별했어요. 실제로 보는 풍경과 느끼는 풍경이 전혀 달라야 한다고.

이주미. 촬영 처리가 많았던 부분은 역시 모니터 처리죠.

마치다. 호소다 감독님은 거리가 있었으면 좋겠다고 했어요. 그대로 두면 이웃에 사는 사람처럼 된다고요. 하지만 실제로는 모니터를 가운데 둔 현실과 인터넷이라는 거리와 어디 사는지도 모르는 아이들과 고치에 사는 자신이라는 물리적 거리까지 두 가지 거리가 있다고. 그러므로 모니터 건너편은 쉽게 닿을 수 없는 것임을 모니터 처리로 표현하고 싶다고 했어요.

가도노. 그래서 촬영할 때 모니터 속은 현실과는 다른 색이 보이도록 조정했습니다.

— 어머니를 회상하는 장면에서 나오는 강물 처리 등도 촬영으로 했죠?

이주미. 물은 전부 제가 했어요. 물 장면은 물리 시뮬레이션 소프트웨어를 사용해보지 않겠느냐는 말을 들었는데 CG 시뮬레이션은 오히려 정밀도가 너무 높아 애니메이션에 어울리는 움직임을 붙이기가 힘들어요. 게다가 현실 부분은 어디까지나 2D 그림에 2D 처리를 하니까 Adobe After Effect라는 툴을 이용해 2D로 촬영 처리했습니다.

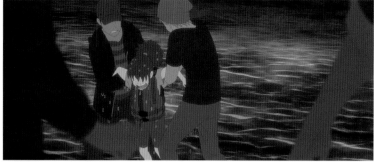

수면 효과를 전부 올린 화상. 무섭게 울리는 물소리마저 들릴 것만 같은 화면이다.

셀

배경

위는 이 장면의 셀화. 아래는 아무것도 그려지지 않은 것처럼 보이지만 배경이다. 땅 색깔만 칠해 놓은 것은 앞 페이지와 마찬가지로 물결 등을 완전히 촬영 처리로 만들기 때문이다. 셀화는 둘로 나눠 앞쪽을 흐릿하게 처리했다.

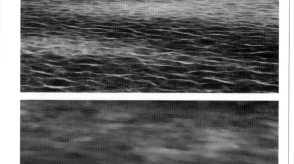

(상) 물결이 일어나는 표면의 굴곡을 더하기 위한 텍스처 소재. 촬영 처리로 만들어진 이런 물결은 파형과 달라 움직일 수 있다.
(하) 잔물결의 북과 수면의 파도를 흐르게 처리하기 위한 디스토션 마스크

수면 표현

S008 C011

앞 페이지와 이어지는 장면은 또 다른 탁류 처리가 이루어졌다. 구체적으로는 앞 장면이 카메라가 빠진 위치에서 탁류의 전체상을 표현한 것이라면 여기서 소개하는 장면은 더 카메라가 가까워져 탁류의 자세한 모양이나 여기저기 흩어지는 물방울 등을 표현하고 있다. 그 치밀한 처리 과정을 소개한다.

— 어머니와 강으로 들어가는 장면은 깊이감이 있었어요. 그런 처리는 어떻게 했나요?

이주미. 아무리 투명한 물이라도 굴절이 있어서, 디퓨전으로 깊이 있는 소재를 부드럽게 처리하거나 흔들림의 폭도 (캐릭터가) 화면 앞쪽으로 올수록 강하게 하는 차를 두어 깊이감을 냈습니다. 어머니가 강물에서 헤엄치는 장면을 설명하자면 캐릭터와 물거품은 미리 소재를 준비해 받았는데 다른 요소는 촬영으로 만들었습니다. 아까 얘기한 물에서 굴절하는 빛의 반사 등은 시트로도 그리기 어려워서 제가 다 맡았죠. '수면 처리'라고 하죠. 어떤 게 필요할지 생각해, 예를 들면 수면 위의 흔들림 등도 우리가 준비해 깊이감을 내거나, 나아가 어떤 소재를 이용해 빛줄기를 만들거나, 거품이 살짝 옆으로 흐른 것을 응용했습니다.

— 특히 깊이감이 느껴지는 장면에서는 3D 소재가 필요하지 않았나요?

이주미. 그렇죠. 하지만 필요하다고 3D를 쓰면 그만큼 시간이 더 걸려요. 2D로 비슷하게 하는 게 빨라 이번에는 전부 2D로 했어요.

— 이번 비 장면은 굉장했어요.

가도노. 비는 단계가 있다고 해야 할까요. 한 번에 쫙 내리지 않아요. 막 내리기 시작했을 때는 가늘던 빗줄기가 컷이 진행됨에 따라 강해지는 분위기를 내려 했습니다. 카메라를 당긴 컷

이냐 빠진 컷이냐에 따라 같은 소재라도 살짝 다르게 보이니까 그런 것도 균형을 잡으면서 빗방울 크기를 조정했습니다.

— 촬영 처리에서는 강 표면의 투영도 인상적이었어요.

이주미. 강에 비치는 장면은 기본적으로 배경에서 반전 그림을 받아 그것을 물 처리와 함께 가공했습니다. 물결을 세우거나 비치는 색조를 조정해 조금 흐리게 하거나 늘리는 변형을 덧붙였죠. 다만 애니메이션이니까 기본적으로는 셀이 드러나도록 조정했습니다.

— 그렇게 처리한 영상을 마치다 씨가 전체적으로 확인했나요?

마치다. 네. 효과도 눈, 비, 수면, 그리고 모니터가 나오는 장면을 두 사람이 해서 제게 주면 완성된 영상과 소재를 점검했습니다. 캐릭터에 긋는 선 처리 개발이나 다른 장면은 제가 담당할 때가 많았습니다.

— 어떤 처리가 특히 어려웠나요?

이주미. 물이 불어나는 장면일까요? 정말 고생했어요. 엄청나게 거칠거나 아주 조용한 것은 그리 어렵지 않은데 이번처럼 어정쩡하게 거친 게 어렵죠. 게다가 어정쩡하지만 일단 휘말리면 빠져나올 수 없다는 위험성도 드러내야 해서요. 속도가 너무 느려도 빨라도 안 되었죠. 제일 고민한 부분입니다.

— 『U』의 세계와 균형을 맞추는 일은 어땠나요?

마치다. 그건 특별히 의식하지 않았습니다. 『U』는 캐릭터도 3D인데 현실은 파문조차 2D로 그려졌으니까요. 호소다 감독님도 의식으로 두 개의 세계를 나눴다고 생각해요. 사실 중간 점검을 하러 디지털 프런티어에 가보지도 않았어요.

이주미. 『U』의 세계는 우리가 하지 않는 처리가 잔뜩 들어가 있어서 처리 자체가 아주 진하다고 할까요? 그런 점을 보면서 스즈에게 벨이 또 다른 자아라는 사실을 알게 되었죠.

가도노. 『U』의 세계는 일반 애니메이션에 가까운 플레어(강한 빛을 쏴 화면을 허옇게 처리하거나 빛이 번지게 하는 것), 파라(화면에 그림자를 드리우거나 그러데이션을 넣는 기법) 처리가 들어갔기 때문에 현실도 모니터 안에는 플레어와 파라를 넣었습니다. 조금이 아니라 잔뜩 넣었죠. 그럼으로써 별세계라는 경계선을 확실히 만들 수 있다는 것을 다시금 깨달았습니다.

이주미. 하지만 현실 쪽은 최근 자주 사용하는 처리를 하지 않았어요. 배경에서 1컷 그림으로 잘 완성해서 촬영에서 그리 손 볼 게 없었습니다. 그런 의미에서 애니메이션 본래의 제작 방법이 이랬음을 이번에 강하게 느낄 수 있어 좋았습니다.

빛의 연결
S010 C006

세상을 떠난 어머니의 방에서 엄청나게 늘어놓은 리포트 용지에 둘러싸인 장면. 창을 통해 들어오는 빛의 인상을 장면 안에 넣으려고 현실 세계에는 없는 파라와 플레어 조정이 이루어졌다.

오른쪽은 배경이고 왼쪽은 완성 화면. 셀에 파라를 넣고 창이 있는 왼쪽 아래는 플레어를 더한다. 흩어진 리포트 용지는 셀에 텍스트 소재를 붙인 것인데 사전에 다른 섹션에서 준비해 놓아서 장면 처리 조정에 시간을 더 쓸 수 있었다.

조명 효과
S013 C005

사전 촬영으로 조명을 조정해달라는 지시가 있어서 과감하게 색을 바꾼 장면. 인터뷰에서 말한 대로 이번에는 기본적으로 배경과 채색의 색을 그대로 활용했는데 노래방 분위기를 내려고 일부러 촬영 효과를 사용한 것이다.

오른쪽은 촬영 처리 전 화상이고 왼쪽이 처리 후. 노래방에서 벌어지는 광란의 분위기를 내려고 색을 대폭 바꿨을 뿐만 아니라 콘트라스트와 명도도

과감하고 특이하게 바꿨다. 결과적으로 촬영 효과로 인해 빛의 효과가 더 생생해져 괴이한 분위기가 두드러졌다.

비의 처리
S099 C032

스즈가 케이의 아버지와 대치하는 장면에서는 비가 분위기를 만드는 데 효과적으로 사용되고 있다. 촬영 처리가 없었다면 표현할 수 없는 생생한 비 장면이라 할 수 있다.

촬영 처리 전(오른쪽)과 처리 후(위). 둘을 비교하면 비에 의한 극적인 효과를 알 수 있다.

이 장면에서는 비뿐만 아니라 스즈와 아버지를 맞고 튀는 빗방울도 더해졌다. 왼쪽은 그 소재. 안쪽의 아버지를 맞고 튀는 것과 바로 앞의 스즈를 맞고 튀는 것을 나눠 만든 외에 비의 강도에 따라 다양한 물방울을 나눠 사용했다. 여담이지만, 이런 차이는 음향으로도 표현했다.

오른쪽은 빗방울의 원소재. 다양한 크기와 튀는 방식이 다른 소재가 준비되었다. 왼쪽은 위 촬영 시에 사용한 비의 소재. 이번에는 점차 비가 강해지는 상황이라 비의 소재도 점차 강해지는 것을 준비했다고 한다. 최근에는 3D의 비도 많은데 이번에는 전부 2D Adobe After Effect로 만들었다.

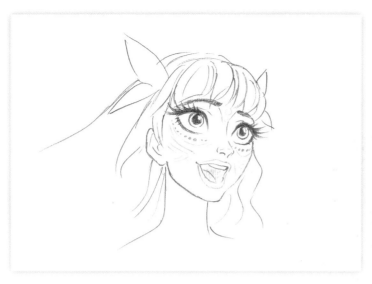

작화 감독의 일

『U』에서는 3D CG, 현실 세계에서 손으로 그린 2D라는 두 가지 다른 기법이 이용된 이 작품에서는 작화 감독도 『U』를 야마시타 다카아키가, 현실 세계를 아오야마 히로유키가 담당, 저마다 독자적인 캐릭터 세계를 만들어냈다.

『U』의 세계

3D로 만들어진 『U』의 세계인데 여기서 눈에 띄는 것은 어디까지나 2D 스타일의 작화였다. 야마시타가 그린 그림을 참고로 작화가 이루어졌다.

캐릭터 참고 자료

벨과 용을 더 개성 넘치게 디자인하려고 각각 진 킴과 아키야 세이이치가 작업한 캐릭터 원안이 사용되었다. 그렇게 태어난 캐릭터는 개성적이기는 했으나 영화로 사용하기에는 방향성이 너무 달랐다. 그래서 야마시타가 하나의 캐릭터를 지닌 캐릭터로 다시 다듬었다.

"그림자"가 존재하는 『U』의 세계

다른 As들과 달리 인간과 같은 모습을 한 벨과 페기 수는 감정을 느낄 수 있는 캐릭터로 작업했다. 특히 페기 수의 표정에는 벨에게는 없는 오만함과 질투가 드러나 『U』에도 존재하는 불쾌한 감정을 표현했다.

S019 C001-010

삼면에서 벨을 그린다. 입을 벌린 모습이나 눈의 위치 등에 3D와는 다른 2D 특유의 표현이 보인다.

S051 C026

살며시 얼굴을 맞대는 벨과 용. 여성과의 밀접한 접촉은 처음이라 흠칫 놀라는 용의 표정이 잘 나타내고 있다.

CG 작화 작업

야마시타가 작화 감독을 맡았는데 그의 작업은 캐릭터 수정이 아니라 각 장면을 작화할 때 참고가 될 캐릭터의 표정이나 움직임을 그리는 것이다. 그런 의미에서 배경이 없는 레이아웃에 가까운 것이었다.

S001 C008

노래하는 벨의 레이아웃. 입이 립싱크와는 다른 2D 특유의 과장된 표현으로 그려져 있다.

S050 C008-010

가슴에 손을 대자 깜짝 놀라는 용과 고마움을 표하는 벨. 미묘한 마음의 움직임을 표정에 담았다.

하나의 작품에 두 개의 세계를 구축하다.

— 야마시타 씨는 인터넷 세계의 작화 감독을 담당했는데 구체적으로 어떻게 작업했나요?

야마시타. 작화 감독이라 해도 보통 애니메이션처럼 수정 작업을 하는 게 아니라 3D 애니메이션의 참고용으로 레이아웃 단계에서 캐릭터 표정과 잡아 그린 작화용 그림을 올리는 느낌이었습니다.

— 아오야마 씨는 작화 감독이면서 현실 세계의 캐릭터 디자인을 맡았는데 감독은 어떤 요구를 했나요?

아오야마. 이번에는 상당히 긴 시간, 감독을 일주일에 한두 번 정도 그냥 만나 캐릭터를 만들었는데 그때 나온 것이 각 캐릭터의 힌트가 될 배우 이름이었어요. 감독에게 그런 힌트를 받아 그림을 그렸어요.

— 스즈에게는 주근깨가 있는데 그것도 감독이 요구했나요?

아오야마. 어떤 단계에서 주근깨가 일종의 캐릭터 성격을 나타내는 데 유용한다는 얘기를 감독이 했습니다. 코 옆에만 그림자 같은 게 있는데 그것도 《빨강머리 앤》의 TV 애니메이션에서 주인공 앤의 캐릭터 성격을 나타낸 방법처럼 아주 유효했다는 얘기가 나와 그래서 캐릭터 원안을 만드는 가운데 붙였습니다.

— 3D CG 캐릭터에 그림을 올릴 때 야마시타 씨가 특별히 의식한 것은? 특히 노래하는 장면은 표정이 중요했을 것 같은데.

야마시타. 이번에는 진 킴이 캐릭터 원안을 그렸는데 그에 맞추는 것을 가장 의식했습니다. 노래하는 표정은 노래가 정해지지 않은 단계에서 레이아웃 작업에 들어가서 일단 그림 콘티에 맞춰 그렸습니다.

— 호소다 감독 작품으로는 드물게 스즈의 입술에 하이라이트가 들어갔던데요.

작화 감독 대담

작화 감독
아오야마 히로유키
青山浩行

×

CG 작화 감독
야마시타 다카아키
山下高明

● 아오야마 히로유키
텔레콤 애니메이션 필름 출신, 스튜디오 치즈 소속. 수많은 호소다 감독 작품에 참여하면서 TV 애니메이션 《배를 엮다》(2016)의 캐릭터 디자인과 작화 감독, 영화 《너와 파도를 타면》(2019)의 원화에도 참여했다.

● 야마시타 다카아키
도에이동화(현재 도에이 애니메이션) 출신. 스튜디오 치즈 소속. TV 시리즈와 극장판을 가리지 않고 많은 작품에 참여. 호소다 감독 작품에는 《디지몬 어드벤처 우리들의 워 게임!》(2000)부터 빠짐없이 참여했다.

현실 세계

예전에는 현실과는 다른 세계를 표현하는 수단으로 여겨진 애니메이션. 이번 작품에서는 현실을 그리는 수단으로 이용되었다. 그런 표현을 뒷받침한 작화 감독의 작업을 살펴본다.

위는 각 캐릭터의 키를 비교한 그림. 오른쪽은 스즈의 표정 모음이고 왼쪽은 눈동자를 그리는 방법을 제시한 것

구조
목숨을 걸고 아이를 돕는 어머니의 행동과 케이를 지키려는 스즈의 마음이 이어지게

캐릭터 디자인

더 다양한 세계를 만들려고 다양한 크리에이터가 참여한 『U』와는 대조적으로 스즈와 가까운 인간관계가 중심인 현실 세계는 아오야마가 모든 캐릭터를 디자인했다.

아오야마. 감독은 사춘기 여고생의 섬세함을 특히 의식했어요. 그래서 머리가 흐트러진 정도나 머리가 부드럽게 나부끼게 하거나 속눈썹을 일반적인 여주인공보다 더 많이 그리는 등 사춘기 여고생에 어울리는 표정을 모색했죠. 그러다가 얼굴을 확대했을 때 입술에 윤기가 있는 게 좋을 것 같아 살짝 하이라이트를 넣었습니다.

— 야마시타 씨가 『U』 세계의 벨을 그릴 때 호소다 감독은 뭐라고 했나요?

야마시타. 아까도 말했듯 캐릭터 원안을 그린 킴 씨의 그림 분위기를 최대한 살리려고 노력하며 그렸습니다. 구체적으로는 킴 씨가 이제까지 해온 《겨울왕국》(2013) 느낌이죠.

— 스즈와 벨은 세계가 다른데 그 점을 의식했나요?

야마시타. 하나의 작품에 두 개의 세계가 있으니까 완전히 다른 것으로 생각했습니다.

— 용은 어땠나요?

야마시타. 용도 캐릭터 원안이 있어서 그것을 존중했습니다.

— 현실 스즈와 관련해 표정이나 움직임에 참고가 된 게 있나요?

아오야마. 처음 로케이션 헌팅을 갔을 때 우연히 화면 구석에 찍힌 여고생인지 중학생인지 모를 학생의 포즈가 좋다는 얘기를 한 기억이 있습니다. 다만 실제로 제시된 배우나 탤런트를 뒤섞은 것이라 특히 이 사람을 참고했다는 것은 없습니다. 오히려 오랫동안 아주 사소한 부분까지 다양하게 모색하는 가운데 마지막 표현으로 결론을 내린 것 같습니다.

— 스즈는 여주인공으로서는 참 수수하죠?

아오야마. 반에서 눈에 안 띄는 여학생이라는 설정이라 의식적으로 머리로 얼굴을 가리듯 앞머리를 길게 해 눈을 살짝 가리게 했습니다. 장면에 따라서는 그다지 눈을 가리지 않는 것도 있는데 옆얼굴에서도 머리카락이 뺨을

작화 감독 수정

아오야마가 수행한, 현실 세계의 작화 감독 수정집. 생생한 움직임에 약동감을 더 준다.

S008 C004B

구명조끼를 입고 탁류 속으로 나아가는 스즈의 어머니. 진지한 표정에서 어머니의 인간성이 강하게 표현되어 있다.

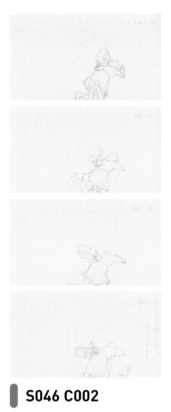

S046 C002

히로의 집 현관으로 뛰어든 스즈가 그대로 넘어지는 원화의 작화 감독 수정

레이아웃

원화와 배경의 위치 관계를 그린 설정도. 예전에는 장면 설정이라고도 했다. 화면을 만들 때 필요한 정보를 그려 넣을 때가 많은데 그럴 때는 영상 설계도의 역할도 맡는다.

가리고 있습니다. 그것도 반에서 두드러지지 않는 아이라는 점을 의식하며 계속 고치다가 도달한 지점입니다.

— 루카는 벨에서 역산해 디자인했나요?

아오야마. 확실히 그게 핵심입니다. 그건 설정 단계부터 들었고 반의 계급 구조에서 정점에 선 여학생이라 화려함과 아름다움을 의식했습니다.

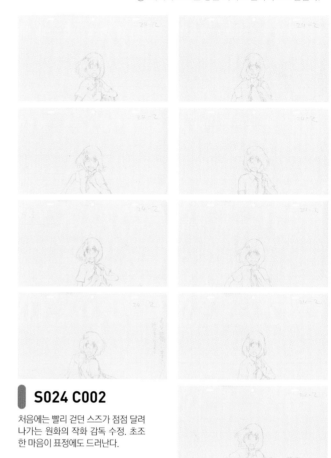

달리다
공중에 떠서 이동하는 『U』의 캐릭터와 달리 현실 세계의 스즈는 땅을 박차고 필사적으로 달린다.

S024 C002

처음에는 빨리 걷던 스즈가 점점 달려 나가는 원화의 작화 감독 수정. 초조한 마음이 표정에도 드러난다.

— 특히 어려웠던 캐릭터는?

다 어려웠습니다. 그중에서도 역시 스즈가 주인공이라 최종 디자인에 도달할 때까지 상당히 시간이 걸렸습니다. 그리고 히로도 초기 단계에서는 상당히 난항을 겪었습니다. 반대로 시노부는 감독이 한 번에 OK 했죠. 어쨌든 여성 캐릭터는 다 어려웠습니다.

— 야마시타 씨가 담당하면서 제일 인상에 남은 장면은?

야마시타. 가장 중점을 둔 것은 벨과 용이 춤을 춘 뒤 밤하늘을 올려다보며 소통하는 순간입니다. 포스터로도 만들어졌을 만큼 중요한 장면이라 그릴 때 가장 주력했습니다.

— 킴 씨의 캐릭터에서 가장 중요시한 점은?

야마시타. 벨의 강한 심지가 느껴지는 표정입니다. 특히 자주 아랫입술을 깨무는 표정을 짓는데 그것은 감독도 집착한 부분이라 그 느낌을 중요시했습니다.

— 아오야마 씨는 디지털 쪽 작업을 어떻게 보셨나요?

아오야마. 제작이 클라이맥스에 접어든 후에야 드디어 3D 영상을 봤는데 이번 3D를 담당한 디지털 프런티어 스태프의 일은 정말 굉장했습니다. 애니메이터는 쓸모없는 존재가 되지 않을까 하고 조금 걱정될 정도였습니다. 실제로 컷 분

할이나 속도감은 일본 애니메이션의 장점이 잘 나왔고 픽사나 디즈니에서 볼 수 있는 섬세한 표정의 연기도 정말 잘 만들어져 그것도 좋았습니다. 기존 3D 애니메이션에는 포즈라는 게 있는데 이번 작품은 다 정해져 있었어요. 그 점은 야마시타 씨의 레이아웃이 정말 힘이 되었습니다. 하지만 그 2D 작업이 끝날 때까지는 그다지 보고 싶지 않았습니다.

— 야마시타 씨가 본 현실 작업팀은?

야마시타. 캐릭터도 통일감이 훌륭했고 표정도 아주 좋았습니다. 역시 호소다 감독의 작품에는 아오야마 씨의 그림이 가장 맞지 않나 실감했습니다.

— 두 분 다 호소다 감독과는 오래 교류했는데 특히 어떤 점이 대단하게 여겨지시나요?

아오야마. 무엇보다 애니메이션 열혈 팬만이 아니라 더 많은 사람, 가족이 함께 보러 올 수 있는 작품에 도전하는 점이 대단합니다. 그런 작품이 오히려 어렵거든요.

야마시타. 호소다 감독은 그림 콘티에 모든 것을 그려 넣어서 정말 작업하기 쉬워요. 정확한 정보가 들어 있어서 헤매지 않고 작업할 수 있어요. 그 점이 가장 대단합니다.

— 감독은 색에 관해 어떤 요구가 있었나요?

특별한 요구는 없었습니다. 이번에는 미술이 이케 노부타카 씨여서 이제까지의 작품 중에서 가장 실사 같았고 배경 정보도 확실했죠. 그림의 느낌도 공기원근법을 쓴 그림보다는 쨍한 느낌이라 캐릭터 주선(윤곽선)이 검었습니다. 지금까지는 갈색 비슷한 선을 썼는데 이번에는 너무 옅으면 배경 콘트라스트에 묻힐 것 같았고 흐릿하게 하면 너무 약할 것 같아 짙게 칠했습니다.

— 이케 씨가 배경을 맡아 이 밖에도 달라진 게 있나요?

색 자체가 더 리얼해졌습니다. 《미래의 미라이》 때는 의외로 밝은색이 많았는데 이번에는 오히려 억제된 게 많았다고 해야 할까요. 애당초 교복이 많아서 그런 색감을 넣을 만한 곳이 없어서. 그것은 『U』의 세계가 원색이 가득한 아바타의 세계라 차별화하려고 한 것일 수도 있겠습니다.

— 『U』의 세계의 색은 만지지 않았나요?

벨과 용 같은 주요 캐릭터의 색조는 기본적으로 손을 봤으나 장면 색들은 전혀 안 만졌습니다. 일정이 촉박하기도 해서 『U』의 막대한 양을 우리가 건드리는 것은 어려웠습니다. 그래서 디지털 프런티어 쪽에 맡겼죠.

— 촬영팀의 말로는 색조는 거의 색채와 배경이 결정하고 촬영에서는 거의 보정하지 않았다고 하던데요.

그래도 그라데이션은 올렸어요. 이제까지의 작품에서도 소재는 가능한 그대로 가고 싶어서 세도 같은 것을 거의 올리지 않았는데 이번에는 『U』의 세계 부분에서 필터 워크가 많았던 터라 포인트 같은 느낌으로 그림자에 그라데이션을 조금 했습니다.

— 호소다 감독이라는 캐릭터는 그림자를 붙이지 않는 스타일이 익숙해요. 이번에도 그림자가 없었죠?

그 스타일에 변함이 없어서 힘들었습니다. 저녁 시간의 가가미가와 장면도 강을 등지고 있어서 완전히 역광인데 다음 장면에서는 스즈가 달리기 시작하며 온몸으로 해를 받죠. 실루엣에서 해를 받는 얼굴로 옮겨가야 하는데 과연 이게 제대로 연결될지, 그 방법을 놓고 꽤 오래 얘기했습니다. 앵글이 변하면 빛도 변하니까 그대로 두면 그저 얼굴색이 변한 것처럼 보여요. 그림자와 빛을 어떻게 조절할지를 놓고 고민했죠. 역광 그림자를 붙이고 그림자와 빛 부분을 반전시켜 해결했지만.

— 전에 각 장면의 색은 Adobe Photoshop으로 한다고 하셨는데 이번에도 그랬나요?

색은 100% 노멀로 출력하고 각 신은 나중에 색을 바꿨습니다. 그 탓에 완성 검사를 맡은 고마다 노리코 씨와 구쓰나 아미 씨에게 배경과 셀을 맞추는 작업까지 맡겨 큰 부담을 주었습니다.

— 색 점검도 비대면으로?

색 점검은 다른 모니터로 보면 색이 바뀌어서 전부 스튜디오에서 했습니다. 그래서 마지막 석 달 정도는 매일 스튜디오에 왔죠.

— 이번에 특히 감독의 주문이 많았던 캐릭터는?

특별히 그런 건 없었습니다만, 아무래도 벨의 의상이 제일 힘들었습니다. 주문이라기보다 물리적으로 힘들었어요 (웃음). 벨의 의상은 일단 디자이너가 만든 의상이 있어서 그것을 참고로 CG 작화 감독 야마시타 씨가 그린 2D 캐릭터에 일단 밑칠하고 그라데이션 같은 것도 거기에 넣고 디지털 프런티어로 보냈습니다. 그렇다고 해도 특수효과 같은 것도 없었어요. 그냥 붓질이나 한 거라 이런 죄송해요, 라는 느낌이었죠(웃음). 벨이 돌면서 옷이 차례로 변화하는 장면의 의상은 작화가 30장이었는데 구쓰나 씨가 애를 썼죠.

— 그럼 어려웠던 캐릭터는?

기본적으로 교복은 피부나 머리 길이가 어느 정도 정해져 있어서 그렇게 고민한 캐릭터는 없습니다. 카미신을 조금 갈색 톤으로 한다거나 루카를 하얗게 하고 히로를 붉게 처리한 정도일까요. 감독과 얘기하다가 스즈에게 주근깨를 좀 넣은 것 정도죠. 주근깨는 뭔가 콤플렉스 같은 것을 드러낼 게 없을까 생각하다가 작화 감독 아오야마 씨와 의논해 넣은 것인데 처음에는 여드름이라는 설정이었습니다. 하지만 여드름은 몸집도 얼굴도 작은 스즈에게 넣기가 힘들어 주근깨로 가자고 정하고 크기와 수, 색 등을 여러 번 테스트했습니다. 스즈는 눈 밑에 그림자가 있는데 디폴트로 그림자가 있는 것은 아주 드문 일이었죠.

— 시간의 흐름이 아주 세세하게 그려지는데 특별히 신경 쓴 점은?

깊이감을 내려 했다거나 카메라나 들어올 때나 빠질 때의 차이 정도를 신경 썼죠. 호박색 계열을 넣거나 주선의 색을 좀 떨어뜨려 회상 처리한 장면은 어린 시노부와 얘기할 때 정도였고 현실 쪽은 처음 얘기했듯 자연스러운 묘사를 유지하는 게 이번의 주제여서 그런 점에 신경을 썼습니다.

색채 설계

자연스러운 묘사를 의식한 작품

색채 설계
미카사 오사무
三笠 修

● 최근에는 TV 애니메이션 《보석의 나라》와 《도로로》 등에 참여한 베테랑. 호소다 감독 작품에는 《늑대 아이》부터 네 번째 참여이다.

노래와 음악, 그리고 대사
모든 것이 혼연일체가 되어

음향·녹음

레코딩 믹서(음향조정)
사토 타다하루
佐藤忠治

×

슈퍼바이징 사운드 에디터(음향효과)
가쓰마타 마사토시
勝俣まさとし

● 사토 타다하루
실사 애니메이션 작품의 믹서를 담당한다. 주요 작품은 《꽃의 시녀 고딕 메이드》《학살기관》《드래곤퀘스트 코어 스토리》《전뇌 코일》(음향 조정, 마쓰오카 요시노리와 합동) 등이 있다.

● 가쓰마타 마사토시
아뮬레토 소속. 실사와 애니메이션 작품의 음향 효과와 음향 편집, 믹서를 담당한다. 사토와는 《학살기관》에서 함께 작업한 바 있다. 주요 작품으로 《바람의 검신》 시리즈, 《ID:INVADED》 등이 있다.

— 이번 효과음 제작에 감독의 특별한 요구가 있었나요?
가쓰마타. 처음부터 대강의 이미지는 있었습니다. 『U』는 아주 넓은 공간임을 의식해 울림에 깊이가 있었으면 좋겠다는 요구가 있어서, 어디서부터 울리는지 알 수 없는 멀리서 오는 울림에 여러 층의 복잡한 에코 처리를 덧붙였습니다. 하지만 아무리 비현실의 세계라 해도 가능한 신시사이저 같은 소리가 되지 않도록 의식했습니다. 예를 들어 바람 소리도 현실에 있는 소리를 하모니로 만들어 썼습니다. 용이 내는 소리도 실제보다 피치를 살짝 낮춰 녹음했고요.

— 녹음의 구체적인 작업은?
사토. 예를 들면 컴퓨터 화면과 휴대전화 화면의 소리를 각각 크기에 맞춘 소리로 가공하거나 컴퓨터 화면 안에서 나오는 휴대전화 음성도 바꿨습니다. 아주 많은 종류와 수여서 작업은 힘들었죠.

— 휴대전화 소리는 음향팀이 만든 건가요?
가쓰마타. 원래 있던 것도 있고 만든 것도 있습니다. 컴퓨터 화면에서 나오는 소리나 비프음 같은 것도 하나씩 대사의 질감에 맞춰야 해서 이번에 제일 고생한 부분입니다.

— 거꾸로 현실 세계는 자연음이 중심이죠. 예를 들어 아버지가 출근할 때 자동차 문을 닫는 소리는 정말 생생하던데요.
가쓰마타. 그것은 진짜 짐니 차량의 소리를 녹음한 겁니다. 이번에 짐니는 다 진짜를 녹음해 사용했습니다. 저음을 조금 더하기는 했으나 기본적으로는 다 그대로 썼습니다. 마지막에 나오는 다이하쓰 차도 마찬가집니다. 강물 소리도 장소에 따라 소리가 달라 이번에는 강변에 가까운 물소리와 강 중앙의 물소리를 세 가지 정도 녹음해 믹스했습니다.

— 수많은 사람이 저마다 다른 장소에서 한꺼번에 떠드는 장면이 많았습니다. 그런 장면을 균형을 맞추는 게 어려웠을 것 같은데요.
사토. 그건 아주 중요하죠. 특히 거리감을 만들어내는 일이요. 예를 들어 학교에서 화면 앞쪽과 안쪽에서 동시에 떠드는 장면이 있는데 그럴 때는 레벨을 바꾸는 것뿐만 아니라 에코를 넣는 방법도 바꿔 거리감을 만들었습니다. 지금은 음성 처리를 디지털로 다양하게 할 수 있는데 그만큼 작업량도 늘었죠.

— 이번에는 드라마와 음악이 긴밀하게 연결되어 있는데 음향에서 여기까지는 드라마, 여기부터는 음악으로 차이를 두나요?
가쓰마타. 저는 적극적으로 바꿨습니다. 노래가 아주 중요하므로 효과가 음을 방해하지 않도록 음악팀의 조언을 받으면서 이퀄라이저로 대사와 음악이 겹치는 주파수 대역을 계속 지워 공간을 여는 작업을 해나갔습니다. 그렇게 하면 배경을 많이 올려도 대사가 잘 들립니다.

— 배경음에서 떠오르는 소리라고 하면, 비 장면에서 빗소리가 강해지는 가운데도 낙숫물 소리까지 잘 들렸어요.
가쓰마타. 특히 마지막 장면에서는 스토리를 배경으로 감정에 치중하게 구축했습니다. 비가 서서히 강해지기 시작하더니 완전히 강해져 마지막에는 이미지 가득 비로 변하죠. "비로만 이야기를 만들고 싶다"라고 호소다 감독님이 말씀하셨고, 저도 재밌을 것 같아 정말 열심히 음을 만들었습니다.

— 사토 씨가 특히 의식한 건 없나요?
사토. 이번에는 스즈 역할을 나카무라 씨가 그대로 노래하는데 그것을 어떻게 하면 위화감 없이 연결할지를 고심했습니다. 음악팀과 회의한 끝에 같은 마이크를 사용해 소리를 통일했죠. 보통은 애프터 리코딩 때 건 마이크로 녹음해요. 건 마이크로는 보컬이 잘 녹음되지 않아서 초기에 음악팀의 결정으로 마이크를 정하고 애프터 리코딩에도 같은 마이크를 썼습니다. 확실히 노래와 목소리는 녹음한 장소가 다른데 마이크가 같으니 그다지 수정할 것 없이 넘어갔어요. 무엇보다 스즈의 목소리와 벨의 노래에 위화감이 없도록 가장 신경 썼습니다.

— 이번 작업을 하면서 가장 잘했다고 생각하는 부분은?
사토. 역시 대사와 노래를 연결한 부분이죠. 오히려 자연스럽게 들리도록 하는 게 어려워서.
가쓰마타. 저도 역시 음악이네요. 어떻게 음악과 대사를 뒷받침할 것인지, 관객이 효과음을 그다지 의식하지 않도록 집중해야 할 대상에 주력했습니다. 예를 들면 노래하는 장면. 마지막 대합창 장면에서는 노래의 공간을 만들었는데 결과적으로 효과음은 전혀 없었습니다. 이제까지 공간 구축을 할 때 공기음 배경은 최소한으로 남기고 다른 음을 전부 지운 적은 있는데 이번에는 합창의 힘, 음악의 상 구축이 너무나 훌륭해서 효과음이 방해가 될 것 같아 적극적으로 없앴습니다. 그만큼 노래와 음악이 감동이었습니다.

편집

'기다림'으로 넓어지는 영상 연출의 신비

편집
니시야마 시게루
西山茂

— 호소다 감독과는 《시간을 달리는 소녀》에서 처음 작업했죠?

그러니까 벌써 15년 전이네요. 당시는 내가 도에이 선배라 선배 행세를 했는데 15년 사이에 완전히 처지가 바뀌어 제가 모셔야 하는 대감독이 되었네요 (웃음). 호소다 감독은 3년에 한 작품씩 하는 셈인데 그만큼 그를 생각할 시간이 아주 많아지죠. 이건 뭐, 학창 시절에 좋아했던 여학생을 생각한 것보다 더 오래 호소다 감독을 생각한 거네요(웃음). 내가 잘했나, 이런 생각을 많이 합니다. 함께 일하다 보면 그의 열정이나 집념, 작품에 관한 생각이 제게 전해져요. 그래서 일이 끝나면 재활의 시간이 필요하죠.

— 매번, 얼마나 농밀한 작업을 함께 했나요?

이번에는 그중에서도 정말 대단했습니다. 끝나면 다 즐거운 추억이 되지만(웃음). 일을 시작한 게 작년 2020년 말이라 8개월 정도 했네요.

— 특히 감독이 중시한 점이 있었나요?

역시 타이밍이나 캐릭터의 연기를 붙이는 방법이죠. 호소다 감독은 거의 참견하지 않아요. 하지만 감독을 옆에 앉혀 놓고 작업하면 그냥 알아요. 이 컷은 좀 더 틈이 있어야겠다고 생각하고 있으면 호소다 감독이 "잠깐만 돌아가 주세요"라고 말한다니까요(웃음). 예를 들어 학교에서 시노부가 스즈에게 말을 거는 장면도 그랬어요. 편집 후에 스즈의 표정에 슬로 모션을 걸었죠. 그 대신 컷 첫 부분을 잘라내 짧게 하고. 그렇게 해서 스즈의 소녀 마음이랄까, 그녀의 기분을 더 강조했습니다.

— 아주 사소한 부분이지만, 편집 전후로 분위기가 상당히 바뀌었겠네요.

그림 콘티와 완전히 달라진 곳도 있어요. 벨이 언베일하고 노래하는 장면은 원래 계획과는 완전히 달라졌습니다. 스즈가 일단 노래를 멈춘 후 As들이 다 같이 응원하는 장면이 있었는데 그게 처음 계획보다 훨씬 길어졌습니다. 벨의 회상과 용의 추억을 넣었죠. 플래시백을 넣음으로써 영화의 시간 축과 스즈의 성장을 더 쉽게 이해할 수 있게 된 것 같아요. 이야기의 선이 더 명확해져 더 좋아졌습니다.

— 벨/스즈가 다시 노래하기 시작하기를 초조하게 기다려야 해서 아주 드라마틱했어요.

그게 호소다 감독의 장기죠. 《시간을 달리는 소녀》의 둔치 장면도 그렇지만, 10초 정도면 되지 않을까 했더니 "아니야. 더 붙여줘요"라고 했죠(웃음). 초조하게 보고 있다가 "앗! 왔다!"라고 흥분하고 말죠. 그런 연출력은 굉장해요.

— 벌써 15년이나 함께 일해왔는데 니시야마 씨가 보기에 호소다 감독은 어떤 감독인가요?

카메라를 움직이지 않는 사람이라고 생각해요. 예를 들어 같은 위치의 카메라로 캐릭터의 대화를 반복해 담아요. 서로 주관적으로 상대를 보며 대화하는데 어느샌가 객관적으로 둘을 보고 있는 듯한 느낌이 들어요. 오즈 야스지로 같다고나 할까. 예를 들어 도로를 끼고 스즈와 시노부가 대화하는 장면도, 제가 정말 좋아하는 장면인데, 이 정도로 카메라를 움직이지 않는 사람은 호소다 감독뿐이지 않을까요? 카메라로 드라마를 찍고 있는 것처럼. 그 점을 늘 존경하고 있어요.

— 완성 작품을 봤을 때 볼 만한 부분은?

역시 아까 언급한 벨이 노래하는 장면이 제일 먼저 떠오르는데 편집하는 사람으로서 좋아하는 장면을 꼽으라면 마지막 스즈와 아버지의 대화입니다. 이것 말고도 학교에서 공부할 때와 회상을 쓱 연결해 시노부의 성장을 보여주는 장면도 정말 좋아요. 대사로 말하는 게 아니니까 밀어붙인다는 느낌이 전혀 안 들죠.

— 정말 많네요(웃음).

맞아요(웃음). 그리고 제가 옛날 사람이라 그런지 모르겠는데 벨이 처음 대규모 라이브를 하는 장면도 좋아요. 수영장 같은 곳을 수영하는 롱테이크 컷인데 그 컷을 보고 있으면 50년대 MGM 뮤지컬, 에스터 윌리엄스가 출연한 《넵튠의 딸》(1949), 《백만 불의 인어》(1952) 같은 게 생각나요. 지금 애니메이션 기술로 그런 것들을 영상화하면 이런 분위기이지 않을까? 호소다 감독에게 한 번 물어볼까 생각도 했어요 (웃음). 다음에 술 한잔하며 물어볼까 봐요.

● 편집회사 REAL-T 대표이사 겸 제네럴 에디터. 호소다 감독 작품에는 《시간을 달리는 소녀》 이후 모든 작품의 편집을 맡았다.

가능성을 해방하는 애니메이션 작가

이 글은 개봉 이틀째 IMX 극장에서 《용과 주근깨 공주》를 본 직후에 쓴 것이다. 최고의 영상과 최고의 음향으로 '영화 세계'에 푹 빠져 있다가 나와, 미리 써놓은 초고를 버리고 다시 핵심을 추적해 보기로 했다.

호소다 감독이 도에이 애니메이션을 퇴사한 후 2006년 《시간을 달리는 소녀》를 제작했을 때로부터 15년간 필자는 그와 교류해왔다. '개봉 전의 일' 즉 팸플릿이나 언론 자료 같은 일들을 맡은 적도 많다. 그러나 미완성 시점과 완성품의 인상이 이렇게 큰 것은 처음이다. 대화면, 음악, 노래가 공명하며, 논리적으로는 파악할 수 없는 어떤 현상이 발생했다. 그리고 이번 《용과 주근깨 공주》는 '집대성'이라 할 수 있다. 그렇다면 무엇이 집대성이고 무엇이 계승되었으며 어떤 부분이 새로운지를 탐구해보자.

우선 원점인 《시간을 달리는 소녀》는 애니메이션에서 기념비적인 작품이 되었다. 쓰쓰이 야스타카의 원작 소설을 바탕으로, 호소다 마모루의 아이디어를 발전적으로 구축한 결과 '한여름의 사춘기 애니메이션'이라는 반짝이는 결정으로 빛나기 시작했다. 자기도 모르는 마음이 교차하는 연애 묘사가 일품이라 이후 다양한 작가의 애니메이션이 이러한 감정의 흔들림에 도전한다. 이리하여 매년 '시간을 달리는 타입의 여름 애니메이션'이 양산되었는데 그 원작은 잊을 수 없다.

이렇게 '잠들어 있던 애니메이션의 가능성'을 끌어내 '장르 자체를 만들어 양산으로 연결한 애니메이션 작가'는 사실 그리 많지 않다. 이후로도 호소다 마모루는 '개척자로서의 도전'을 계속한다.

호소다 감독은 이어서 SNS 시대를 맞아 발전하는 인터넷 공간을 무대로 한 완전 오리지널 영화 《썸머 워즈》를 2009년에 발표했다. 이 영화의 성공으로 이후 3년 간격 신작 발표가 정착된다. 이후 2011년에 호소다 마모루 감독은 사이토 유이치로 프로듀서와 스튜디오 치즈를 설립하는데 회사 이름(치즈는 지도라는 뜻)에서도 알 수 있듯 '과거에는 없었던 작품 만들기'에 나선다.

《늑대 아이》(2012) 《괴물의 아이》(2015), 《미래의 미라이》(2018)까지 '전 인류가 안고 있는 보편적인 관계성과 감정'에 주목하고 그것을 '동시대의 문제의식'으로 이야기해 '친근한 가치의 재발견'을 끌어낸다는 점은 최신작에도 계승되어 있다. 이러한 자세는 문학적이면서도 오락 영화로서 오락성과 공공성을 강하게 의식하고 있다. 작품과 상품의 절묘한 균형을 취한 작품은 매우 드문 일인데 국제적인 주목과 평가도 바로 이 점을 주목했을 것이다.

현실 세계를 반영하는 '다른 세계'

여기서 말한 '오리지널 영화'는 '하나의 영화로서 입구와 출구가 있고 감상 전후의 변화를 일으키는 영화(외부 정보가 필요하지 않은 완결성을 지님)'를 말한다. 세계의 고전을 소재로 한 디즈니 클래식을 생각하면 쉽게 이해할 수 있는데 원작의 유무는 본질이 아니다. 이 '변화'는 호소다 감독이 제시해 온 '여름방학 애니메이션 체험'과 연관되어 있다.

필자는 취재를 통해 호소다 마모루로부터 '여름방학의 성장'에 대한 오랜 생각을 들은 바 있다. 긴 방학이 끝나고 친구들과 재회하면 '어! 뭔가 변했는데?'라고 느낀다. 그 성장의 상징이 적란운…이라고. 그런 공통적인 이미지는 스태프와 팬도 공유하고 있을 것이다.

지난 몇 년은 '여름 그 자체'보다 '여름방학이라는 시간'이 핵심인 듯 여겨졌다. 봄 학기 종업식을 통해 통학과 수업 등 일상적인 느낌이 막을 내리고 늘 잔소리를 늘어놓는 교사와도 멀어지며 매일 함께 시간을 보낸 친구들과도 잠시 이별한다. 그 분단은 그야말로 '다른 세계로의 문'을 여는 순간이자 동시에 자주성의 시작이기도 하다. 숙제를 어떻게 할 것인지까지 포함해 시간을 보내는 방법과 행동의 자유가 주어지고 아르바이트 등으로 사회와 연결될 가능성도 생긴다.

이는 일종의 '모험'이다. '떠났다가 돌아오는 이야기'라는 점에서는 신화의 영웅담이기도 하다. 그런 이유에서 가을 학기에 일상이 다시 시작되었을 때 '성장'이 느껴진다면 그

희망을 되찾는 '격려의 영화'

히카와 류스케
氷川竜介

● 메이지대학원 특임 교수. 애니메이션과 특수촬영 연구가. 저서로 『호소다 마모루의 세계—희망과 기적을 낳는 애니메이션』(쇼덴샤) 등이 있다.

배후에는 인류가 오랫동안 쌓아 온 생명의 순환 구조가 있을 것이다.

이렇게 생각해 보면 '시작과 끝이 있고 변화와 성장을 일으키는 영화'에도 비슷한 구조가 있음을 알 수 있다. 그러므로 호소다 감독의 영화는 3년에 한 번의 주기로 반드시 여름철을 선택해 개봉되는 것이리라. 《용과 주근깨 공주》 역시 그 구조를 유지하면서 개척의 최신형을 제시하는 영화로 탄생했다. 그렇다면 오락물로서 빼곡하게 담은 여러 요소 가운데 무엇이 중요하고 무엇에 주목해야 할지가 떠오른다. 웰메이드의 일정 부분을 버리면서까지 고집한 것은….

과거 5편의 작품에는 드라마를 발생시키는 장소로 반드시 '다른 세계'가 준비되어 있었다. '일상'과 일종의 대립 축을 갖추어 다른 것이 되는 효과를 발생시키는 세계 말이다. 그것은 일상성을 잃어버린 세계라고 바꿔 말할 수도 있다. 불가역성을 상실한 시간(시간을 달리는 소녀), 진짜 인간이 캐릭터로 활약하는 인터넷 세계(썸머 워즈), 인간과 대치된 짐승의 세계(늑대 아이), 현실과 겹쳐진 반인반수의 세계(괴물의 아이). 《미래의 미라이》도 실은 '5개의 다른 세계를 여행하는 4살 아이의 모험'인데 옴니버스로 분산되어선지 이 구조가 잘 전달되지 않았다.

대립 축이라 해도 '다른 세계'는 현실 세계를 투영하는 거울로 기능한다. 형태는 늘 어떤 '예시' 같은 이야기다. '다른 세계'는 영화가 시작되기 전부터 주인공이 안고 있던 고민이나 갈등을 비추고 최종적으로 성장을 일으키는 기능을 한다. 《용과 주근깨 공주》는 12년 만에, 인터넷 가상 세계 『U』가 '다른 세계'로 설정되었다. 캐릭터화된 아바타로 활동할 수 있다는 설정은 《썸머 워즈》의 OZ가 바탕으로 표현도 비슷한데 생체 정보 스캔으로 '어떤 억압으로 숨겨져 있던 사람의 본질과 재능'을 전면에 드러낸다는 점이 다르다. 자기실현으로 이끄는 '개인에 필요한 기능'이 인프라의 측면보다 강조되어 있다. 이

차이는 '변화와 성장'에 초점을 맞춘 흔적이다.

이번 작품에서는 주인공 스즈를 자유롭게 하는 세계의 긍정적인 부분과 동시에 성공 후에는 익명성의 박탈을 내세워 인터넷 내부 자경단의 억압을 받는 부정적인 부분도 그리고 있다. 지난 12년간 호소다 마모루 감독이 주시한 '인터넷의 변화'가 그려짐과 동시에 『U』를 만들어낸 다섯 현자 Voices가 '공평을 위해 필요한 것은 이미 있다'라며 경찰 기능을 만들지 않았다는 설정이 흥미롭다.

『U』의 음독은 You와 같다. 그러므로 '관객 당신의 이야기' '사건을 일으키는 것은 인터넷이 아니라 인간' '필요한 것은 당신 안에 있다'라는 메시지로 받아들일 수 있다.

자타의 구별과 유대감의 인식이 '성장'

그렇다면 '성장'은 어떻게 정의해야 할까. 일단 당연히 '아이에서 어른으로의 변화'로 해석할 수 있다. 사춘기, 제2차 성징기의 드라마를 그리는 것 자체는 일본 애니메이션의 공통된 특징이다. 그러나 호소다 감독의 작품들은 거기에 설정 나이를 초월한 통일적인 규칙이 있다.

주인공은 '아이의 시대', 곧 '자신의 세계'를 우선시하는 경향이 있다. 이는 이기적이기보다 미성숙해 주위를 보지 못해 자기 안에 갇힌 상태다. 그러나 적당한 시기를 맞아 '다른 세계로의 모험'으로 나서야 한다. 이 '모험'은 문자 그대로 '모험을 겪으며 넘어서는 것'이다. 무적으로 마구 활약하는 게 아니다. '퀘스트'라고 치면 '여행길에서 스스로 물으며 추구하는 것'이기도 하다. 이번 작품에서는 '자신의 정체성을 드러내는 것'과 '곤경에 처한 사람을 돕는 일'을 저울에 놓고 스즈가 결단해야만 하는 국면이 '모험'의 절정에 해당한다. 그것이 정신적 성장의 계기가 된다.

이렇게 생각하면 '어른'의 조건은 '자신이 아

닌 타인을 자신처럼 생각할 수 있는 것'임을 알 수 있다. 혹은 '자신을 지켜주고 자신과 이어진 존재를 알아차리는 것'도 조건의 하나일 것이다. 영화를 '공원 같은 공공물'로 보는 호소다 마모루의 철학은 이런 조건과 이어져 있다.

이야기 속에 저스틴 같은 『U』의 적대자도 명확히 설정되어 있다. 최근 '정의로움을 내세우며 다른 사람을 위협하는 유저'가 생겨 이들을 '인터넷 경찰'이라고 야유하기도 하는데 이의 투영이다. 이 밖에도 익명성에 숨어 중상모략을 일삼는 무책임한 유저도 적대자일 수 있다. 그런 상황에도 주인공은 그런 존재와 직접 대결하지 않는다. 왜냐면 이겨내야 하는 것은 '자신'이고 원인은 내재해 있는 것이기 때문이다. 특히 노래의 봉인과 이어진 어머니의 죽음과 대치하는 것—그것이 싸움의 본질이라면 역시 현자의 말처럼 '필요한 것은 이미 다 있는' 셈이다.

진짜 얼굴의 스즈가 부르는 노래가 진가를 발휘하는 클라이맥스에는 이런 필요성이 숨어 있다. 언베일된 스즈는 자기의 목소리로 노래해 청중과의 거리를 좁히고 전체를 공명의 장으로 이끈다. 극장 안은 나카무라 카호 씨의 '사람 목소리가 내는 파동'으로 가득 찬다. 그 소리가 극장 안을 울리면서 스크린 안팎을 넘어 영혼을 잇는 효과를 일으킨다. 관객과 함께 IMAX의 거대한 공간에서 이 빛과 소리의 진동을 공유했을 때 필자의 내부에 스위치가 켜진 것만 같았다. 그것은 그림 콘티나 러쉬 필름으로 확인했던 논리적인 정보를 초월해 '덧셈, 뺄셈'의 온갖 감정을 양성하며 일생에서 맛보기 힘든 감각을 제공했다.

그것은 내적인 폐쇄감을 타파하는 것만이 아니라 소꿉친구와 친구들, 혹은 어머니와 친밀했던 여성 합창단이 오랫동안 쌓아 온 응원의 힘과 접속하며 에너지를 더해간다. 유대감의 네트워크를 이루는 것으로 『U』도 그것을 위해 존재한다. 여기에 논리적 정합성을 초월한 '고차원의 공명'을 느끼느냐 아니냐에 따라 이 작품의

이번에는 시네마스코프 화면
(과거보다 가로로 긴 화면)으
로 제작되었다.

평가가 갈리지 않을까. 물론 사람에 따라서는 브레이크가 걸릴 수도 있고, 그 또한 존중하고 싶다.

희망과 용기가 담긴 '격려의 영화'

제작진에게 이런 영화는 '모험'이다.

'가을 학기의 재회'처럼 감상 전후로 관객도 성장과 변화를 느낄까. 그 점을 중시하며 관객에게 결과를 맡기고 있다. 영화라는 '다른 세계'를 찾아갔다가 현실 세계로 복귀했을 때 등을 떠밀려 앞으로 나아간 것 같은 기분이 들까, 땅만 보던 고개를 들어 앞으로 걸어가게 될까, 아주 미미하나 긍정적인 '희망의 에너지'를 느낄까. 도박에 가까운 도전 정신이 영화에서 전해졌다. 희망과 용기를 준다는 점에서 '격려의 영화'가 아닐까 한다.

《용과 주근깨 공주》는 마음을 전달하는 매체로써 '노래와 음악'을 중심에 놓고 나아간다. 미키마우스가 휘파람을 분 100년 전에서 시작된 '유성영화 시대의 발전'을 생각하면 원래 애니메이션은 음악과 깊은 관련이 있다. 또 필자는 문화센터, 대학원 등에서 "애니메이션과 닮은 것은 만화가 아니라 음악"이라고 가르쳐 왔다.

실시간 위에 타이밍이나 스트레스의 변화를 배치하고 흐름에 따라 감정을 조절한다는 점에서 애니메이션 작화와 악기 연주는 극히 유사하다. 자주 화제에 오르는 작화의 '1코마 만들기, 3코마 만들기'도 악보의 16분음표, 4분음표 역할을 한다. 그림 콘티에도 컷마다 붙어 흐름을 만드는 악보의 역할이 있다. 여러 흐름과 템포가 있는 영상을 모아 편집할 때 지휘자가 흐름을 지배하는 음악에 가까운 감흥이 생긴다. 이 '흐름'이 '마음의 표현'을 고양한다.

이런 공통점을 지닌 애니메이션과 음악, 노래가 동기화되었을 때 친화성과 감정 환기는 더욱 고차원의 예술을 낳고 마음을 움직인다. 유성영화의 탄생 이전에도 무대나 오페라 등의 '극장'에서 생기는 효과를 생각하면 영화관에서의 감상 우위성에는 자명성이 있다. 《용과 주근깨 공주》도 극장에서 보는 것과 스마트폰의 '미리보기'와는 완전히 다른 체험을 줄 것이다.

호소다 마모루의 경력을 돌아보면 음악과 노래를 적극적으로 연출에 넣은 선구적인 사례도 몇 가지 떠오른다. 내가 처음으로 '호소다 마모루'라는 이름을 잡지에서 확인한 《비밀의 아코짱(제3기)》(1998) 제14화 「치카코의 소문으로 시끌시끌?!」에서는 치카코의 꿀렁꿀렁 댄스와 노래를 반복 등장시켜 강조했다. 《내일의 나쟈》(2003)의 오프닝도 크레인을 사용한 3D 같은 카메라 움직임을 구사해 공간의 다이내믹함으로 즐거움을 표현한 멋진 뮤지컬 연출을 선보였다.

호소다 마모루가 젊은 시절 영향을 받은 글렌 킨의

《미녀와 야수》(1992 일본 개봉)의 '뮤지컬 스타일'을 의식해 음악과 춤의 연출력을 최대한 발휘하면서도 거기에 매몰되지 않고 과거 작품부터 관철해 온 '성실한 격려'도 더한… 것은 상당히 욕심을 낸 발상으로 이 또한 '도박'에 가깝다. 관객과 함께 조금이라도 앞으로 나아가고 싶다는 마음 역시 '격려'의 일부일 것이다.

다양한 요소를 고차원의 필연성으로 엮어내다.

미술, 회화, 영화, 애니메이션의 선구자에 대한 존경을 담으면서 필요한 것을 총동원한 잡식성과 종합성—은 호소다 마모루 감독 작품의 큰 매력 가운데 하나다. 애니메이션 영화는 계층이 다른 요소, 붙이면 붕괴할 것 같은 정보도 주제에 따라 에센스를 분해해 종합할 수 있는 성능을 갖추고 있다. 오히려 다양성 있는 요소의 반발 요소를 응축하고 논리적으로 재조립함으로써 여러 제약에 묶인 '현실 세계'를 '다른 세계'로 다시 정의할 수 있다.

이런 창작 방법과 동기의 근간은 실은 가까운 스태프에게도 밝히지 않는 듯하다. 그러므로 이 글은 어디까지 미루어 고찰한 것이다. 이번 작품에서 호소다 마모루는 억제, 제한을 내려놓고 자신의 작품에서 한 번쯤 시험해 본 설정, 표현, 스토리 전개, 연출력 등 본인이 지닌 기술을 총동원해 영화 제작의 무기로 다시 정의했다. 그야말로 집대성이자 새로운 도전이다.

그 동기는 '지금 얘기하지 않으면 안 된다'라는 것이고 그를 위한 돌파력이 필요했기 때문이리라. 왜냐면 코로나의 여파로 오랜만에 '극장이라는 공간'의 소중함을 온 세상이 알게 되었기 때문이다. 영화 이전부터 같은 시간, 같은 빛, 같은 공기의 압력을 공유하는 '농밀한 장소'가 바로 '극장'을 성립시켰다. 온 세상에 느닷없이, 그리고 공평하게 찾아온 재앙 코로나로 사람들은 서로가 모일 수 있는 '농밀함'을 잠시 잃었고 스킨십을 빼앗기며 분단이 진행되었다. 사실 인간이 사는 데 필요한 정신적 양식은 거의 이 '농밀함'에서 비롯된다는 충격적인 사실….

그러나 농밀함의 원칙을 찾을 수 없는 상태에서 앞으로 나아가지 못하고 다시금 표면에 떠오른 것은 '기회'일 수도 있다. 전 인류에게 공평한 현상은 인위적인 전쟁이나 국지적인 자연재해와는 전혀 다른 성질의 것이다. 그렇게 생각할 때 《용과 주근깨 공주》가 도전한 '새로운 시대의 오락물에 대한 재정의'에는 큰 의미가 담겨 있다. 그러므로 이 작품은 영화가 끝난 뒤에도 계속되는 '성실한 격려'의 힘이 담겨 있다는 점에서 귀중하다고 단언할 수 있다.

희망을 되찾는 '격려의 영화'

벨?　…보여?

해냈다!

스즈의 라이브에 케이는 "굉장해…!"라고 중얼거리고, 토모는 "벨, 만나고 싶어"라며 눈물짓는다. 케이는 벨을 아직 완전히 믿지 못하겠다고는 하면서도….

비디오 채팅이 다시 연결된 벨과 형제. 그러나 기쁨도 잠시 형제의 방 영상이 송출되고 있음을 알아차린 아버지가 돌아왔다. 그리고 둘을 난폭하게 다루더니 회선을 끊어버린다.

형제의 신변이 걱정되어 창백해진 스즈. 루카는 혹시 장소를 알 수 있을지도 모르겠다면서 화면 너머에서 흐른 재해 방지 안내 방송의 정시 음악 멜로디를 지적했다. 카미신, 시노부, 히로의 도움으로 알아낸 것은 도쿄 오타구와 가나가와 가와사키시 사이. 스즈는 "제가 직접 가봐야겠어요…!!"라며 달리기 시작한다.

나카이 씨와 기타 씨가 차로 데려다주어 급히 역으로 향한 스즈. 특급 전차, 심야 버스를 갈아타며 도쿄로 향한다.

아버지에게는 버스 안에서 문자로 사정을 전한다. 그러자 아버지로부터 딸을 걱정하면서도 믿어주는 내용의 답장이 오는데…. 스즈는 진심으로 '고마워'라는 문자를 보냈다.

제가 직접 가야겠어요...!!

스즈
엄마가 너를
키워서,
이렇게 착한 아이가
된 거야.

스즈는 버스 안에서 밤을 새우고 케이와 토모가 사는 도쿄의 마을에 도착했다. 마을에는 큰 집이 아주 많아서 당황스러웠으나 스즈는 포기하지 않고 표시가 될 빌딩을 찾았다.

비에 젖은 줄도 모르고 달리는데 "벨…?"이라는 소리가 난다.

목소리의 주인공은 토모. 집에 뛰쳐나온 그와 기적적으로 만난 것이다. 토모 뒤에는 케이도 있다. "정말 벨이야…?"라고 되묻는다.

이제 괜찮아. 정말 괜찮으니까….

정말 벨이야…?

"어디 있냐고? 토모! 케이!!"
고압적인 목소리에 흠칫 놀라는 케이.
　형제가 집을 나간 것을 알아차리고 아버지가 쫓아
나온 것이다. 그 모습을 보고 스즈는 형제를 감싸듯
안고 자신의 등을 방패 삼아 대응했다.
　화가 치민 아버지는 스즈의 어깨를 잡아 흔들어 형
제에게서 떼어놓으려 하는데….
　그때 스즈의 보호를 받고 있던 케이는 온기를 느끼
고는 벨에 몸을 맡긴다.

너는 누구냐?!

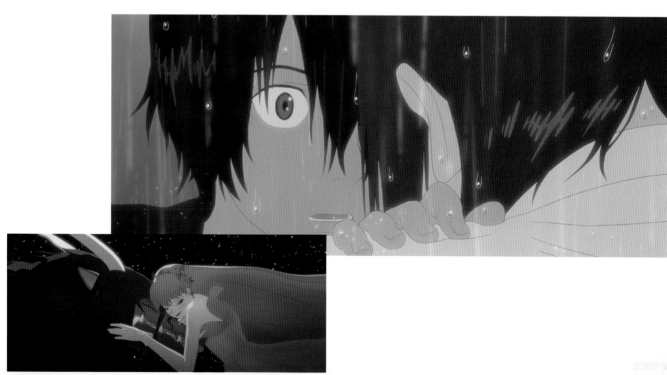

"젠장! 이 꼬맹이가! 우리 가족을 갈라놓을 셈이야?!"
아버지는 스즈의 머리와 어깨를 움켜쥐고 손톱을 세운 채 힘껏 흔들다가 스즈의 뺨을 할 퀴었다. 그리고는 위협하듯 주먹을 높이 치켜들었다.
스즈는 조용히 일어서 아버지를 정면으로 응시한다. 아버지는 다시 위협했으나 스즈는 꼼짝하지 않았다.
스즈의 뺨 상처에서 피가 흐른다.
아버지는 스즈의 강력한 눈빛에 당황하더니 그 자리에서 도망쳤다.
"아까 나를 안았을 때 비로소 알았어. 당신이 진짜 벨이라는 것을…."
스즈와 마주 보는 케이. 그리고 "만나고 싶었어. 벨"이라며 어색하게 미소 지었다.
스즈는 다가가 케이를 꼭 안고 여기에 토모도 가세한다.
따뜻한 비에 감싸여 셋은 조용히 서로를 안고 있었다.

용서 못 해!
절대 용서 안 해!!

174

벨, 와줘서 고마워.
정말…
와주길 바랐어….

너는 내 겁쟁이 같은 마음을
해방해주었어.

당신이 맞서는 모습을 보고
깜짝 놀랐어.

벨, 너는 예뻐.

스즈, 잘 왔어!

이제 지켜주지 않아도 되겠어.
앞으로는 아주 평범하게
대할 수 있을 것 같아.

도쿄에서 돌아온 스즈를 고치역 플랫폼에서 기다리고 있는 것은
스즈의 아버지였다.

"…오늘, 밥은?"이라는 질문에 "…먹을래"라고 답하자, "그럼, 생
선 다다키 만들까?"라고 아버지는 말한다. 고작 이 정도의 대화를 하
는 데 몇 년이 걸렸나. "나 왔어"라고 인사하며 스즈는 미소 지었다.

스즈를 기다린 것은 아버지만이 아니었다. 마을 역 건물 밖에는 히
로와 루카, 카미신, 시노부, 그리고 합창단 여성들까지 있다.

저녁 햇살에 물든 니요도가와 강변을 다 함께 걷는다.

시노부는 스즈에게 "멋졌어"라고 전하며 "아아, 드디어 해방이
다!"라고 기지개를 켠다.

앞으로는 평범하게 대할 수 있겠다. 옛날부터 그러고 싶었다는 이
야기를 듣고 스즈는 얼굴을 붉히며 하늘을 올려다봤다.

하늘에는 커다란 적란운. 모두가 걸음을 멈추고 그 구
름을 본다. 스즈는 그 광경을 올려다보면서 시노부에게
"고마워"라고 전했다.

다 같이 노래하며 돌아가자는 여성들. 요시타니 씨가
"리드해"라고 스즈에게 말하자 모두 웃는 얼굴로 스즈
를 돌아본다.

그리고 스즈도 웃으며….

노 래 해 !

...응!

그럼 시작한다!!

영화를 만든다는 사명

'집대성으로서 새로운 경지'라고 할 수 있는《용과 주근깨 공주》─.
같은 시대를 사는 다채로운 재능들을 집결해 만들어낸 이 작품의 아이디어는
호소다 마모루가 애니메이션 업계에 발을 디뎠을 당시, 30년 전에 시작되었다.

독립해 제작한《시간을 달리는 소녀》로부터 15년.
세상의 일상이 완전히 변한 2020년을 거치며 스튜디오 치즈 10주년이라는
중요한 해에 소중한 영화를 끝낸 호소다 마모루의 현재는?

Director
Mamoru HOSODA

글·구성 야마시타 다카시 山下卓
● 1967년 홋카이도 출생. 작가
이자 편집자. 초대 「WIRED」에
Contributing Editor로 참가, 게임
과 애니메이션 기사를 다수 담당.
소설 「노사이드로는 끝나질 않아」
「BLOODLINK」 등을 집필. TV 애
니메이션《베르세르크》에서는 시
리즈 구성 협력으로 각본에 참가

현대에 《미녀와 야수》를 그린다는 것

— 첫 시사회를 마쳤는데 우선 지금의 솔직한 심정을 듣고 싶어요.

처음에는 뮤지컬 영화를 만들고 싶다는 생각에서 이 기획을 생각하기 시작했어요. 그게 너무 어려워 철수해야 했던 경위가 있었는데 막상 완성된 영화를 보니 꽤 뮤지컬 같은 분위기가 있네요. 특히 용의 성에서 벨이 노래하는 장면, 용과 교류하는 노래가 대사의 일부분으로 기능한 것도 아주 좋았습니다. 노래를 만들기 전에 콘티를 그려야 해서 '이거 제대로 전해질까?' '마음의 정합성이 있나?' 등 불안했는데 노래가 만들어지고 나니 제대로 전해지리라는 확신이 생겼습니다. 그래서 엔지니어에게도 노래가 확실히 잘 들리도록 조정해달라고 했죠.

— 노래라기보다 긴 대사 같아요.

맞습니다. 더빙할 때 음향 엔지니어인 사토 히로아키 씨에게 노래 가사의 윤곽을 아주 깨끗하게 부각해달라고 해서 아주 잘 들리는 뮤지컬처럼 완성되었습니다. 정말 잘 되어서… 안심했습니다.

— 《시간을 달리는 소녀》(2006) 이후 15년 만에 여고생이 주인공이고, 게다가 《디지몬 어드벤처 우리들의 워 게임》(2000), 《썸머 워즈》(2009)처럼 10년 주기로 그린 인터넷 세계가 무대인 점도 있어서 이번 《용과 주근깨 공주》를 원점 회귀로 보는 견해도 있습니다. 감독님 본인은 어떻게 생각하나요?

《시간을 달리는 소녀》 이후 여고생이 처음 주인공을 맡았다는 것은 전혀 의식하지 않았어요. 듣고 보니 그럴지도 모르겠다 싶은데 여러 작품을 만들다 보면 그런 주기가 생기기도 하겠죠. 뭐 그 정도로 생각하고 있어요. 하지만 인터넷은 정기적으로 다루고 싶다고 생각하는 주제입니다. 10년마다 하자, 이렇게 명확하게 정해놓지는 않았지만. 다음 작품은 인터넷을 다뤄보자 생각한 것은 제29회 도쿄국제영화제에서 제 특별 상영이 있었는데 그게 계기였습니다. 2016

년 가을이었나? 직접 과거 작품을 돌아보다가 현재의 인터넷을 무대로 하면 논리성이나 효과 같은 게 좋을 것 같아서 생각하기 시작했죠. 그러니까 5년 전이네요.

— 《미래의 미라이》(2018) 제작 기간과 겹치네요.

좀 더 말하자면 이번 《용과 주근깨 공주》는 《미녀와 야수》가 모티프였어요. 이것은 30년 전부터 줄곧 해보고 싶었던 주제였죠. 우연이기는 하지만, 《미녀와 야수》가 1991년에 일본 개봉했는데 제가 도에이 애니메이션에 입사한 해도 1991년이었죠. 대학을 졸업하고 도에이에 들어가 애니메이터로서 공부하기 시작했는데 좀처럼 마음대로 되지 않았어요. 일반 회사에 취직한 친구들은 거품 경제를 만끽하고 있는데 저는 애니메이션 업계 말단에 들어가 아주 궁색하게 살았죠. 이대로는 안 되겠다 싶어 다른 직업이 없을까 본격적으로 생각하던 차에 《미녀와 야수》를 봤어요. 정말 멋지더군요. 언젠가 이런 작품을 만들 수 있다면 애니메이션 세계에 있어도 되겠다. 식비도 간당간당한 생활이었는데 영화가 너무 좋아서 2만 엔짜리 BOX 세트를 사서 매일 돌려 봤다니까요.

— 처음에는 영화관에서 봤나요?

아니, 실은 대여 비디오였어요. 극장에서 《미녀와 야수》를 한다는 건 알았는데 당시의 디즈니 작품은 너무 올드해서 일부러 찾아보진 않았거든요. 그런 디즈니를 일신한 것이 새로운 스태프 주도로 만들어진 《인어공주》(1989)가 첫 번째 작품이고, 《미녀와 야수》가 두 번째 작품이죠. 이후 《알라딘》(1993) 《노트르담의 꼽추》(1996)로 이어지죠. 작곡가 알란 멘켄을 데려오고 핵심 애니메이터인 글렌 킨을 중심으로 올드한 디즈니를 쇄신했죠. 디즈니 르네상스로 불린 시기였어요. 그중에서도 《미녀와 야수》는 상징적인 작품이에요. 그런 배경도 있어서 당시의 제게는 눈부시고 새롭고 매력적으로 보였습니다. 이런 작품을 만들게 더 노력해 이 세계에 있자고.

— 이 세계와 감독을 이어준 원체험이자 목표였

군요.

생각해 보면 《늑대 아이》(2012)도 《미녀와 야수》 같고, 《괴물의 아이》(2015)도 해외 배급 제목이 《The Boy and The Beast》일 정도니까요. 제 작품 속에 하나의 요소로 줄곧 놓여 있었네요.

— 이번 작품도 그림 콘티에는 《벨과 야수》라는 제목이 붙어 있었어요. 이는 정식 제목이라기보다 작품 콘셉트인가요?

맞아요. 영어 제목은 《Bell》이었고요. 이번에는 인터넷 속의 《미녀와 야수》를 만든다고 확실히 선언했어요.

— 《미녀와 야수》의 어떤 부분에 그렇게 끌렸나요?

특히 야수를 좋아합니다. 폭력적인 야수가 서서히 변화해 사랑스러워지는 과정이 아주 재밌어요. 미녀를 만나 야수가 점점 바뀐다. 추해야 할 야수가 귀여워진다. 가치관이 완전히 바뀌잖아요. 1946년에 개봉한 장 콕토의 《미녀와 야수》도 환상적이고 정말 아름다운 영상 속에 야수의 존재가 너무나 매력적으로 그려져 있어요. 《미녀와 야수》라는 이야기 자체는 18세기 프랑스에서 이어져 온 것인데 시대의 변화에 따라 내용도 변해야죠. 1991년도 《미녀와 야수》는 그야말로 시대의 변화 속에서 만들어진 작품으로, 벨의 강인함과 늠름한 모습이, 이른바 동화적인 디즈니의 구태의연한 여주인공 모습과는 완전히 달라요. 그게 눈부신 점이죠.

— 《미녀와 야수》라는 구도를 각각의 시대에 놓았을 때 작품 속에서 그려진 미녀와 야수에 대한 해석도 당연히 달라지겠군요.

2017년 엠마 왓슨 주연의 실사판 《미녀와 야수》처럼 애니메이션을 충실하게 재현하는 방향성도 물론 있겠죠. 하지만 적어도 제가 지향하는 《미녀와 야수》는 아니에요. 《시간을 달리는 소녀》를 만들 때도 그랬지만, 동화를 시대에 맞춰 바꾸려면 시대가 어떻게 변하고 있는지 본질을 파악하고 그중에서 무엇을 바꾸고 무엇을 그대로 둘지 스스로 판단해야 합니다. 실은 2016년에 도쿄국제영화제에서 이런 얘기를 해외 기자들에게 했더니 "그럼 본인이 만들어보세요. 어차피 퍼블릭 메인이니까"라고 하더군요. 그 말을 듣고 그렇지! 라고 생각했습니다.

— 그래서 인터넷 세계를 그리는 것과 《미녀와 야수》를 연결했나요?

그렇습니다. 내가 만약 《미녀와 야수》라는 콘셉트로 이 시대를 그린다면 어떤 게 될까. 그 첫 실마리가 '인터넷 세계에서 《미녀와 야수》를 하자'라는 것이었죠. 인터넷 세계는 진실과 허구가 표리일체가 되어 있어요. 그것이 야수의 표리일체와 같다는 생각이 번뜩 들었거든요. 그래서 야수 뒤에 어떤 사람이 숨어 있다는 스토리라인을 만들었습니다.

마이너리티에 가까운 시점

— 스토리는 바로 정해졌나요?

기획 시작은 금방 정해졌는데 그때부터 이야기가 깔끔하게 흐를 때까지는 난항을 겪었습니다. 초기에는 전혀 다른 방향성의 이야기도 두세 가지 염두에 두고 플롯 단계에서 시험해 봤는데 잘 안 돼서…, 정말 재미가 없더라고요(웃음). 너무 힘들어 힌트를 찾아 원작의 고향인 프랑스에도 갔고 상하이와 시안에도 갔어요.

— 상하이? 시안?

나카지마 아쓰시의 단편 소설 『산월기』가 《미녀와 야수》와 비슷한 부분이 있는 것 같아 현대의 마법 도시인 상하이와 시안을 무대로 『산월기』 같은 《미녀와 야수》를 만들어보면 어떨까 하는 안도 있었어요. 전혀 잘 안 됐지만(웃음).

— 이후 일본으로 다시 돌아왔군요.

그때까지 쓴 것을 일단 다 버리고 새로 플롯을 시작하자 그제야 간신히 이거다 싶은 게 나왔습니다. 그래서 시나리오를 쓰기 시작했는데 순식간에 여름이 되었어요. 여름에는 정말 많은 곳으로 로케이션 헌팅을 다녔네요. 아키타현의 오가시반도나 이시카와현의 노토반도까지. 전부 벽지 비슷한 곳이었죠.

— 어떤 기준으로 무대를 찾았나요?

인터넷의 아주 화려한 세계 중심을 그리고 싶어서 그 대비를 생각했을 때 화려함과는 정반대인 아무도 살지 않는 세계의 끝 같은 곳을 찾자고 생각했죠. 인터넷의 중심에서 찬란하게 빛나는 사람의 정체가 실은 세계의 끝에 있는 학교에서도 교실 구석에 있는 사람이면 어떨까 싶어서.

— 최종적으로 고치의 니요도가와 주변으로 정한 이유는?

물론 고치의 아름다운 강과 풍경을 실제로 본 게 큰 이유였는데 그 아름다움의 이면에 다양한 사회 문제를 안고 있는 이중성 같은 것에 끌린 부분도 큽니다. 영화에서도 다뤘지만, 주인공 스즈는 한계 촌락을 대거 품고 있는 지역에 살고 있어요. 시선을 빼앗길 정도로 아름다운 강이 있으나 반면 조난 사고로 사람이 죽기도 하죠. 그런 사건의 이면에 숨은 요소를 우리는 보통 생각하지 않잖아요. 실제로 재작년 여름에도 시만토가와에서 젊은 사람이 물에 빠져 사망한 사건이 일어났어요. 왜 강에서 사람이 죽냐면 누군가 빠지면 그를 도우려고 들어갔다가 그 사람도 죽어서 그렇다네요. 그런 조난 사고 기사를 검색해 보면 지역 주민이 아닌 사람들이 엄청나게 댓글을 달아요. 자업자득이다, 자기 책임이다, 이런 식으로. 물론 동정 댓글도 있는데 대다수는 비판적이죠. 다들 너무 차갑구나. 어쩌면 그게 인터넷을 통해 가시화한 진심일지도 모르죠.

— 양가성이란 호소다 감독의 모든 작품에서 중요하게 다뤄지고 있는데 이번에는 특히 강하게 의식한 것 같더군요.

역시 인터넷이란, 처음부터 그런 양가성을 품고 있어서 더 잘 드러나는 곳이죠. 보세요. SNS는 평소의 자신과 다른 자아를 드러내는 거잖아요. 이중성이 이미 바탕에 깔려 있다고 해야 할까요. 하지만 그것을 긍정적으로 바라보면 인터넷은 그런 부분을 받아주는 장이고 또 다른 자아를 활용하는 나만의 작은 세계이기도 하죠. 그런 가상 세계와 인터넷 세계를 허구라고 비판하기도 하는데 저는 인간이 살아가는 데 그런 부분도 중요하다고 생각해요.

— 작품 속 스즈는 현실 세계에서는 대처하지 못하는 문제를 인터넷 세계에서 분신을 얻어 해결하고 회복하죠.

네. 그게 말이죠, 스즈 같은, 교실 구석에서 고개를 숙이고 책을 읽는 여학생이, 정말 그게 다인가? 하는 문제죠. 하지만 겉만 보면 그렇게 보이지 않나요? 인간은 어차피 표면밖에는 못 보니까요.

— 예전에 취재했을 때 감독도 교실에 있을 곳을 찾지 못해 쉬는 시간마다 미술실에 갔다고 들었는데.

참! 그런 걸 잘 기억하시네요(웃음).

— 감독이 세상을 바라보는 시선에는 언제나 그런 감각이 있는 것 같아요.

그럴 거예요. 아무래도 기어이 참견하고 싶어지거든요. 스즈만이 아니라 혼자 동아리를 꾸려가는 카미신 같은 애도요. 그런 녀석도 응원하고 싶어요. 카미신은 활발한 체육 동아리 스타일이라 잘 모를 수도 있는데 그 학교에서 괴짜 취급을 당하고 있죠. 모두의 동경을 받는 루카도 미인이라는 편견이랄까, 자신의 일면만 드러나 고민하는 여학생으로 그렸어요. 그런 의미에서 카미신과 루카는 또 다른 《미녀와 야수》이기도 합니다.

— 한편으로 신기한 점은, 감독이 그리는 마이너한 시선으로 학교생활을 바라보는 남학생에게서 생생하고 현대적인 멋이 느껴져요. 《시간을 달리는 소녀》의 치아키와 코스케도 그렇고 이번 시노부와 카미신도 애니메이션답게 과장된 부분이 없는 자연스러운 매력이 있어요. 이런 부분을 의식하시나요?

남학생은 의외로 관찰을 많이 해요. 오디션에 오는 남자 고교생이 어떤 말을 쓰는지, 어떤 배경을 지니고 어떤 자세를 하는지를. 그리고 아아, 이런 아이는 저렇게 행동하는구나, 요즘의 자연스러운 멋이란 게 이런 거구나, 라고 느낄 때가 많아요. 틀림없이 여학생들도 그런 점을 '멋지네'라고 느끼겠죠. 그래서 여자 쪽에 서서 바라볼지도 모르죠.

— 감성은 소녀라고요?

글쎄요(웃음). 반대로 여학생에 관해서는 내가 남학생이라면 이런 여자에게 반하겠다는 생각은 거의 안 해요. 그보다 남자 쪽을 더 생각하죠. 제가 여학생이라도 된 것 같네요(웃음). 왜 이러지?

— 장점이라고 생각해요.

일부러 특정한 여학생 상을 그릴 마음은 별로 없어요. 대신 어떤 인물의 존재감이 그 시대의 현대성을 반영하면 좋겠고 그게 영화의 역할이라고 생각해요. 한편으로는 망상 속에만 존재하는 미소녀를 그리는 게 애니메이션의 역할이라는 주장도 있는데 그렇게 일하는 사람은 많으니까 제 역할을 아니라고 생각해요.

인터넷을 10년 주기로 그린다.

— 인터넷을 주제로 한 영화를 정기적으로 만들

기로 정했다고 했는데 이 시점에서 착수한 이유는?

아무래도 지난 10년간 인터넷 세계가 완전히 달라진 게 동기겠죠. 20년 전《디지몬》을 만들었을 때는 인터넷과 사회의 거리가 지금과 전혀 달랐어요. 그때는 앞으로의 시대는 인터넷을 도구로 사용해《디지몬》에 나오는 아이들이 어른들의 사회를 날려 버리고 새로운 세계를 만들 것, 이라고 상상하며 새로운 어린이 상을 그려보자는 게 동기였어요. 그래서 인터넷도 아이들만 사용하는 도구로 그려졌죠.

— 2000년 당시 인터넷은 아직 한정된 사람만 이용하던 도구였으니까요.

맞아요. 지금은 스마트폰이라는 고성능 컴퓨터를 다들 들고 다니는 시대잖아요. 게다가 회선도 대용량이고 이미《디지몬》같은 회선 부하나 통신 지연이라는 소재는 쓸 수 없어요.

— 참고로《썸머 워즈》의 OZ는 어떻게 생각하세요?

예를 들어 아이들밖에 모르는 한정된 세계라는 것은 아동문학에서 등장하는 일종의 불가사의한 나라 같은 아름다움이 있어요. 하지만 그런 아름다움과는 별개로 그 세계를 조금 더 열어보면 어떨까, 그런 생각으로 만들었어요. 그러니까 즐거운 세계인데 친척 아줌마, 아저씨도 아는 세계로. 인터넷의 자유에 비해 친척 관계는 정말 자유롭지 않잖아요? 그 대비가 재미있을 것 같았어요. 기치조지의 카페에서 문득 생각했죠.

인터넷의 인간관계는 이름도 얼굴도 모르는데 친구처럼 온갖 대화를 나눠요. 지극히 개방적이죠. 이에 반해 구식인 친척 관계는 일단 예절을 지키는 것에서부터 시작해요. 그 격차가 엄청나다는 경험이 있어서. 그런 부자유와 자유

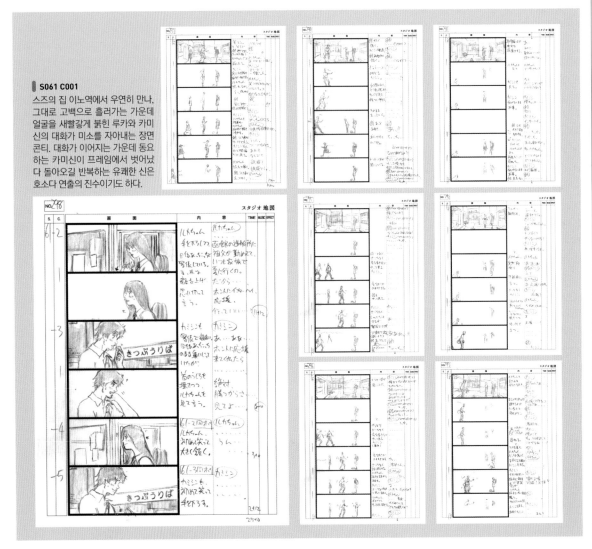

S061 C001
스즈의 집 이노역에서 우연히 만나, 그대로 고백으로 흘러가는 가운데 얼굴을 새빨갛게 붉힌 루카와 카미신의 대화가 미소를 자아내는 장면 콘티. 대화가 이어지는 가운데 동요하는 카미신이 프레임에서 벗어났다 돌아오길 반복하는 유쾌한 신은 호소다 연출의 진수이기도 하다.

라는 것의 선입견과 가치관이 역전되는 이야기를 하면 재밌겠다 싶었죠. 그것이 《썸머 워즈》의 아이디어 근원입니다.

— 지금의 인터넷 세계는 어떻게 받아들이고 있나요?

《디지몬》과 《썸머 워즈》때보다 일상적인 것이 된 탓에 아주 성가신 존재가 되지 않았나요? 무엇보다 SNS가 보급되어 일상 세계와 인터넷 세계가 한없이 가까워진 게 두렵습니다. 그런 탓에 지금의 인터넷 세계에 단점을 찾자면 헤아릴 수가 없어요. 중상모략과 악담, 비속어 남발까지 정말 뭐든 있어요. 정말 가차 없이 다른 이에게 상처를 주죠.

— 감독도 경험했나요?

물론이죠. 저에 대해서는 지금 시작한 게 아니라 20년도 더 됐죠. 《하울의 움직이는 성》을 못 만드는 놈은 재능이 없는 거야. 아무것도 모르는 사람이 이렇게 써요. 얼마든지 있죠.

하지만 인터넷의 악의란, 젊은이들이 앞으로 무언가를 만들 때 반드시 만나게 되는 시련입니다. 제가 젊었다면 도무지 견딜 수 없을지 모르지만, 지금 젊은이들은 견디지 않으면 앞으로 나아갈 수 없어요. 이거 참 큰일이다 싶어요. 이번 《용과 주근깨 공주》는 바로 그 부분에 다가가고 싶었어요. 중상모략의 세계에서 그래도 희망을 지니고 살고 싶은 존재에게. 오늘날 뭔가를 만들고 있고 만들려는 사람은 힘든 면도 있겠으나 저는 아무래도 더 좋은 점도 있지 않나 생각해요. 실제로 이번 영화를 제작하면서 이제까지의 작품과는 비교할 수 없을 만큼의 많은 음악

가와 여러 장르의 크리에이터와 협력 관계를 만들었어요. 그것 역시 인터넷의 힘이죠.

— 이번 작품을 만드는 과정이 그것을 증명하죠.

그렇습니다. 언행일치를 추구한 건 아닌데 이런 '인터넷 세계에서 재능을 꽃피우는 사람의 목소리' 같은 것을 만들고 있자, 실제로 인터넷 속에 아직 아무도 모르는 미지의 재능이 있을 테니까 인지도와 상관없이 찾아보자는 태도를 지니게 되었어요. 덕분에 정말 재밌었어요. 같은 팀에 전설적인 인물도 있고 영화 일에 처음 참여하는 사람도 있는데 그 둘이 각각 벨과 용의 캐릭터 디자인을 맡아요. 이건 인터넷만의 장점이죠. 저는 아무래도 이런 사람들에 가닿을 수 있게 해주는 장점을 소중히 여기고 싶어요.

세계를 지탱하는
압도적인 노래의 힘

— 노래의 힘이 이번 작품에서는 영상에서나 이야기에서도 중요한 역할을 합니다. 벨의 '노래의 힘'에 설득력이 없으면 작품 전체가 파탄 날 위험도 있었어요. 그런 의미에서 벨의 성우를 맡은 나카무라 카호 씨의 존재는 정말 크죠. 성우 경험이 없는 그녀를 주역으로 발탁한 경위는?

캐스팅에서 제일 중요시한 것은 스즈와 벨을 연기하는 사람과 노래하는 사람을 일치시킨다는 거였어요. 옛날부터 뮤지컬 영화나 디즈니 영화에서 연기와 노래에서 목소리가 바뀌는 일이 있었죠. 노래는 노래 잘하는 사람에게 맡기고 연기는 배우에게 맡기는 식으로. 하지만 이 작품은 그런 방식을 통하지 않으리라 생각했어요. 그녀의 노래는 노래인 동시에 용과 케이, 혹은 세계에 말을 거는 대사이기도 해요. 그러므로 대전제로 가수와 연기자는 한 인물일 필요가 있었죠. 게다가 여기서 요구되는 표현력은 가장

력도 연기력도 상당히 수준이 높아야만 합니다. 노래로 작품 속에 마음을 두게 해야 하는데 그럴 수 있는 사람이 과연 있을까 싶어 처음에는 정말 고민했습니다.

— 어떻게 나카무라 카호 씨로 결정하게 되었나요?

그야말로 우여곡절 끝에. 처음에는 음악 정보통을 소개받는 것으로 시작했습니다. 날마다 "이런 역할을 연기할 가수가 있나요?"라는 질문을 던지고 돌아다녔어요. 소개를 받거나 마음에 든 가수의 노래와 영상을 샅샅이 유튜브나 애플 뮤직으로 확인했죠. 그러다가 나카무라 카호 씨의 라이브를 보러 갔어요. 2년 전인가. 나라의 구둣가게에서 한 라이브였죠. 사실 그때는 그녀에게 성우를 맡기겠다는 생각도 없었고 그냥 몇 곡쯤 작곡을 부탁할까 생각했죠.

— 악곡을 제공해달라고요?

네. 노래는 연기자가 할 테니까 작곡을 해달라고. 나카무라 씨의 노래는 CD도 좋지만, 라이브가 훨씬 좋아요. 유튜브에 올라오는 영상도 정말 훌륭하죠. 그래서 한 번은 들으러 가야겠다 싶어서 갔는데 역시 정말 좋더라고요. 나중에 친분이 있는 우타마루(RHYMSTER) 씨의 라디오에서 나카무라 씨가 스튜디오 라이브를 한다며 오지 않겠냐고 했어요. 그때도 이런 식으로 교류해두면 나중에 작곡을 부탁하기 쉬울 것 같았죠. 그렇게 만났다가 오디션 참가를 권했죠.

— 스즈 역할 연기자로?

네. 노래 오디션이 중심이라 그와 관련해 그녀가 잘한다는 것은 처음부터 알고 있었어요. 하지만 연기는 미지수라 특별히 기대하지 않았죠. 그래도 아무래도 마음에 들었으니까 불렀겠죠. 실은 그 오디션에는 이쿠타 리라 씨와 다마시로 티나 씨, HANA 씨도 참가했어요. 다들 각각 장점이 있어서 셋은 나중에 다른 역할을 맡겼죠. 그리고 나카무라 씨의 차례가 되어 대사를 읽혔을 때 정말 놀랐어요. 잘했다고 하면 그만이지만, 단순히 좋은 성우라거나 연기자가 아니었어요. 표현력이 굉장했어요. 프로듀서들도 다 깜짝 놀라 이 역할을 나카무라 씨에게 맡기는 수

Mamoru HOSODA

밖에 없다고 했으니까요.

— 나카무라 씨 본인은 놀라지 않았나요?

오디션을 왔으니까 나름 각오했겠으나 그래
도 용케 받아들여 줬네요. 아티스트로서 이미
평가를 받은 사람이 갑자기 애니메이션 영화의
주연을 맡다니, 비요크나 레이디 가가가 영화에
나온 것이나 미네타 가즈노부 씨가 긴난 보이
즈 활동을 접고 배우로 전향한 것이나 비슷하겠
죠. 미네타 씨의 《아이덴&티티》(2003)는 훌륭
했는데 이 영화에서의 나카무라 씨도 그에 못지
않아요. 그녀도 갈등이 많았을 텐데 과감히 나
와줘서 정말 다행이었어요. 아주 이례적인 캐스
팅이라 걱정한 사람도 있었는데 그게 문제가 안
됐어요. 이 영화에는 그녀가 필요했어요.

**— 나카무라 씨에게 직접 출연을 결정한 이유를
들었나요?**

들었어요! 뭐랬더라, 그림 콘티를 읽고 집념
이 느껴져 받아들였다고. 나카무라 씨도 누군
가에게 세션을 맡기거나 다른 이의 노래를 부를
때 그만한 열량이 없으면 노래하지 않는다고 했
는데 그와 마찬가지로 그림 콘티에 열량이 있어
서 하기로 했다고. 고마웠고 무엇보다 기뻤습
니다.

**— 나카무라 씨를 만나고 감독 안에 있던 스즈
의 모습에 변화가 있었나요?**

제 안의 스즈가 나카무라 씨를 만나 크게 변한
것은 없어요. 하지만 스즈에 대한 이해가 깊어
졌죠. 늘 그런데 애프터 리코딩이 끝나야 그 캐
릭터에 대해, 아, 이런 사람이었구나, 하고 처음
알게 돼요. 제가 써 놓고 말이에요. 역시 쓰기만
해서는 그 인물의 전부를 알 수 없어요. 연기를
통해 존재감을 얻어야 비로소 스즈가 이렇게 귀
여운 사람이구나 하고 실감하죠. 따라서 나카무
라 씨가 아니었다면 완전히 다른 모습이 거기에
있었겠죠. 하지만 지금은 나카무라 씨와 스즈를
떼어놓고 생각할 수 없어요.

뺨에 상처가 있는 현대 미녀

— 아까 말한 양면성과 관련된 얘기인데 밝혀진

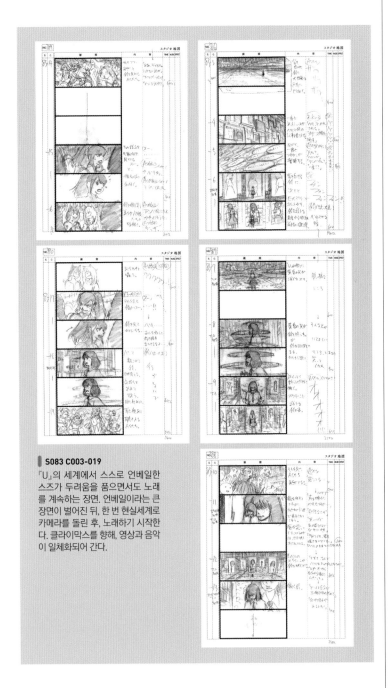

S083 C003-019

『U』의 세계에서 스스로 언베일한
스즈가 두려움을 품으면서도 노래
를 계속하는 장면. 언베일이라는 큰
장면이 벌어진 뒤, 한 번 현실세계로
카메라를 돌린 후, 노래하기 시작한
다. 클라이맥스를 향해, 영상과 음악
이 일체화되어 간다.

용의 정체가 아버지의 학대를 받는 아이라는 사
실은 솔직히 의외였어요. 스즈가 도와줘야 할
대상으로 여러 선택지가 있었을 텐데요.

이번 플롯은 시행착오를 거치면서 여러 번 다
시 썼는데 나가사키에서 하네다로 돌아오는 비
행기 안에서 아이폰 메모장에 쓴 내용이 기초가
되었습니다. 나가사키의 한 음식점에서 짬뽕이
나오기를 기다리는 동안 쓰기 시작했는데 갑자
기 이야기가 흐르기 시작해 그대로 공항 셔틀버

스 안에서도 쓰고 비행기 안에서 썼어요. 정신
을 차리니 그 시점에서 이미 그 아버지가 나와
있더군요.

**— 그러니까 여러 번 다시 쓰면서 정체해 있던
이야기가 아버지라는 존재가 나타나면서 자연
스럽게 흐르기 시작했다?**

네. 맞아요.

— 원인이 뭘까요?

용의 정체에 관해 여러 가능성이 있었는데 최

종적으로 두 가지 선택지로 줄였습니다. 하나는 큰 병이 있는 여성, 다른 하나는 학대당하는 소년이었죠. 둘 다 제 안에 예감 같은 게 있었어요. 그리고 어느 게 더 이야기에 맞는지를 생각했을 때 현재의 흐름이 낫다고 생각했어요. 스즈의 아버지도 그렇지만, 영화에 나오는 부모는 이상적인 사람만 있는 게 아니에요. 저마다의 문제를 반영시키자는 문제의식이 제 안에 늘 있어요. 게다가 인터넷을 무대로 한 영화니까 이게 정답인 것 같았습니다.

— 왜요?

저도 두 아이의 아버지라 그런 학대 뉴스를 볼 때마다 분개해요. 뭔가 내게 날아와 꽂히는 게 항상 있어요. 같은 아버지라는 처지에서 봤을 때 나는 절대 학대하는 부모가 되지 않으리라는 보장을 100% 할 수 없어요. 이렇게 말하면 좀 이상하지만, 완전히 남 일 같지는 않아요. 부모와 자식이라는 관계는 그리 편안하지 않아요. 지금은 괜찮지만 언제 틀어질지 모르죠. 적어도 제게는 그런 생각이 있어요. 왜냐면 대부분의 학대는 특별히 비상식적이고 광기 어린 부모가 하는 게 아니라 우리가 만들어 온 사회의 구조적인 문제에서 생긴다고 생각하니까요. 즉 모든 부모가 학대할 가능성이 있는 상태에서 아이와 함께 살죠.

실은 만드는 과정에서 아이도 보는 영화에 이런 요소가 들어가면 곤란하다는 의견이 강했어요. 물론 그것도 이해해요. 하지만 그렇다고 그리지 않으면 이 문제가 세상에 없는 게 되어 버리잖아요. 그러니까 그려야죠. 어쩔 수 없어요. 세상이 그러니까요. 부모와 자식의 관계라는 것에 정상이나 정답은 없어요. 봉건 사회라면 모를까 세상이 더 다양한 가치관을 인정한다면 이런 요소도 포함해야 하지 않을까요? 특히 미국인은 학대를 다루는 데 저항감이 강한데…. 그렇다고 아이도 볼 수 있는 무해한 애니메이션만 만들 게 아니라 세상에 질문을 던지는 '영화'를 만들어야죠. 그러니 현대를 제대로 반영해야 한다고 생각해요. 유감스럽게도 이는 누구나 일으킬 수 있는 일상의 풍경이에요. 우리는 당연하게 그것을 보고 있고 자신이 그에 휘말릴 위험도 항상 있죠. 그러므로 강 너머에서 울고 있는 소녀도, 학대로 고통받는 소년도 기본적으로 마찬가지예요. 그들을 도우러 가는 엄마와 스즈의 마음도 그래서 똑같아지는 거죠.

— 이야기 후반부에 용의 정체인 케이가 스즈에게 반박하는 '돕는다'라는 문제는 관객에게 던져지는 강한 메시지 같았어요. 스즈는 끝내 인터넷의 인격 벨을 버리고 진짜 스즈로 문제에 맞서야 했죠. 어떤 의미에서 인터넷의 익명성을 부정한 것이자 호소다 감독이 지닌 현재 인터넷에 대한 혐오와 긍정의 갈등이 드러난 것 같았습니다.

《디지몬》과 《썸머 워즈》 때처럼 '인터넷은 젊은이에게 가능성의 문'이라고 쉽게 말할 수 없는 시대가 되었죠. 지금 아이들이나 젊은이들은 이런 인터넷 사회를 어떻게 대면하고 살아갈 것이냐는 문제를 안고 있어요. 제 딸은 이제 다섯 살인데 이미 그 물결에 휩쓸리고 있죠. 그 연장선에서 생각할 때 그럼 현대 고교생인 스즈의 궁극적인 부분을 추구해 보면 어떨까, 생각했죠. 이제까지 쌓아 올린 '또 다른 자아'를 버릴 수 있을까, 그런 양자택일에 몰아넣어 본 거죠. 안전한 장소에서 정론을 펼치는 것과 다른 '돕고 싶다'라는 마음을 어떻게 전할 것인가. 그 순간에야 비로소 스즈라는 인간의 진가가 밝혀지죠. 그리고 역설적으로 들릴지 모르겠지만, 스즈에게 그 정도 궁지에 몰리는 상황을 맞게 하려면 도움을 받는 케이도 스즈의 갈등에 어울리는 '무언가'가 필요해지죠.

— 아까 얘기로 돌아가는데 그래서 아버지의 학대를 받는 소년의 모습이 떠올랐을 때 이번 이야기의 정답이 보였나요?

네. 그래서 마지막에 케이를 보호하려고 스즈의 뺨에 할퀸 상처가 생기는데 그것도 필요했어요. 그 상처도 현장 스태프는 너무 한 거 아니냐는 의견을 냈는데 하지만 현대의 《미녀와 야수》란 그런 거라고 말하고 싶어요. 과거에는 가부장제의 권력 구조의 일부분으로서의 '미녀', 남자 사회 속의 한 지위로서의 '미녀'가 설정되었다면 현대는 얼굴이나 스타일이 예쁘다고 해서 '미녀'가 되는 시대가 아니니까요. 온갖 일을 겪고 이겨냈는지, 그 증거가 그를 '미녀'로 만들죠. 얼굴의 상처는 소중한 것을 지켜낸 현대의 '미녀'의 징표인 겁니다.

— 확실히 그 장면에서 스즈는 당차고 아름다워요. 그것은 《미녀와 야수》의 '미녀'라는 존재를 현대 사회 속에서 업데이트한 모습이군요.

맞아요. 그곳에 도달함으로써 이 영화의 목표가 달성되었죠.

그리고 언덕길에서 케이와 토모를 구한 뒤 '자, 세계를 바꾸자'라는 처음 내레이션이 다시 나오는데 이것도 필요하냐를 놓고 토론이 붙었어요. 잘라내야 한다는 의견도, 그냥 두자는 의견도 있었죠. 저는 잘라내면 인터넷이라는 것이 상대화되지 않는다고 생각했어요. 그 내레이션이 이야기 처음과 끝에 반복됨으로써 그 말의 의미가 바뀌어요. 마지막에는 인터넷과 현실 사회의 대면 방식에 관한 일종의 문제 제기가 되죠. 그렇게 느끼는 것은 관객의 의식이 바뀌었기 때문이기도 하지만 오락 작품에 그런 것을 넣어야 할까요? 넣지 않는 게 이야기로서는 가볍게 볼 수 있겠죠. 하지만 저는 아무래도 넣어야 한다고 생각했어요.

끝으로 《디지몬》부터 줄곧 그래도 인터넷 세계에는 희망이 있다고 생각합니다. 최근 취재에서 인터넷 세계를 이렇게 긍정적으로 그린 감독은 세계적으로 없다고 하더군요.

— 대체로 부정적인 이미지를 앞세우죠.

그래요. 보통은 디스토피아를 그리는 데 유용하죠. 세계 영화는 대부분 그렇게 인터넷을 그려요. 만약 또 인터넷을 무대로 한 영화를 만든다면 그런 게 핵심이 될지도 모르겠네요. 세상이 변해 우리가 얼마나 인터넷에 의존하는 사회가 될지. 코로나 여파로 그런 상황이 더 진행되었는데 더 진행되었을 때는 어떤 얘기가 나오고 어떤 문제의식이 생길지, 그 안에서 누가 고통받고, 변해야 할 사람은 누군지, 같은…. 역시 아무리 시간이 흘러도 흥미진진한 주제네요.

극장 작품을 만든다는 사명

— 독립해 만든 첫 번째 작품《시간을 달리는 소녀》가 개봉된 지 15년, 호소다 감독을 둘러싼 환경도 크게 변했을 겁니다. 지난 15년을 돌아보면 어떤 생각이 드나요?

신기하죠.《시간을 달리는 소녀》를 만들 때는 여기까지 올 줄 몰랐어요. 그렇지만 하는 일은 그다지 변하지 않았어요. 55년 전의 쓰쓰이 야스타카 선생의 원작 소설이 있어서 제가《시간을 달리는 소녀》를 만들었듯이 이번에는 18세기의《미녀와 야수》가 있고 장 콕토의《미녀와 야수》가 있고 디즈니의《미녀와 야수》가 있어서 제《용과 주근깨 공주》가 있죠. 그런 생각과 영화에 대한 목적의식은 15년 전이나 다름이 없어요. 그저 작품 규모만 달라졌어요. 특이 이번 작품은 아주 많은 사람과 협업해《시간을 달리는 소녀》때와 비교하면 제작비가 막대해졌죠.

— 그런 환경을 얻어서 오히려 부담되진 않나요? 제대로 회수해야 하잖아요.

수익은 제가 생각한다고 해서 될 일도 아니고 애초 그게 목적이 되면 좋은 영화를 만들 수 없어요. 회수를 생각했다면《미래의 미라이》같은 영화는 절대 나올 수 없어요.《늑대 아이》도 기획조차 되지 않았을 게 분명해요. 따라서 일반적으로는 절대 안 되는 기획이 어쩌면 실현될 수 있다는 게 15년간 제가 얻은 권리라고 생각합니다. 그 권리를 쥐고 지금까지 영화사에서

그려지지 않은 것을 제대로 그리려면 어떻게 해야 할지를 생각하는 게 중요합니다.

— 호소다 감독에게는 고품질의 오락 작품을 만들고 싶다는 작가적 욕구와는 별개로 애니메이션의 제작 방식이나 존재 방식을 업데이트하겠다는 의식도 강한 것 같아요. 이것도 역시 디즈니의《미녀와 야수》에 이끌렸던 숙명 같은 건가요?

그런 의식은 확실히 있습니다. 그렇게 새로운 표현을 개척하는 게 극장 애니메이션의 역할이라고 생각합니다. 예를 들면 미야자키 감독님…, 미야자키 하야오 감독님이 이뤄낸 정말 위대한 것 중 하나가《이웃집 토토로》(1988)를 만든 것이라고 저는 생각합니다. 바로 그 작품 덕분에 애니메이션이 일본 영화에 포함되었죠. 기획은 어린이용 애니메이션이었으나 완성하고 보니 보편적인 가치를 지닌 완벽한 극장용 영화였죠. 또 디즈니의《미녀와 야수》는 존 래시터도 참여해 2D 애니메이션에 처음으로 3D를 본격적으로 도입함으로써 그 댄스 장면을 탄생시켰어요. 이어서《알라딘》이 나오고 또《노트르담의 꼽추》의 군중 장면이 나왔죠. 정말 많은 기술적 업데이트가 그 시기에 이루어졌습니다. 극장 작품이기에 새로운 애니메이션, 새로운 영화의 모습을 발견할 수 있고 그것을 제시하는 것이 극장 작품을 만드는 자의 사명입니다.

— 긴 호흡으로 애니메이션과 영화라는 것에 참여할 권리를 지닌 사람의 숙명이란 말이군요.

그렇습니다. 하지만 그러기 위해서는 준비와 학업이 필요합니다. 예를 들어 이번 작품에서 CG를 어떤 식으로 쓸 것인지는《미래의 미라이》에서 준비한 것이고 캐릭터를 CG로 표현하는 실험을 한 토대가 있어서 처음 도전할 수 있었습니다. 하나의 작품마다 문득 생각나 마구 하는 게 아닙니다.《썸머 워즈》에서부터 줄곧 디지털과 손 그림을 함께 써왔고 점점 어디까지를 CG로 할 것인지 조금씩 무게중심을 옮겨왔습니다. 이번《용과 주근깨 공주》에 와서야 반 정도 되었네요. 그러면 다음은 전부 할까요? 그건 모르는 일이지만, 그런 계획도 확실히 있습

니다.

— 이번에 새롭게 시도한 기술적 과제는 무엇이었나요?

이번에는 CG로 인물을 제대로 표현하고 그것을 통해 드라마를 전달할 수 있는지에 도전하는 것이었습니다. 적어도 일본의 기존 CG 영화에서는 아직 실현되지 않았다고 생각합니다. 그래서 드디어 제가 도전해보자 했죠. 하지만 이번에는 일단 인터넷 세계라는 퇴로를 만들어놓고 시작했어요. 만약 제대로 안 됐으면 "이건『U』라니까!"라고 변명하려고요(웃음). 그래도 일단 하는 거니까 제대로 마음을 전달하거나, CG 캐릭터가 아니라 인물로서 '아, 귀엽다!' '멋지다!'라고 생각할 정도의 묘사는 해내고 싶었습니다. 오래 계획을 세워 실제 현장에서 상당히 높은 수준을 주문했죠.

— CG는《썸머 워즈》이후 맹우인 디지털 프런티어. 호소다 감독에게 그들은 어떤 존재인가요?

줄곧 CG 디렉터를 맡은 호리베 료 씨의 실적이 있고 무엇보다 디지털 프런티어 자체가 CG 영화를 만드는 경험이 아주 많은 면면이라, 어떻게 하면 잘 할 수 있을지의 시행착오를 함께 겪었습니다. 20년 이상 전부터 CG 프로듀서 도요시마 유사쿠 씨가 "호소다 씨, 3D 애니메이션을 함께 해요. 가능성이 있는 분야니까요"라고 했어요. 당시는 시도하지 못했으나 그들은 포기하지 않았죠. 그들의 첫 장편 FULL CG 작품은《보노보노 향기 나무의 비밀》인데 달랑 15명이 만든 거예요. 영화를 만든다는 의욕이 원래 강했죠. 그 당시의 오리지널 멤버가 그대로 남아 있어서 믿음이 가요.

— 이번에 이야기를 들으면서 영화 제작에는 타이밍이 정말 중요한 것 같아요. 벨의 캐릭터 디자인을 담당한 진 킴 씨는 디즈니 스튜디오에서《겨울왕국》(2013)의 캐릭터 디자인을 담당한 이른바 레전드잖아요. 이런 사람에게 연락이 되었다는 것도, 인터넷의 힘을 통해 정말 다양한 사람과 세계를 만들 수 있는 것도, 호소다 감독과 디지털 프런티어 같은 맹우가 함께 쌓아온

경험이 지금까지는 도달하지 못한 표현을 가능하게 한 것도, 모두 때가 왔기 때문인 것 같아요. 게다가 작품의 모티프는 30년 전에 만들어진 《미녀와 야수》였고요.

그 점은 저도 느낍니다. 마음대로 작품을 만드는 게 아니라 하나씩 영화적인 목표가 있고 그것을 하나씩 해나간 결과라는 자부심은 있습니다. 실제로 진 씨와 함께 작업할 수 있게 된 것도 전작 《미래의 미라이》가 미국 애니상을 받고 골든 글로브와 아카데미 후보가 된 영향도 무시할 수 없습니다. 그런 일이 있었기에 처음 보는 저를 믿었겠죠. 거슬러 올라가면 아카데미 후보가 된 것은 그 전에 칸영화제 감독 주간에 불려갔기 때문이고요. 《미래의 미라이》가 왜 감독 주간에 불려갔냐면 《늑대 아이》가 이전에 주목을 받아서죠. 프랑스에서는 《늑대 아이》를 일본보다 더 좋아했죠. 참고로 《시간을 달리는 소녀》는 일본보다 한국이 더 좋아했고 일본인은 《썸머 워즈》를 좋아했고요. 물론 저는 칸과 아카데미를 목표로 영화를 만들지 않아요. 그래도 내가 걸어온 자취를 제대로 평가해주니 마음이 든든합니다.

— 이번에도 칸이 새로 만든 '칸 프리미에르 부문'에 초청되었죠?

"전에 감독 주간에 초청된 HOSODA의 신작은 어때?"라고 물었다네요. 원래 칸영화제는 매년 5월에 열리니까 시간을 맞출 수 없어 출품할 수 없어요. 하지만 코로나로 7월로 개최가 연기되는 바람에 간신히 출품할 수 있었어요. 정말 우연이죠.

하나씩 쌓아 올린
오랜 여정 끝의 도달점

— 《용과 주근깨 공주》의 제작 기간 중 꼬박 1년 이상이 코로나에 휘말렸어요. 어떤 영향이 있었나요?

코로나가 시작된 게 마침 그림 콘티 기간이라 정말 영향이 컸습니다. 《늑대 아이》 때도 동일본 대지진 직후의 혼란 속에서 그림 콘티를 그렸어요. 그래서 재해를 어떻게 받아들이고 앞으로 어떻게 살아야 하는지의 마음이 짙게 담겨 있어요. 마찬가지로 이번에도 그림 콘티를 그리는 기간과 코로나 봉쇄와 겹쳤어요.

— 그 시기 인터넷은 이상할 정도로 시끄러웠어요. 가짜 뉴스가 넘치고 무익한 범인 찾기가 벌어지고. 그런가 하면 밝은 노래나 춤 공연으로 위로를 받기도 하고. 돌아보니 이번 《용과 주근깨 공주》의 이야기와 겹치는 부분이 많네요.

맞습니다. 그런 분위기는 현실과 이야기 세계가 매우 비슷해 불가사의한 공명을 일으키는 것 같아요. 무엇보다 보디 셰어링 기술 등을 포함해 시나리오 단계에서는 좀 더 미래 세계를 그리려고 했어요. 그런데 코로나가 오면서 비대면 회의를 하며 일하는 게 당연한 세상이 되자 현실 세계가 영화의 세계에 급속도로 가까워졌어요. 그런 점에서 영향이 컸다고 생각합니다.

— 스튜디오 치즈 10주년이라는 특별한 해인데 어떤 마음이세요?

작품을 만들 때마다 영화에 들어가는 내용을 파워업해 온 것은 영화를 보러 와주시는 관객들이 있었기 때문이죠. 작품을 계속 만들어냄으로

써 다음 작품을 만들 권리를 유지해 온 것은 솔직히 정말 감사합니다. 감독에게 영화는 매 작품 모든 것을 걸어야 하는 숙명이자 '이 작품이 아니면 다른 것은 만들 수 없다'라는 각오로 세상에 내놓습니다. 그런 찰나를 품은 게 영화입니다. 한편 하나씩 쌓아 올려야 얻을 수 있는 것도 영화입니다. 그러므로 지난 10년간 쌓아 온 것이 이어져 하나의 길이 되고 그 길이 《용과 주근깨 공주》에 도달한 것은 하루아침에 이루어진 것이 아니기에, 제게도 스튜디오 치즈에게도 더할 나위 없는 자랑입니다.

— 어쩐지 호소다 감독에게도, 사회적으로도 기념할 만한 타이밍이 이 작품에 모인 것 같네요.

진심으로 그렇게 느낍니다.

— 칸에는 7월 12일에 가요?

일요일 밤에 가는데 칸의 월드 프리미어(공식 상영)는 15일입니다.

— 일본 개봉 때는 안 계시네요.

네. 다음 16일이 개봉이니까요. 하지만 네 번째 긴급사태 선언이 발령되었다는 것은 인터넷으로 어제 봤어요(웃음). 감염 대책으로 영화관 좌석 수가 줄어든 채 시작되니까 솔직히 모든 게 갖춰진 상태에서 출발하는 상황이라고는 할 수 없으나 이것 역시 시대의 영화를 공개하는 숙명으로 받아들이고 있습니다. 올해 공개된 다른 영화도 다 같은 처지에서 건투하고 있으니 같은 출발선에서 상영해야죠(끝).

취재일
2021년 5월 7일, 6월 15일, 7월 8일.
스튜디오 치즈에서.

● 호소다 마모루
1967년생. 도야마 출신. 가나자와미술공예대학 졸업 후 도에이동화(현재는 도에이 애니메이션)을 거쳐 11년에 스튜디오 치즈 설립. 이제까지 발표한 극장 작품은 국내 외에서 많은 상을 탔다. 《용과 주근깨 공주》도 향후 세계 개봉을 앞두고 있다.

もああん　奥田明世　紺野大樹　小磯由佳
井関修一　清水恵子　髙木晴美　川名久美子
寺尾洋之　大島塔也　吉岡毅　丹澤学
水野良亮　松村祐香　松井啓一郎　加藤優
福冨和子　川口博史　原千遥　髙橋美晴
秋元祐美花　永瀬智之　ジュリア デルング　田巻智子
瀬田光穂　髙木麻穂　山本早苗　唐澤雄一
西山薫子　山﨑展義

動画検査
坂詰かよ

秋山訓子　寺田久美子
玉置雅代　長命幸佳　大島明子

動画
DR MOVIE
Jeon Hae-jin　Jang Chul-ho　Park Hyun-joo　Lee So-young
Gong Jin　Son Young-joo　Kim Boo-kyung　Cho Chae-won
Jeong Ju-ri　Choi Mi-na　Lee Mi-ok　Heo Young-jin
Ko Jin-ju　Jang Sun-hye　Choi Eun-ju　Jang Hee-doek
Lee You-jin　Lee Min-kyung

スタジオコロリド
竹之内節子　松村舞子　赤木苑緒　西原千恵
田中一葉　小池響　野口愛美　藤田理子
昆美菜子　徳留圭太郎　高橋夏海

maru animation
金志顯　金慧貞　鄭多恵　鄭星銀
趙允姫　鄭眞珠　金世元　徐榮恩
都堰序

MAA MOPICS
黄順河　安美京

コミックス・ウェーブ・フィルム
手島晶子　松田裕美　竹下エリカ サオリ
田邉香奈子　真野鈴子　内海佳奈恵

タツノコプロ
千葉紗也　安部由羽花　加藤亨祐
原南月　林ひかる

MAD HOUSE
後藤愛香　小林央奈　千田桃花　藤井茉由

コントレール
丸田萌依

中込利恵　富沢恵子　藤森まや　八木綾乃
佐藤瑠美　髙橋夢佳　中嶋智子　室賀由起子
石浦麻美　中村末奈美　宇根谷世哲　田中陽子
一之瀬美鈴　渡辺恵子

原夏海　山口杏

色彩設計補佐・色指定・検査
チーフ
駒田法子

忽那亜実　岡田絵美子

仕上げ
wish
奥井恵美子　伊藤敦子　寺島伸弥　天本洋介
千葉陽子　梅村利恵子　古河寿子　山﨑久美子
田中愛梨香　泉貴明　周藤宏太　田中照佳
今本滉紀　大滝あや　張涵錚　山﨑紗良
Nguyen Thi Kim Phuong　木上奈緒　西之園未来　宮迫一成
北沢理絵　石原裕介　水澤紘介　石川直樹

DR MOVIE
Lee Jin-hee　Lim Jeong-a　Yoo Young-hye　Park Se-na
Jung Su-hyun　Kim Min-ju　Kim Ok-Hee　Jung Su-young
Choi So-ri　Lee Eun-jeong　JO Ye-jin　Kwon Min-kyung

maru animation
王姫淑　崔誠淑　田淑子
牟美眞　車銀珍

SUNRISE BEYOND 福岡スタジオ
喜多原絵理　モリミツ_アキ

スタジオ・ロード
山中真紀子　曽根久美子　水野多恵子　永井舞
五十嵐遥　高木美幸　原田怜旺　住吉和
神友梨　坂下美月

チップチューン
堀川佳典　鈴木志穂　森田都世

アスリード
福谷直樹　塩田智聖　満田英里

コミックス・ウェーブ・フィルム
蒳原絢子　若井あゆ　松本理紗

製作総指揮
沢桂一

製作
伊藤響
田中伸明
菊池剛
齋藤佑佳

プロデューサー
齋藤優一郎
川村元気
高橋望
谷生俊美

制作プロデューサー
石黒裕之

原作
細田守
『竜とそばかすの姫』(角川文庫刊)

作画監督　　　CG作画監督
青山浩行　　　山下高明

CGディレクター
堀部亮　　　下澤洋平

美術監督
池信孝

色彩設計
三笠修

撮影監督
李周美　　上遠野学　　町田啓

編集
西山茂

音楽監督／音楽
岩崎太整

音楽
Ludvig Forssell　坂東祐大／挾間美帆

ミュージックスーパーヴァイザー
千陽崇之

リレコーディングミキサー
佐藤忠治,C.A.S.

スーパーヴァイジングサウンドエディター
勝俣まさとし

CGキャラクターデザイン
Jin Kim
秋屋蜻一　岡崎能士　ippatu
岡崎みな　イケガミ ヨリユキ　Emmanuel Edeko

衣装
伊賀大介
森永邦彦　　篠崎恵美
(ANREALAGE)　　(edenworks)

プロダクションデザイン
上條安里
Eric Wong

コンセプトアート
上国料勇

Tomm Moore　　　Ross Stewart
Alice Dieudonné　Almu Redondo　Maria Pareja
(Cartoon Saloon)

原画
尾崎和孝　濱田高行　浜洲英喜
稲村武志　八崎健二　小林直樹
坂崎忠　和田直也　田中敦子
高橋英樹　高坂希太郎　中鶴勝祥
下司祐也　松原秀典　井上俊之

出演
内藤鈴／Belle　中村佳穂

久武忍　成田凌
千頭慎次郎　染谷将太
渡辺瑠果　玉城ティナ
別役弘香　幾田りら

吉谷さん　森山良子
喜多さん　清水ミチコ
奥本さん　坂本冬美
中井さん　岩崎良美
畑中さん　中尾幸世

ジャスティン　森川智之

恵・知の父親　石黒賢

ひとかわむい太郎・ぐっとこらえ丸　宮野真守
鈴の母　島本須美
Peggie Sue　ermhoi (millennium parade)
知／天使　HANA

イェリネク　津田健次郎　　スワン　小山茉美
フォックス　宮本充　　野球評論家　多田野曜平
司会者　牛山茂

鈴の父　役所広司

桝太一　　　　水卜麻美

徳島えりか　山﨑誠　平松修造　伊藤大海
弘竜太郎　河出奈都美　石川みなみ　忽滑谷こころ
(日本テレビアナウンサー)
那須晃行　中西茂樹　金ちゃん　坂井良多
(なすなかにし)　(なすなかにし)　(鬼越トマホーク)　(鬼越トマホーク)

上石直行　朝井彩加　麻倉ありあ　浅野杏奈
朝日奈丸佳　池田朱那　石井隆之　井上音生
櫻木淳弥　岡田雄樹　落合福嗣　小野寺悠貴
小野夢空　葛西美空　樫本美穂　加藤糸
兼政郁人　川井田夏海　北川真理奈　木田祐
北元杏奈　木野日菜　熊谷海麗　黒沢ともよ
光部樹　香里有佐　小林直人　小林卓斗
小向なる　近藤樂介　近藤唯　齋藤潤
櫻井トオル　佐藤美由希　佐藤向日葵　鈴木崚汰
鈴木れい子　諏訪彩花　関幸司　千本木彩花
髙橋伸也　髙橋菜々美　武田華　竹本愛菜
田中映美　田中乃愛　田中文哉　田村奈央
集貝はな　近松孝充　富城まどか　富田美憂
鳥越壮真　永井将貴　長縄まりあ　中村源太
中村優月　長谷川育美　比嘉良介　菱川花菜
平林朔夏　廣瀬千夏　福西勝也　ふじたまみ
藤原夏海　星乃圭吾　真木駿一　松木エレナ
三浦千幸　三谷綾子　望月章男　森嵜愛穂
森永千才　山口竜之介　悠木碧　行成とあ
吉田拓真　吉野貴大

Pablo Ibanez Garcia　チャンタボン・プンサワン　平井健
畠山隆志　　奥山悠治　　Johanna Oman
Ricky　　　Dario Toda　　Adrian Howard

恵／竜　佐藤健

188

コンポジットリード　　コンポジットアーティスト
塚本竜也　秋山和哉　金元省吾　日比野滉太

CGプロデューサー
安田拓二

AstroBros.
CGディレクター　　リードアニメーター
佐々木涼　高橋靖彦

CGアニメーター
野中正孝　湊隆之　石田竜介
相澤和佳子　大竹祐次　本岡宏紀

2Dエフェクトアニメーター　　プロダクションマネージャー
朝倉竜也　西山達也

リズ
CGアニメーションリード
岡元健司

CGアニメーションアーティスト　　CGアニメーションマネージャー
白井尚美　福田貴将　青地正高

スタジオカラー
CGアニメーションアーティスト
仲眞良一

BIGFOOT
CGアニメーションアーティスト
熊本周平

TYFFON
アニメーションスーパーバイザー　　アニメーター
髙橋貴博　ハンジ ジョゼ

ラピス
ディレクター　CGアニメーションアーティスト　CGプロデューサー
江澤和仁　嶋田健人　深田安莉　平田徹

カンナジャパン
CGアニメーションアーティスト　　CGプロデューサー
片田博之　原田修吾　渡邉雅儀　内田英武

StudioGOONEYS
リギング&シミュレーションアーティスト　　CGプロデューサー
砂村洋平　初鹿悠

STUDIO JOIN
リギングリード
ベ ジェチョル

リギングアーティスト
ユ ヒョナ　金哲永　イ ヒョンホ

タイプゼロ
CGプロデューサー　アニメーションアーティスト　リギングアーティスト
首藤惠太　市川亮　青木久和

デジタルアーティスト
西川絵梨奈　小西美優　宮本晴永
友原好将　帰路野斗架

CGアニメーションアーティスト
長谷川緑

リブゼント・イノベーションズ BACKBONE事業部
リギングアーティスト　　シミュレーションアーティスト
海老名芳記　中川幸司　田淵玲児

グリオグルーヴ リンダチーム
エフェクトリード
今宮和宏

エフェクトアーティスト
北村祐也　酒見直宏　労暁俊　荻島隼

CGプロデューサー
木村淳也

Megalis
VFXスーパーバイザー　　エフェクトスーパーバイザー
Daniel Perez Ferreira　山下隼平

エフェクトアーティスト
濱口稜大　浦上菜々子

ショットワークアーティスト
趙玹紀　潘孝準　市川未菜実　井上卓也
大嶋美生 Bhaskar Reddy Vijay 柳沼里美　毛利陽一

コンポジットリード
小野寺丞　友村亮

コンポジットアーティスト
谷雄介　村尾治紀　野村沙矢　齋藤史佳
山田紘士　玉木愛海　川島健太　河口遼
吉島光　中山貴仁　朱本隆聖　冨尾礼美
三宅仁　池田正憲　大塚康弘

スペシャルサンクスCGディレクター
川村泰

モーションキャプチャーユニット
越田弘毅　栗田亜弥　齋藤達也
佐伯勇輔　勝間健太

振付 / モーションアクター
康本雅子

アニメーションリファレンスアクター
寺田華佳　山本啓之

テクニカルディレクター
福田啓　齊藤弘　山口泰史　森本厚
西垣貴広　市川智道　保科功　松山将太

システム管理
倉地忠彦　森田誠　田村佳大　西村翔伍

制作デスク
永濱香織　立田洋介

プリプロダクションコーディネーター
小樋山青蓮　遠藤寛之

プロダクションコーディネーター
佐野実波　紀珍如　マトス美保
栗原智香　藤井哲明

プロダクションマネージャー
米山愛子　王鵬　吉兼尚聡
土谷菜緒　高場咲衣　小杉周太

Digital Frontier (Taiwan) Inc.
CGキャラクターアーティスト
藍光平

プロダクションマネージャー　　CGプロデューサー
闕銘樓　劉謹嘉　先崎亘

GEMBA
CGプロデューサー　　CGディレクター
吉村剛久　田村貴裕　丸山慎平　桑原真

テクニカルディレクター　　CGモデラー
水橋啓太　荒井己太郎　福田雄亮

マットペインター　　コンポジットリード
羽毛田信一郎　畠山貴臣

コンポジター
中村知也　Bui Minh Nguyen　高梨隼人

アニメーションリード　アニメーター　プロダクションマネージャー
服部泰宏　小林愛里　西本ゆきほ　大塚優奈

MORIE
CGアニメーションリード
丹原亮

CGアニメーションアーティスト
東孝太郎　菅原怒也　小川光悦　的場一樹

プロダクションマネージャー　　CGプロデューサー
大野陽祐　森江康太

グラフィニカ
CGアニメーションリード　　CGアニメーションアーティスト
宇野剛　熊谷奈々子

テクニカルディレクター　プロダクションマネージャー　CGプロデューサー
小宮彬広　髙瀬康次　森口博史

イメージ・ロジック
CGアニメーションリード
伏見滉生　林聖也

CGアニメーションアーティスト
横山勤　和田紘明　鴨田航
石田君志　山本昂　寿福廉

吉田小百合

美術監督補佐
大久保錦一
（でほぎゃらりー）

背景
瀧野薫　中島理　野村裕樹　本田敏恵
小島あゆみ　芳賀ひとみ　中村瑛利子　下村彩日
伊奈淳子　伊奈涼子　矢野きくよ　稲葉邦彦
青木勝志

コミックス・ウェーブ・フィルム
渡邊丞　廣澤晃　室岡侑奈
桑原琴美　井澤真緒　根岸駿丞

テレコム・アニメーションフィルム美術部
山子泰弘　新田博史　金森たみ子

CG
デジタル・フロンティア
CGプロデューサー
豊嶋勇作　鈴木伸広　舟橋俊

CGキャラクターリード
佐藤傑

CGキャラクターアーティスト
渡邊千瑛　岡田幸子　内野浩次　巌大鉉
池田直人　池上朋代　金赫珍　福原みちる
中田伸　壺屋翔　福田亘太郎　姜貞延
Leow Wei Liang　豊山洋祐　糸数弘樹

CGバックグラウンドリード
源良太　張替翼　崔恩錫　魏晨晨

CGバックグラウンドアーティスト
Guillaume Riondel　川口聡　久野一樹　宋良鵬
神谷泰輝　福地有希　増井佑姫　黒岩咲良
サディーパチンタナ　中澤勤　土屋謙　Shamina Ulyana

マットペイントアーティスト
島田美菜子

リギング&シミュレーションリード
栁澤孝幸　小口航

リギング&シミュレーションアーティスト
小山遼　櫻井皓　井上佳威　三浦晃仁
須田圭一　有働孔明　范姜凱　楊心豫
白川賢悟　荒岡幸平　富永裕人　濵島章宏
吉野将司　田中寛隆

CGアニメーションスーパーバイザー
藤松幸伸　亀川武志

CGアニメーションリード
山田洋介

CGアニメーションアーティスト
松川秀治　原武勇希　金井真美　石丸潔
赤間康隆　黒木聡一郎　佐藤建太　鈴木潤平
畑慎一郎　本池英祐　宮内陽子　渡部涼
田中悠　惠村嘉之　山口高平　松本春香
岩渕智美　大橋楽実　Bigot Wilfried　大澤修一
伝渡祐一郎　宮脇倫紀　軽尾航太　香川晃澄
勝田哲平　得丸尚人　羽場紗代子　東郷拓郎
太田杏奈　坂本洋　山口圭二

フェイシャルリギング&フェイシャルアニメーションリード
高尾翔英

フェイシャルリギング&フェイシャルアニメーションアーティスト
石山健作　虫上昌宏　熊井実紗
市村正一　畠山路加

クラウドリード
飯田拓也

クラウドアーティスト
浅野晃汰　伊集朝用

エフェクトリード
松井孝洋　伊藤源　草本健介
角田陵　柄木田丞　松本實

エフェクトアーティスト
Lee Peng Koon　福田智也　橋本怜弥　喜多隼人
吉岡春樹　峯滉基　徳田斉也　江見祐哉
栗林拓哉　吉本佐緒　髙林寛

ショットワークリード
安藤弘樹

國枝信吾　　ムービック　　三浦 史
宮本広樹　　長谷川嘉範
　　　　　　石賀ちひろ

茅野 洋　　札幌テレビ放送　　金川章人
　　　　　　松野 史

　　　　　　ミヤギテレビ
昆野俊行　　吉岡志朗　　萱場真太郎

加藤智啓　　静岡第一テレビ　　栗原 晨
　　　　　　薬科孝博

森 要治　　中京テレビ　　横井一輝
　　　　　　加藤哲朗

佐々木敏記　広島テレビ　　藤村直己
　　　　　　鷺山研一郎

廣瀬健一　　福岡放送　　木寺道明
　　　　　　筒井明彦

　青森放送　　　　　　テレビ岩手
西田麻紀　佐々木 渉　畑山 篤　齋藤恵子

　秋田放送　　　　　　山形放送
加賀谷 秀　宮川拓実　鈴木啓祐　高橋 学

　福島中央テレビ　　　テレビ新潟放送網
黒江秀一　岡 義秀　　羽田 朗　小林 健

　テレビ信州　　　　　山梨放送
吉野暢人　宮田和弥　　吉岡俊昭　山田 歩

　北日本放送　　　　　テレビ金沢
河原哲志　本田隆生　　築ști田和夫　森内政樹

　福井放送　　　　　　日本海テレビ
重盛政史　鈴木千代志　森谷祐子　山根 睦

　山口放送　　　　　　四国放送
藤村 剛　稲垣 衛　　湯浅雅人　小西誠一郎

　西日本放送　　　　　南海放送
和家 剛　十鳥真理　　山内孝雄　宮部 選

　高知放送　　　　　　長崎国際テレビ
田中正史　伊東宏隆　　森下豊邦　髙木勇治

　熊本県民テレビ　　　テレビ大分
杉本敏也　前田周平　　工藤晴久　三浦壽生

　テレビ宮崎　　　　　鹿児島読売テレビ
原口博己　成合昌登　　伊佐治 健　久松稔幸

配給
東宝

企画・制作
スタジオ地図

監督・脚本
細田 守

『竜とそばかすの姫』サポーターズ
明石広人　秋山健一郎　天野英明　有田和生
池田健司　一色彩加　　岩佐直樹　長田 宙
小野隆史　梶田昌史　　菅野香織　小塩真奈
小布施顕介　齊山嘉伸　佐藤貴博　清水裕美
白川大介　関根龍太郎　高橋雄一　中西 健
中野孝法　中山大輔　　原 司　　肥後祥子
久道 恵　福井雄介　　三浦俊明　向笠啓祐
村松美咲　森川由梨　　吉田 絵　吉田和生
渡辺友紀子

楠本真鈴　ウルジバト ナランビレグ　山内実夏　森上翔子
佐藤大我　大川 宏　　丸山佳純　室谷奈瑠美
大西浩喜

五十嵐陽芝　内藤澄英　　鳩岡桃子　長山俊輔
板井 亮　永合弘乃　　田中奈津子　池嶋洋一
新川夏子　栗本直彦　　岡崎良太　下田桃子
三橋孝幸　尾形光広　　土居千明　伊吹友里

石津尚人　大澤潤一郎　小野紗絵子　菅野優香
工藤幸美　國分敬哲　　児島玲奈　真田毅彦
関 宮子　武井成浩　　寺本幸央　永井公成
中尾博隆　平賀昭彦　　山口冬弥　吉田明穂

スペシャルサンクス
井上伸一郎　杉山 剛　　市川 南
中山良夫　奥田誠治　　門屋大輔
天野昌直　五十嵐 慶　池田大悟　伊澤良樹
石井 等　石川英嗣　　石川光久　石川 祐
石原 斉　出永佑典　　伊藤彰宏　伊藤郷平
伊藤奈菜　伊藤龍太郎　岩田泰司　伊吹ライラ
生出朋弘　岡田真理　　緒方智幸　岡本浩志
小川洋之　堅田真人　　川上茉衣　國宗篤史
古賀和樹　古島裕己　　小林 毅　齋藤俊一郎
斉藤雅人　酒井雄一　　坂元英樹　櫻井圭記
佐藤真澄　佐藤令侑　　澤本嘉光　塩井雅子
杉山香織　鈴木克彦　　鈴木浩之　数土直志
高橋晶子　竹田裕貴　　田島健　　玉土 晃
塚田美菜実　中井高司　長島 慎　南雲康次
南條悦子　奈良井昌幸　西田 弓　西村義明
韮澤隆人　畑中朋子　　林 美千代　氷川竜介
平井邦彦　平岡 咲　　藤田 道　藤原俊輔
細井駿介　松尾亮一郎　丸山正雄　水本晋平
三田圭志　三原拓郎　　宮脇修一　武藤祥生
本村 遊　森屋冒司　　諸澤昌男　八木正人
山川道子　山口美和　　由水尚允　吉田雅彦
和氣澄賢　渡邊宏行　　和田麻衣　王 立羽
Charles Solomon　Jamie Kezlarian Bolio Jeong-Gyun Jeong　Tony Elison

『竜とそばかすの姫』共同事業体
日本テレビ放送網
飯沼伸之　　伊藤卓哉　　佐藤麻衣子
桑原佳子　　中谷敏夫　　北條伸樹

ＮＴＴドコモ
山内博隆　　野見山 展　松永愛子
越前 心　　佐藤なつき

ＫＡＤＯＫＡＷＡ
堀内大示　　工藤大丈　　青柳昌行
ブックウォーカー　ムービーウォーカー　角川メディアハウス
橋場一郎　　五十嵐淳之　篠崎文彦

スタジオ地図
小池由紀子

『竜とそばかすの姫』プロモーションパートナーズ
東宝
松岡宏泰　　上田太地　　江見威彦
稲垣 優　　鎌田周平　　尾村明洋

読売テレビ放送
高津英泰　　宮本典博　　前西和成
今渕泰史　　福士まりか　龍神秀一

電通
石川 豊　　武田京市　　柏瀬建二
島田康弘　　鈴木將真　　栗原優太

博報堂ＤＹメディアパートナーズ
磯村美樹　　野村明男　　嶋根 亮
田中豪太　　岩田拓也

ジェイアール東日本企画
弓矢政法　　相原 勉　　鈴木寿広
岡本 藍　　川鈴木伊吹

ローソンエンタテインメント
渡辺章仁　　盛谷尚也　　鈴木みさき
鈴木莉歩　　福田真巳　　白井明子

読売新聞社
安部順一　　石井邦房　　川端樹良
小林精花　　土屋慎一郎　杉原太郎

Creators in Pack
児玉裕之　　よねくらあい

ディプレックス
今村美緒

宣伝プロデューサー
林原祥一

宣伝
小山田 晶　小島壮詩　秋山智美　上野美穂
田中祥子　前田理沙　安武あづみ　山口泰弘
小塚雅也　大高 茜

予告編演出 / OPタイトル
隅田結子

予告編制作
蔦川亜希　　　　林崎ともみ

宣伝ビジュアル
佐々木志帆　　　　小林典治

公式ウェブサイト
松本博貫　加藤美帆　小山恭子　吉田信次

メイキング
飯島幸子　　岩澤 巧　　神宮つとむ

製作デスク
平方真由美

広報
重松 愛

アソシエイトプロデューサー
町田有也
櫛山 慶　　　　　岡崎真美
笠原周造　　　　　吉岡拓也
Yohann Comte

商品事業
宮沢恵美

アーカイブ事業
郷倉レティシャ

出版事業
藤田孝弘　山本有希子　足立雄一

音楽事業
平川智司

番販事業
嶋田 青　カタオカ パウラ　西山真優
石井理恵子　堀内音々

海外事業
田中ハリー久也
木村飛鳥　　　　佐藤直子
古山真由美　　　田 潤

INTERNATIONAL SALES
CHARADES

Sales Agent
Carole Baraton　Pierre Mazars　Jean-Félix Dealberto

Head of Business Affairs　Festivals Manager & Sales　Coproductions Manager
Pauline Boucheny　Nicolas Rebeschini　Jonas Benhaiem

Marketing Manager　Marketing & Festivals Coordinator　Acquisitions Manager & Sales Coordinator
Mathilde Martin　Margaux Namura　Lucie Desquiens

海外イベント・商品事業
外川明宏　　　　Juhyue Yi

海外翻訳出版事業
河野美由紀　天野智子　桃野真希　石川緋香里

国内法務
四宮隆史　　　　秋山 光

海外法務
内藤 篤　　　　村上斐子

会計税務
上住敬一　久野克好　間庭智子
浅川晴香　福島正浩

タイアップ協力
北川俊介　　　　大角 誠
諸岡省吾　岩橋 應　　田中 僚
柳 貴男　　　　細谷まどか

191

용과 주근깨 공주
오피셜 가이드북 U

편집 : 뉴타입

2022년 12월 9일 인쇄
2022년 12월 16일 발행

번역 민경욱
발행인 황민호
출판사업본부장 박정훈
편집기획 김순란 강경양 한지은 김사라
마케팅 조안나 이유진 이나경
디자인 All design group
국제판권 이주은 김준혜
제작 심상운 최택순 성시원
발행처 대원씨아이(주)
주소 서울특별시 용산구 한강로 3가 40-456
전화 (02)2071-2018
팩스 (02)749-2105
등록 제3-563호
등록일자 1992년5월11일

www.dwci.co.kr

979-11-6918-756-5 03830

편집 : 뉴타입

취재·구성·집필
와다 히토미
노자키 도오루
미야마사 다로
야마시타 다쿠
가와바타 쓰요시
마에다 히사시

제작
구니이 마유

영업
아카기 미요코

교열
애드리프

디자인
designCREST
아사쿠라 데쓰야
시미즈 다이스케
다하타 요시유키
이나가키 요시에
호미 지요코

촬영
오가와 신지
히마다 가오루
다가미 도미코

헤어메이크
와시즈카 아스미 / 나카무라 카호
미야모토 아이(yosine.) / 나리타 료
고노 히토미 / 소메타니 쇼타
오카다 이즈미(KIKI Inc.) / 다마시로 티나
YOUCA / 이쿠타 리라
요시구보 히데토(Otie) / 사토 다케루
Chica(C+) / 미야노 마모루

스타일링
기타무라 미치코 / 나카무라 카호
이토 신고(sitor) / 나리타 료
시미즈 나오미 / 소메타니 쇼타
미야자와 게이코(WHITNEY) / 다마시로 티나
후지모토 다이스케(tas) / 이쿠타 리라
하시모토 아쓰시(KIKI Inc.) / 사토 다케루
요코다 마사히로(YKP) / 미야노 마모루

편집
하토오카 모모코
이시와키 쓰요시 가도 기요히토 마쓰자카 도요아키

협력
다카하시 노조무
마치다 유야 시게마쓰 아이 사콘 마사미(스튜디오 치즈)
다나카 쇼코 마에다 리사(도호 주식회사)
지하루 다카유키(스튜디오 치즈LP)
이마니시 에이스케(소니루드)
고스기 나오히로(도서인쇄주식회사)
후지타 다카히로 가사하라 슈조 요시오카 다쿠야 사카이 료
나고 히로노 야마모토 유키코 나이토 스미에